马克·吐温小说集

Selected stories of mark twain

—— [美] 马克·吐温◎著　张大鹏◎译 ——

煤炭工业出版社

·北　京·

图书在版编目（CIP）数据

马克·吐温小说集/（美）马克·吐温著；张大鹏
译. -- 北京：煤炭工业出版社，2016（2022.3 重印）
ISBN 978 - 7 - 5020 - 5047 - 4

Ⅰ.①马… Ⅱ.①马… ②张… Ⅲ.①短篇小说—小
说集—美国—近代 Ⅳ.①I712.41

中国版本图书馆 CIP 数据核字（2015）第 297977 号

马克·吐温小说集

著　　者	（美）马克·吐温	
译　　者	张大鹏	
责任编辑	马明仁	
责任校对	郭浩亮	
封面设计	左小文	
封面插画	严文胜	

出版发行 煤炭工业出版社（北京市朝阳区芍药居 35 号　100029）
电　　话 010 - 84657898（总编室）
　　　　　010 - 64018321（发行部）　010 - 84657880（读者服务部）
电子信箱 cciph612@126.com
网　　址 www.cciph.com.cn
印　　刷 唐山楠萍印务有限公司
经　　销 全国新华书店

开　　本 710mm × 1000mm$^1/_{16}$　**印张** 17　**字数** 230 千字
版　　次 2016 年 1 月第 1 版　2022 年 3 月第 6 次印刷
社内编号 7898　　　　　　　　**定价** 58.00 元

目　录

田纳西的新闻界

有位记者称孟菲斯《雪崩报》的总编辑是位激进派，为此，他受到了这样温和的抨击——他提笔开始写第一句话，写到中间，加着标点符号时，他就知道他是在捏造一个谎言，这个谎言充满着无耻的作风、子虚乌有的句子。"——《交易报》

医生忠告我说，如果我到南方去，那里的气候会对我的健康有帮助。因此我来到南方的田纳西，担任了《朝华与约翰生县呼声报》的编辑职务。我去上班的时候，发现主笔先生斜靠在一把三条腿的椅子上，双脚放在一张松木桌上。房间里还有另外一张松木桌子和一把残废的椅子，两个桌子上都几乎铺满了报纸和剪报，还有一份一份的原稿，显得有些凌乱。角落里有一只装满沙子的木箱①，里面有许多雪茄烟头和"香烟屁股"。还有一只火炉，火炉上有一扇可以上下开关的塌下来的门。主编先生身穿一件黑色燕尾服，白色亚麻布布裤。他的靴子很小，用黑靴油擦得很亮。他穿了一件有皱褶的衬衫，戴着一只很大的图章戒指，一条旧式的硬领，一条两端下垂的方格子围巾。服装的年代大约是 1848 年。他正在吸着一支雪茄，用心推敲着每一个字，他的头发已经被他抓得乱蓬蓬了。他皱眉瞪眼，样子非常可怕。我估计他正在拼凑一篇特别伤脑筋的社论。他叫我把那些交换的报纸稍微看一下，然后写一篇《田纳西诸报精华集萃》，将这些报纸中有趣的所有文章压缩摘录在这篇文章里。

于是，我照此吩咐写了下面这么一篇：

---

① 当时人们为了让信或稿子上的墨迹快干，会在其上撒黄沙再拂拭干净，类似吸墨水纸。

田纳西各报要闻摘录

《地震》半月刊的编辑们在关于巴里哈克铁道的报道里显然是在胡言乱语中说是铁路公司有意将巴扎德维尔镇置于铁路线之外的说法纯属无稽之谈，公司不是要放弃巴扎维尔，而是认为这个地方是沿线最重要的站点之一，因此决不会有轻视它的意思。《地震》的编辑们当然是乐于予以更正的。

希金丝维尔《响雷与自由呼声》的高明主笔约翰·布落松先生昨天光临本城，并住在范·布伦旅舍。

我们发现泥泉《晨声报》的同行认为范·维特的当选还不是确定的事实，这是一种错误的看法。但是他在没有看到我们的纠正之前，一定会认识到他的错误。他显然是受了尚未完全揭晓的选票数字的影响而作了这个错误的推断。

有一个值得欣慰的消息，布雷特维尔城目前正在设法与纽约的几位工程师达成合约，用尼古尔逊铺道材料翻修那些几乎无法通行的街道。《每日呼声》极力鼓吹此事，并且对最后成功似有把握。

我将这篇稿子交给主编先生，随他采用、修改，或是撕毁。他看了一眼，脸上就露出不高兴的神情。他再往下一页一页地看，脸色变得很可怕。显而易见，一定是出了什么毛病。他随即就一下子跳了起来，嚷道："哎呀哈！你以为我提起那些畜生，会用这种口气吗？你认为客户们会看得下去这种糟糕的文章吗？把笔给我吧！"

我从来没有看见过谁的笔像这样不留情面地连画带勾往下乱涂，像这样无情地把别人的动词和形容词乱画乱改。他正在大肆修改文章的时候，有人从敞开的窗户外面向他放了一枪，把我的一只耳朵震得和另一只不对称了。

"啊，"他说，"那就是史密斯那个浑蛋，他是《精神火山报》的——

昨天就该来了。"于是他很利索地从腰带里抽出左轮手枪来放了一枪。史密斯被打中了大腿，倒在地上。他正要放第二枪，可是因为被主笔先生打中了，自己那一枪就落了空，只打中了一个局外人，那就是我。还好，只打掉了一根手指。

于是主笔先生又继续进行他无情的涂改和增删。他刚刚改完，就有人从火炉的烟筒里扔了一个手榴弹进来，一声爆炸，把火炉炸得粉碎。幸好只有一块乱飞的碎片敲掉了我的一对牙齿，此外并无其他损害。

"那个火炉完全毁了。"主笔说。

我说，我也相信是这样。

"唉，没关系，这种天气已经用不到它了。我知道这是谁干的事情。我会找到他的。你看，这篇文章应该这么写才对。"

我接过稿子。这篇文章已被删改得面目全非了。假如它有个母亲的话，她也会不认识自己的孩子。现在它成了下面这样。

田纳西各报要闻摘录

《地震》半月刊的那些撒谎专家，显然正在绞尽脑汁，就19世纪最辉煌的构想巴里哈克铁路一事，进行卑鄙的诋毁，散布无耻之极的谣言，以欺骗心地高尚和宽大仁厚的读者们。巴扎维尔将被丢到一边的说法，根本就是那些骗子们自己可恶的脑子里编造出来的，或者还不如说是他们认为是脑子的那种肮脏地方产生出来的。他们实在应该挨一顿皮鞭子才行。他们如果想要避免人家打痛他们的贱皮贱肉的话，那就最好把这个谎言收回去。

希金斯维尔镇的《闪电和为自由而呼唤》的那个无赖又到本市来了，他厚着脸皮栖身在凡·布伦旅馆。

我们发现泥泉《晨声报》那个昏头昏脑的恶棍又照他的撒谎的惯癖放出了谣言，说范·维特没有当选。世界赋予新闻事业的使命是传播真实的消息；铲除错误；教育、改进和提高公众道德以及风俗习惯的趋向，并使所有的人更高雅、更高尚、更慈善，在各个方面都更好、更纯洁、更快乐。而这个黑心肠的流氓却一味降低他那伟大任务的身份，专门散布欺诈、毁谤、谩骂和下流的话。

布雷特维尔城要用尼古尔逊铺道的材料修马路——其实它更需要一所监狱和一所贫民救济院。一个小如弹丸的市镇，只有两个小酒店、一个铁匠铺和那狗皮膏药①式的报纸《每日呼声》，居然想修起马路来，真是异想天开！《呼声》的编者卜克纳这个卑贱的小人正在乱吼一阵，以他那惯用的低能的话极力鼓吹这桩事情，还自以为他说得很有道理。

"你瞧，要这样写——既尖刻泼辣又论点鲜明。软弱无力的措词和行文让我看了打心眼儿里厌烦。"

大约在这个时候，有人从窗户外面抛了一块砖头进来，噼里啪拉打得很响，震得我背上发麻。于是我移到火线以外——我开始感觉到自己对人家有了妨碍。

主笔说："那大概是上校吧。我等他两天了。他马上就会上来。"

他猜得不错。片刻，上校已出现在门口，手里拿着一支手枪。

他对主笔说："老兄，您可以让我和编这份肮脏报纸的胆小鬼打个交道吗？"

"好的。请坐，先生。请当心那把椅子，它少了一条腿。我想，你可能也允许我同臭名昭著的撒谎专家布拉塞斯凯特·德库姆塞较量一下吧？"

"可以，老兄。我也有一笔小小的账要和您算一算。您要是有空的话，我们就开始吧。"

"我在写一篇文章，谈谈'美国道德和智慧发展中令人鼓舞的进步'这个问题，正想赶完，可是这倒不要紧，咱们开始吧。"

两支手枪同时砰砰地打响了。主笔被打掉了一撮头发，上校的子弹则将它的旅程终止在我的大腿上。上校的左肩被稍微削掉了一点。他们又开

---

① 原文为 Mustard- Plaster，是一种用芥子末制成的药膏，能让敷上膏药的地方发红，对抗刺激性。

枪了。这次他们都没有射中目标，可是我却遭了殃，胳臂上中了一枪。等放第三枪的时候，两位先生都仅仅受了一点轻伤，而我被打碎了一块颧骨。于是我说，我还是出去散步为好。因为这是他们私人的事情，我再参与在里面不免有点伤脑筋。但是那两位先生都请求我继续坐在那里，并且极力说我对他们并无妨碍。

接着，他们说起选举和谷物收成，同时重新装上子弹。而我却就地动手包扎伤口。很快，他们又开枪了，挺认真地开了六枪，真是弹无虚发，但我有必要指出的是六枪之中，有五枪都光顾了我，另外一枪却击中了上校的要害。上校很幽默地说，因为他要进城办事，只好告辞了。他询问了到殡仪馆去的路径后，便走了。

主笔转过身来向我说："我约了人吃饭，得准备一下。请你帮帮忙，给我看看校样，招待招待客人吧。"

我一听说让我招待客人，就不免有些畏怯，可是刚才那一阵枪声还在我耳朵里回响，我简直吓得魂不附体，因此也就想不出什么话来回答。

他接着说："琼斯三点钟就会到这儿来，请务必赏他吃一顿鞭子。吉列斯皮也许会早一点来，把他从窗户里扔出去。福格森尔大约四点钟会来，打死他吧。我想今天就只有这些事了。要是你还有多余的时间，你可以写一篇挖苦警察的文章，把那督察长臭骂一顿。牛皮鞭子在桌子底下，武器在抽屉里，还有子弹在那个犄角里，另外棉花和绷带放在那上面的文件架里。要是出了事，那你就到楼下去找外科医生蓝赛吧。他在我们报上登广告——我们给他抵账就是了。"

主编先生走了，我浑身发抖。在这以后的三个小时过去以后，由于一直处在可怕的危险之中，我的心境已无法安宁，快活的情绪也消失殆尽了。吉尼斯配是光顾过的，他反而把我摔到窗户外面了。琼斯又准时来到，我正预备赏他一顿皮鞭子的时候，他倒给代劳了。还有一位不在清单之列的陌生人和我干了一场，结果我被他剥掉了头皮。另外还有一位名叫汤普生的客人将我一身的衣服撕得一塌糊涂，全成了碎布片儿。后来我被逼到一个角落里，被一大群暴怒的编辑、赌鬼、政客和横行无忌的恶棍们围困着，他们一直大声叫嚣和谩骂，在我头上挥舞着武器，空中闪耀着钢铁的闪光。我就在这种情况中写着摆脱这职务的辞职信。正在这时候，主笔回来了，和他同来的还有一群乱七八糟的兴高采烈的、热心帮忙的朋友。于是又发生了一场斗殴和残杀，那种骚乱的情况，简直非笔墨所能形容。人们被枪击、刀刺、砍断肢体，被炸得血肉横飞，被摔到窗户外面去。一阵短促的暴风般的阴沉的咒骂，夹杂着混乱和狂热的临阵舞蹈①，朦胧地发出闪光，随后就鸦雀无声了。五分钟之内就平静了下来，只剩下血淋淋的主笔和我坐在那里，察看着四周的地板上到处铺满了这一场厮杀所留下的一塌糊涂的战绩。

他说："你慢慢习惯了，就会喜欢这个地方。"

我说；"我不得不请你原谅，我想，也许要过一段时间后，我写的稿子才会使你中意；只要我有机会练习，学会你使用的语言，我自认能够胜任。可说实话，你驾轻就熟的措词也有诸多不尽如人意的地方，用这种方法写稿的人容易引起风波。这您自己也明白。文章写得有力量，当然是能够鼓舞大家的精神，这是不成问题的。可我究竟不愿意像您这个报纸这样，引起人家这么注意。像今天这样，老是有人打搅，我就不能安心写文章。这个职务我十分喜欢，可是我不愿意留在这儿招待您的那些客人。我所得的经验是新奇的，确实不错，而且还可以算是别有一番风味，但是今天的事情还是有点不大公道。有一位先生从窗户外面向您开枪，结果倒把我打伤了；一颗炸弹从火炉烟囱里丢进来，本来是给您送礼的，结果让炉子的门顺着我的喉咙管溜了下去；一个朋友进来和您彼此问候，结果把我打得满身枪眼，弄得我的皮都包不住身子了；您出去吃饭的时候，琼斯拿皮鞭子揍了我一顿，吉尼斯配把我摔到窗户外面去，汤普生把我的衣服全都撕掉了，还有一个完全陌生的人把我的头皮剥掉了，他干得简直自由自在，就像个老朋友似的；还不到五分钟的工夫，这一带地方所有的坏蛋都涂着鬼脸来了②，他们都拿着战斧把我吓得魂魄出窍。总的来说，像今天所经历的这么一场热闹，我可是一辈子都没有遇到过。实在对不起，我喜

---

① 有一些部落会在出战之前或战胜后跳集体舞蹈。
② 有一些美洲印第安部落出战前会在身上涂抹颜料或画上脸谱。

欢您，也喜欢您对客人解释问题那种不动声色的作风，可是您要知道，我简直无法习惯这些。南方人的心太容易被感情所支配，而且南方人款待客人太豪爽了。今天我写的那几段话，写得毫无生气，经您大笔一挥，把田纳西新闻笔调的那股强烈劲势灌注到里面，又会不可避免地惹出一窝马蜂来。这群乌合之众的编辑们又会到这儿来——他们可能还想空着肚子来宰掉一人当早餐哩！我不得不向您告辞了。叫我来参加这场热闹，我只能敬谢不敏。我到南方来，为的是休养身体，现在我要回去了，还是为了同一目的，而且是说走就走，绝不留恋。田纳西新闻界的作风太使我兴奋了。"

这番谈话结束了以后，我们彼此不无遗憾地分手了，于是我到了医院，在这里住了下来。

竞选州长

几个月以前，我被提名为独立党的纽约州州长候选人，与约翰·丁·史密斯先生和布兰克·丁·布兰克先生竞选。我总觉得我有一个显著的优点胜过这两位先生，那就是我的声望还好。从报纸上很容易看出，近几年来，他们显然把各式各样可耻的罪行都当做家常便饭了。当时，我虽然醉心于自己的长处暗自庆幸，但是一想到自己的名字将和这些人的名字混在一起到处传播，总有一股不安的混浊暗流在我愉快心情的深处"翻腾"。我心里越来越不安。最后我给我的祖母写了一封信，报告了这件事情。我很快就收到她的回信，她直截了当地告诉我：你平生从没干过一桩可耻的事——从来没有。你看看报纸吧——看一看就会明白，伍德福和霍夫曼这两位先生是一种什么人物，你应该想一想你自己是否宁愿将自己降至他们的水平，和他们公开竞选。

我正是这个想法！那天晚上我一夜没合眼。可是事已至此，我毕竟无法撒手了。我已经完全卷入了旋涡，不得不继续这场斗争。早餐时，我无精打采地看着报纸，突然我看到了一段消息，说实话，我从来没有如此吃惊过：

伪证罪——马克·吐温先生现在既然已在公众面前公开竞选州长，也许，他会赏个面子向公众解释一下他如何犯下伪证罪的经过。说明一下他怎么会在1863年在印度的瓦卡瓦克被三十四名证人证明他犯有伪证罪，那次作伪证是企图侵占一小块香蕉种植地。那是当地一位穷寡妇和她的一群孤儿丧失亲人之后，在凄惨的境遇中赖以活命的唯一资源。吐温先生不论对自己，还是对其要求投票选举他的伟大人民，都有责任澄清此事的真相。他愿意这样做吗？

我不胜诧异，简直气炸了！竟有这样一种如此残酷无情的指控。我从来没有到过印度！我从来没有听说过瓦卡瓦克！我也不知道什么是香蕉种植地，就像我不知道什么是袋鼠一样！我都不知道该怎么办才好，我简直要气疯了，却又毫无办法。那一天我没有解释，也没有发表声明，就让日子白白地溜走了。第二天早晨，这家报纸没说别的，只有这么一句话：

耐人寻味——大家都会注意到：马克·吐温先生对印度的伪证案一直保持缄默，似有隐衷。

（**备忘**——在这场竞选运动中，这家报纸此后凡提到我必称"无耻的伪证犯吐温"）

其次是《新闻报》，登了这么一段：

急需查清——是否请新州长候选人向急于要投他票的同胞们解释一下这件小事？那就是吐温先生在蒙大拿州露营时，与他住在同一帐篷的伙伴经常丢失小东西，后来这些东西通通在吐温先生身上或"箱子"（即他卷藏杂物的报纸）里发现了。大家为他着想，不得不对他进行友好的告诫，在他身上涂满柏油，插上羽毛，叫他坐在横杆上①，把他撺出去，并劝告他让出铺位，这究竟是怎么回事，此事吐温先生愿意说明吗？

世上难道还有什么能比这种谎言更险恶的吗？我这一辈子还从没到过蒙大那州呢。

（从此以后，这家报纸管我叫"蒙大拿的小偷吐温"。）

———————————

① 旧时将被认为有罪的人浑身涂满柏油，插上羽毛，以及让人跨坐在横杆上，抬出去游街或示众，都是羞辱性的刑罚。

于是我渐渐对报纸有了戒心，一拿起报纸总有点提心吊胆，就像是你想睡觉，可是一拿起床毯，总是不放心，生怕毯子下面有条蛇似的。有一天，我看到这么一段消息：

谎言已被揭穿！——根据五方位区的迈克尔·欧弗兰纳根先生、华脱街的吉特·伯恩斯先生和约翰·亚伦先生三位的宣誓证书，现已证明马克·吐温先生曾恶毒地声称我们德高望重的领袖约翰·T. 霍夫曼的祖父曾经因为拦路抢劫被处绞刑一说，纯属卑劣无端之谎言，毫无事实根据。他毁谤亡人、以谰言玷污其英名，用这种下流手段来达到政治上的成功，这实在叫有德之士痛心疾首。每当我们想到这些卑劣的谎言必然会使死者无辜的亲友蒙受极大的悲痛时，我们就恨不得鼓动起受了诬蔑和侮辱的公众，立即对诽谤者施以非法的报复。但是，我们不能这样做，还是让他去承受良心的谴责吧。（不过，公众如果气得义愤填膺，盲目行动起来，对诽谤者进行人身伤害的话，显然陪审团是不可能对肇事者定罪的，法庭也不可能对他们加以惩处的）

最后这句巧妙的话起了很大作用，当天晚上就有一群"受了诬蔑和侮辱的公众"从前门冲进来，吓得我赶紧从床上爬起来，打后门溜走。他们义愤填膺，来势汹汹，一进门就把我的家具和门窗全部捣毁，走的时候把能拿得动的财物统统带走。然而，我可以手按《圣经》起誓："我从来没有诽谤过霍夫曼州长的祖父。"不仅如此，直到那一天为止，我从来没有听人说起过他，也从来没有提到过他。

（顺便提一下，刊登上述新闻的那家报纸此后总是称我为"盗尸犯吐温"。）

报纸上引起我注意的另一篇文章是这样写的：

好一个体面的候选人——马克·吐温先生原定于昨晚在独立党的集会上作一次诋毁其竞争对手的演说，但是他却未准时到场！他的医生打来一个电报，说他被一辆狂奔的马车撞倒，腿部两处负伤，卧床不起，痛苦难言等等，以及一大堆诸如此类的废话。独立党的党员们硬着头皮想把这一拙劣的托词信以为真，假装不知道被他们提名为候选人的这个放荡不羁的家伙未曾到会的真正原因。昨天晚上，分明有人看见一个喝得酩酊大醉，歪歪斜斜地走进吐温先生下榻的旅馆。独立党人责无旁贷地需要证明那个醉鬼并非马克·吐温本人。这下我们终于抓住他们的把柄了。这一事件不容躲躲闪闪，避而不答。人民用雷鸣般的呼声要求询问："那个人究竟是谁？"

把我的名字与这个丢脸的嫌疑人联系在一起，一时令人难以置信，绝对难以置信。我已经整整三年没有喝过啤酒、葡萄酒或者其他任何一种酒了。

（这家报纸第二天大胆地授予了我"酒疯子吐温先生"的称号。而且我明白它会坚持不渝地永远这样称呼下去，但是，我当时看了竟然无动于衷，这足见当时的这种环境对我产生了多大的影响）

从这以后，匿名信在我收到的信中占有极大比重。一般是这样写的——

被你从你寓所门口一脚踢开的那个要饭的老婆子，现在怎么样了？

波尔·普里

也有这样写的：

你干的事情，别人不知，我却了如指掌。你最好识相一点，掏出几元钱来孝敬老子，要不然会有一位大爷对你不客气，在报纸上给你过不去。

汉迪·安迪

大致就是这类内容。读者如果想听，我可以不断引用下去，直到使读者恶心。

不久，共和党的主要报纸"宣判"我犯了巨额贿赂的罪行，民主党的权威报纸把一桩极为严重的讹诈案件"栽"在我的头上。

（这样我又多了两个头衔："肮脏的贿赂犯吐温"和"恶心的讹诈犯吐温"。）

这时候舆论哗然，纷纷要我答复所有这些可怕的指控。我们党的主笔和领袖们都说，如果我还保持沉默的话，我的政治生命就要完蛋了。好像为使他们的控诉更为迫切似的，就在第二天，有一家报纸登了这么一段话：

注意这个人！一独立党的候选人至今仍缄默无话。因为他根本不敢答复。一切对他的指控都是通过充分证实了的；而且他本人的沉默不可辩驳地一次又一次证明他确实犯下了这些罪行；现在，他休想翻案。独立党的党员们，看看你们这位候选人！看看这位声名狼藉的伪证犯！这位蒙大那的小偷！这位盗尸犯！好好看一看你们这位酗酒狂的化身！你们这位肮脏的贿赂犯！你们这位可恶的讹诈专家！睁开眼睛盯住他，把他仔细打量一番——这个家伙犯下了多么可怕的罪行。得了这么一串倒霉的称号，而且一条也不敢予以否认，你们是否可以把你们的选票投给他！

简直无法从这样一种困境中脱身，我只好在蒙受这奇耻大辱之余，开始准备回复这一大堆无中生有的指控和拙劣卑鄙的谎言。但是我始终没有完成这个任务。因为就在第二天，有一家报纸登出一个新的耸人听闻的消息，再度的恶意中伤，他们严厉地控告我因为一家疯人院妨碍我的住宅的视线，我就将这座疯人院烧掉，把里面的病人统统烧死了。这使我陷入了恐慌的境地。接着又是一个控告，说我为夺取我叔父的财产而不惜把他毒死，并且要求立即挖开坟墓验尸。这使我几乎陷入了精神错乱的境地。这些还不够，又给我加了一个罪名，说我在负责育婴堂事务时雇用掉了牙的、年老昏头的亲戚给育婴堂做饭。我开始动摇了——动摇了。最后，党派斗争的积怨对我的无耻迫害自然而然达到了高潮：有人教唆九个刚刚学会走路的小孩，包括各种不同的肤色，带着各种穷形怪相，冲到一次民众大会的讲台上来，抱住我的双腿，管我叫爸爸！

　　我放弃了竞选。我偃旗息鼓,我甘拜下风。我不够竞选纽约州州长竞选所需要的条件,所以,我递上退出竞选的声明,而且满怀懊恼地在信末签上我的名字:

　　"你忠实的朋友,从前是个正派人,可现在成了欺世盗名的伪证犯、小偷、盗尸犯、酒鬼、卑鄙的贿赂犯和臭不可闻的讹诈犯马克·吐温。"

1870 年

百万英镑

我二十七岁那年，便在旧金山一个矿业经纪人那里当办事员，对与证券有关的事可以说颇为精通。当时的我是如此贫穷孤单，除了自己的聪明才智和清白的名声之外，一无所有。但是这反倒让我脚踏实地，不做那没影儿的发财梦，死心塌地奔自己的前程。

每当星期天休息的时候，我便一个人轻松地驾着游艇，在海湾上消磨时间。有一天我突然一时兴起把船驶出海湾，漂到了茫茫大海中并且迷失了方向。正当夜幕降临，在我几乎绝望的时候，我被一艘开往伦敦的双桅帆船给救了。漫漫的旅途狂风暴雨，他们叫我当了一个普通的水手，用工作支付我的船费。最后，我在伦敦上了岸，当时的我衣衫褴褛蓬头垢面，口袋里只有一块钱。这点钱只够应付我二十四小时的食宿。二十四小时以后，我就饥肠辘辘，无处容身了。

第二天上午大约十点，我饥肠辘辘，精疲力竭，沿着波特兰广场蹒跚而行，这时，一个保姆领着一个孩子走过。那孩子刚好把一只咬过一口的美味的大梨扔到了下水道里。不用说，我站在那里，满含欲望的目光盯住那沾满泥泞的宝贝。我口水直流，肚子也渴望着它，全心全意地乞求这个宝贝。可是我每次刚一动弹，总有一双过路的火眼金睛能明察秋毫。我自然又站得直直的，显出若无其事，假装根本就没有看到那颗梨。这出戏演了一回又一回，我始终无法把那颗梨弄到手。后来我已经忍无可忍，下定决心不顾体面，硬着头皮去拿它的时候，忽然我背后有一扇窗户打开了，一位先生从那里面喊道：

"请到这儿来。"

一个衣着华丽的仆人领着我进去了，他把我引到一个布置豪华的房间里，里面坐着两位年长的绅士。他们把仆人打发出去，叫我坐下。他们刚吃完早饭，看着那些残羹剩饭，我简直难以保持理智，可是主人并没有请我品尝，我也就只好尽力忍住肚子里饥饿的煎熬。

这里刚刚发生过的事，但是当时我根本不知道，我也是过了很久以后才明白的，现在我就要把事情的经过告诉你。房中的两位绅士是对兄弟，他们为一件事已经有两天争得不可开交了，最后双方同意用打赌来分出高低，无论什么事英国人靠打赌都能一了百了。

诸位也许还记得，英格兰银行曾经发行过两张巨额钞票，每张票面价值为一百万英镑，以用来处理同英国有关的一项政府之间的交易。可不知什么原因，交易只用掉了其中一张，剩下的那张一直存在银行的金库里。这兄弟两人在闲谈中忽发奇想，如果有一个非常诚实而聪明的外地人落难伦敦，举目无亲，手里除了那张一百万英镑的钞票之外一无所有，而且他又无法证明这张钞票是自己的，那么他的命运会怎样？哥哥说他会饿死，弟弟认为不会。哥哥的理由是那个外地人不能把它拿到银行或是其他任何地方使用，因为那样的话他就会当场被捕。他们就这样争执不下，后来弟弟说他愿意拿两万英镑打赌，赌那个人最终可以靠那一百万生活三十天，而且还不会被抓进监狱。哥哥愿意同他打赌。于是弟弟就到银行里去把那张钞票买了回来。你看，十足的英国人的作风，魄力十足。然后他口述了一封信，叫一个文书用漂亮的楷体字誊清。然后弟兄俩就在窗前坐了整整一天，等待一个适当的人出现，然后把这封信给他。

他们看见许多有诚实面孔的人在他们面前经过。可是在他们看来，好像不那么聪明；许多人虽然聪明，却又不那么诚实；还有一些面孔在他们看来，既聪明诚实，可给他们留下这种印象的人看来又并不穷；要不，虽然穷，但又不像外国人。总是不能尽如人意，直到我的出现才解决了问题。他们都认为我具备所有条件，因此他们一致选定了我；可我呢，正等着知道叫我进来到底要干什么。他们开始对我进行询问，打听我的身份来历，很快就弄清楚了我的来龙去脉。最后他们告诉我说，我正合他们的心意。我说我非常荣幸，并且问他们究竟是怎么回事。他们之中的一位交给我一个信封，告诉我可以在信里找到答案。我正想打开来看，他却说不行，叫我把它带回住处好好地看，不要着急，一个字一个字地看清楚，我满腹狐疑，很想问个明白，可是他们却让我离开。于是我只得告辞，心里觉得受到了莫大的侮辱，因为显而易见，他们在玩弄一场恶作剧，借此来取笑，寻开心，是对于有钱有势的人的侮辱，依我当时的处境，我是只能忍耐的。

出来后，我本想去拾那只梨，当着大家的面把它吃掉，可梨已经不在了；只因为被他们叫进去，给我这么一封莫名其妙的信才使我失去了吃那梨的机会，真倒霉！本来，我能把那个梨捡起来，明目张胆地吃进肚子去，可现在那个梨已经无影无踪，因此我为了这桩倒霉的事情失去了一份食物。一想到这儿，我对那两个人就气不打一处来。我刚一走到看不见那所房子的地方，就拆开了那封信，看见里面居然装着钱！说老实话，这时我对他们可是另眼相看啦！根本没多想，我急不可待地把信和钞票往背心口袋里一塞，立即以最快的速度找到了最近的一个小饭店。接下来就是一阵狼吞虎咽！当我吃到撑得再也吃不下的时候，掏出那张钞票，摊开看了一眼，我差点晕过去了。一百万英镑①！唉，我蒙了。

我坐在那儿，心怦怦跳个不停，望着那张钞票直发呆，大约一分钟后才清醒过来。盯着那张钞票头晕眼花，足足一分钟后，我才清醒过来。我首先发现的是饭店老板，他的眼睛也望着钞票，也给吓呆了。他正在全心全意地祷告上帝，手脚都不动弹了，眼睛里满是羡慕的目光。此时我计上心来，做了这时按人之常情应该做的事。我把那张钞票递到他面前，小心翼翼地说道：

"请给我找钱。"

直到这时，他才恢复了常态，非常抱歉地向我表白，他实在无法换开这张巨额钞票，不管我如何执意要他收下，可他却连碰都不敢碰一下。他一直看着它，仿佛永远也看不够似的，可总是不肯接过去，不敢摸一下。仿佛这张钞票神圣不可侵犯，可怜的凡人只要摸一下都会亵渎了它似的。我说：

_____

① 当时一英镑可兑五美元，一百万英镑相当于五百万美元。

"这样使你为难，真抱歉，可我请你一定得收下，把它换开，我没别的钱。"

可他说，没关系，他很乐意把这顿不值一提的饭钱记在账上，下次再算。我说可能很久都不会再到他这地方来。他说那也没有关系，他可以等，而且只要我愿意，想吃什么就点什么，这钱想什么时候给就什么时候给。他说他相信自己不至于如此没有眼光，不会因为我的幽默，故意如此装扮就不相信我是一位有钱人。这时候又有一位顾客进来了，老板示意我把那个怪物藏起来，然后恭恭敬敬地把我送到门口。一出门口我就向那所房子奔去，让他们在警察把我抓起来之前纠正这个错误。我真的有些惊慌失措。事实上，简直是胆战心惊，虽然这件事完全与我无关。可是我很了解大家的想法：当他们发现自己错把一张一百万英镑的钞票当成一镑给了一个流浪汉的时候，他们决不会怪自己眼神不好，非把那个流浪汉骂个狗血喷头不可。当我来到那所房子前时，我渐渐平静下来，因为那儿一切如常，这使我觉得那个错误一定还没有被发觉。我按了门铃。原先那个仆人出来了。我说我想见那两位先生。

"他们出门了。"他用这类人那种不可一世的冷冰冰的口气说。

"出门了？他们去哪儿了？"

"旅行去了。"

"可——上哪儿啦？"

"我想是到欧洲大陆了吧。"

"欧洲大陆？"

"是呀，先生。"

"怎么走的？他们走的哪条路？"

"那我可不知道了，先生。"

"他们什么时候回来呢？"

"他们说一个月后。"

"一个月！糟了。请告诉我怎样才能给他们写信去，这事非常重要。"

"实在办不到。我根本不知道他们上哪儿去了，先生。"

"那么，我想见见他们的家人。"

"他们家里人也都走了，已经出国好几个月了，我想是到埃及和印度去了吧。"

"兄弟，出了大错哩。我想等不到天黑他们就会回来。请你转告他们，说我来过，并且还会来，一直到把事情弄明白，告诉他们别着急。"

"他们要是回来，我一定转告他们，不过，我想他们是不会回来的。他们临走时说你可能会在一个小时内返回这里，让我务必转告你，等时候一到，他们会准时回来等你。"

于是我只好打住，怏怏地离开了。他们究竟想干什么呀！我真是摸不着头脑。他们会"准时"回来。那是什么意思？对了，没准那封信上说了，我差点把它给忘了。我马上拿出了那封信。信上是这样说的：

从你的容貌上可以看出，你是一个聪明和诚实的人。我们猜你很穷，并且是个外地人。信里装着一笔款，这笔款借给你，期限三十天，不要付利息。期满后，请来这里了结。我在你身上打了一个赌，倘若我赢了，你可以在我的职权内得到一个你想要的职位——就是说，一个能够证明你自己的确精明而且胜任的职务。

没有签名，没有地址，没有日期。

天呀，这真是一团乱麻！你们当然已经知道了事情的来龙去脉，可是我当时并不知道。那对我简直是个深不可测、漆黑一团。我完全不明白他们在搞什么把戏，也不知道这对我来说是福还是祸。于是我来到公园坐下来，想理清头绪，并且考虑今后该怎么办。

一个钟头过去了，经过深思熟虑，我才做出了以下判断：

也许那两个人是一番好意，也许是歹意；这点我无法断定——随它去吧。他们是玩把戏，搞阴谋，做实验，或是搞其他勾当，事实究竟怎样，无法断定，随它去吧。他们拿我打了一个赌；究竟怎样赌，无法断定，也随它去吧。不能确定的部分就是这样清理完毕。问题的其余部分却是明显的、毫无疑问的，如果我去英格兰银行要求把这张钞票存入它的主人账上，他们是会照办的，因为他们认识它的主人，虽然我还不知道他是谁。

不过银行会盘问钞票怎么会到了我手里。如果我讲出实情，他们一定会把我送去难民收容所；如果我撒谎，他们一定会把我关到牢里去。假如我拿这张钞票随便到哪换钱，或是拿它去抵押贷款，后果也是一样。所以无论怎样，在那两兄弟回来之前，我都会背负这个沉重的负担。这东西对我毫无用处，形同粪土。然而我却不得不一边带着百万英镑，一边行乞度日。就算我想把它白送给别人，那也是送不掉的，因为无论是老实的农民或是心狠手辣的强盗，无论如何都不会收，连碰都不会碰一下。那两兄弟可以高枕无忧了。即使我把钞票扔掉，或是把它烧了，他们还是丝毫无损，因为他们能挂失，这样他们照样分文不缺。而我却不得不受一个月的罪，既无工资，又无好处——除非我帮人家赢得那场赌博（不管赌的是什么），获得那个许给我的职位。我当然想得到那个职位，这种人赏下来的无论什么职位都值得一干。

于是，我便反复想象一旦得到那个职位的种种情景。我的希望仿佛就就要成为现实。薪金一定非常可观，而且一个月后开始领取，以后我就会万事如意。想到这里，我就觉得兴高采烈，简直乐不可支。这时候我正在街上溜达。一眼看到一个服装店，一种冲动涌上我的心头：甩掉这身破衣服，让自己重新穿得得体。我买得起新衣服吗？不行，我除了那一百万英镑以外，我在这世上一无所有。所以我只好依依不舍地离开。可是不一会儿我又转回来了。那种诱惑无情地折磨着我。我正处在矛盾中，我已经在那家服装店门口来来回回走了五六次。最后我还是没有抵住诱惑，走进了服装店。我问他们有没有顾客试过的不合身的衣服。我所问的那个人没有搭理我，只是向另一个人指了指。然后我向他所指的那个人走过去，可他也是一声不吭，只点点头把我交代给另外一个人。我朝第三个人走过去，他说："马上就来。"

我一直等他把手头的事办完，然后才跟着他到了后面的一个房间，他取出一堆人家不肯要的衣服，给我挑出一套最寒酸的。我换上了这套衣服，可并不合身，而且毫无魅力可言，但它是新的，所以我很想把它买下来。我丝毫没有挑剔，我迟迟疑疑地说：

"请你们允许我过几天再来付钱吧。现在我没有带零钱。"

那个家伙摆出一副刻薄至极的嘴脸，说道：

"啊，是吗？说真的，我想你也没带。我看像你这样的阔人只会带大票子吧。"

这句话激怒了我，于是我说：

"朋友，你可别单凭衣着判断一个陌生人的身份。这套衣服我买得起，我只是不想让你为难，怕你们换不开一张大钞票罢了。"

他稍稍收敛了一点，态度有所改善，但仍以高傲的口吻说：

"我可没诚心出口伤人，可是既然你这么说，那我倒想告诉你，你认为我们换不开你带着的什么大钞票，这可是多管闲事。恰恰相反，我们换得开！"

我把那张钞票递给他，说道：

"啊，那好极了。我向你道歉。"

他微笑着接过钞票——整个脸都笑开了，那脸上满是褶纹，皱纹，螺旋纹，那情景就像是你往池塘里扔了一块砖头似的；可是，只瞟了一眼钞票，他的笑容就僵住了，脸色大变，就像维苏威火山边那些小块平地上凝固的起起伏伏、像虫子爬似的熔岩。我从来没有看见过谁的笑容定格成如此这般的永恒状态。那个家伙拿着钞票愣在那儿，一动不动，老板赶紧跑过来，想知道发生了什么事，他很不耐烦地说道：

"怎么回事？有什么问题？还缺什么吗？"

我说："什么问题也没有。我在等他找零钱。"

"好吧，好吧。托德，快把钱找给他，快把钱给他。"

托德反唇相讥："把钱找给他！说得轻巧，先生，请你先看看这张钞票吧。"

老板看了一眼，吹了一声轻快的口哨，然后一下子钻进那一堆退货的衣服里乱翻起来，同时兴奋地自言自语：

"居然把这种不成体统的衣服卖给一位脾气古怪的百万富翁！托德简直是个傻瓜——天生的傻瓜。老是干出这种事，把每一个富翁都赶跑，根本分不清谁是百万富翁，谁是流浪汉，并且老这样没有眼力。好了，我要找的那一套在这儿。请您把身上的衣服脱下来吧，先生，把它丢到火里去吧。请您赏脸试试这件衬衫，还有这套衣服。正合适，太合适了——又简洁，又讲究，又典雅，完全是王公贵族的气派。这是一位外国的亲王订做的——您也许还认识他哩，先生，他就是尊敬的哈利法克斯亲王殿下。因为他母亲病危，只好把这套衣服放在我们这儿，重新做了一套丧服——可是后来他母亲并没有死。不过没关系，我们不能叫一切事情老照我们……我是说，老照他们……哈！裤子正合适，非常适合您，先生，真是太合适了！再试试这件马甲，啊哈，也很合适！再穿上外套——上帝！您看！真是完美极了——天衣无缝！这是我这辈子缝得最好的衣服。"

我表示满意。

"先生，你说得很对，真的太好了。不过，这只是让你暂时穿一穿。您等着瞧我们为您量身订做的衣服是什么样子吧。喂，托德，把本子和笔拿来，快记下来。腿长三十二……"如此这般等等。还没等我插一句嘴，他已经把我的尺寸量完了，正在吩咐做晚礼服、便装、衬衫以及各色各样的衣服。最后我终于有了插嘴的机会，说：

"可是，老板，我不能定做这些衣服，除非你能不定结账的日子，或者你能换开这张钞票也行。"

"不定日子！这不像话，先生，不像话。您得说永远永远——这才对哩，先生。托德，赶紧把这些衣服做出来，一刻也别耽搁，然后送到这位先生的公馆里去。让那些不要紧的顾客等着。把这位先生的住址记下来，过几天……"

"我快搬家了。我什么时候来再留新地址。"

"您说得很对，先生，您说得很对。您请稍等一会儿——我送您，先生。这边请——再见，先生，再见。"

啊哈，你们现在一定明白，接下来会发生的事情，对吗？我一切随其自然，逛了许多地方，买我所需要的所有东西，只管叫别人找钱。不到一个星期，我需要的凡是能让我生活舒适的各种东西都已置备齐全，我还在汉诺威广场一家专供有钱人居住的豪华旅馆开了房间，并在那里就餐，不过午餐仍到哈里斯开的那家饭馆吃，当初我就是带着那张百万英镑钞票在这家小饭店吃了第一顿饭。这样子一来我也给哈里斯招来了财运。消息已经传遍了，大家都知道有一个马甲口袋里揣着百万大钞的外国怪人光顾过这个地方。这就够了，以前的小饭馆不过是个穷的叮当响、勉强混口饭吃的小饭店，这一下子有了名气，每天都是顾客盈门。哈里斯对我感激不尽，总是不断把钱借给我用，我也是来者不拒。因此我虽然一贫如洗，可是却有钱花，过着有钱人和大人物才能过的舒服日子。我也知道总有一天我会被识破，可是我已经是骑虎难下，只能硬着头皮继续下去。你看，这本来纯粹是件胡闹的事，可是就在我意识到大祸即将来临时，事情就朝着悲剧方向发展了。夜幕降临后，恐惧就降临到了我的身上，不停地折磨我。让我唉声叹气，在床上翻来覆去，不能入睡。可是一到喜气洋洋的白天，恐惧的阴影就消失得无影无踪了，于是我又扬扬得意起来，陶醉于每天的快乐生活，昏天黑地，如痴如醉。

　　说来也不足为奇，因为我已经成为这个世界名城的知名人物了，这使我十分骄傲，并且不只是骄傲，简直是得意忘形。你随意拿出一张报纸，无论是英格兰的、苏格兰的，或是爱尔兰的，总会发现里面有一两处提到一个"随身携带一百万英镑钞票的家伙"及其最新言行的消息。起初刊登我的地方，总是在"人事杂谈"栏的最下面，后来关于我的报道就超越了各位爵士，后来盖过了二等爵男，由此类推，我的位置越升越高，名声也越来越响，直到达到我所能达到的巅峰，然后一直保持这种状态。这时候，我已经居于皇室之下和众公爵之上，除了全英大主教而外，我甚至比所有宗教界人物都要高出一头。可是你要知道，这还远远没有结束，直到此时，还都只是小打小闹而已。然后是令人无法相信的幸运——就像骑士受勋一样——刹那间，默默无闻的我一下子有了金子般耀眼的声望：《幽默与娱乐》① 杂志登了以我为主题的漫画！就这样，我功成名就，站稳脚跟了。虽然依然有人拿我调侃，可是玩笑之中却含着几分敬意，不那么放肆、那么粗俗了。可能还有人发笑，却没有人敢嘲笑我了。那样的日子已经过去了。《幽默与娱乐》里的我衣衫褴褛，碎片随风飘荡，正在和伦敦塔的卫兵讨价还价。啊，你可以想象到那是个什么滋味：一个向来默默无

---

① 当时伦敦的一份幽默杂志。

闻的小伙子，忽然之间，他的只言片语都会到处传扬；随便走到什么地方，都会听有人在相互转告："瞧，就是他，他正在那儿！"早餐时，也总是有一群人围着观看；到歌剧院包厢，观众的望远镜也都会被吸引来，对着我一个劲儿地瞧。总之，我整天都被荣耀和赞扬所包围——这日子过得十足的惬意。

你知道吗，我还保留着我那套破衣服，时常穿着它出去，为的是品味一下从前那种乐趣。一旦有人胆敢侮辱我，我就拿出那张一百万英镑的钞票来，把奚落我的人镇住。但是我的这种乐趣维持不下去了。杂志已经把我的那副打扮弄得尽人皆知，只要我一穿上它出去，马上就被别人认出来了，而且总会有一群人尾随着我。如果我打算买什么东西，不等我把那张巨额钞票拿出来，老板就会乐意不用我先付款，而把整个店里的东西都赊给我。

就在我的名声传播出去的第十天，为了履行我作为美国公民应尽的义务，我去拜访美国公使并向他致敬。他以高规格的礼仪接待了我，埋怨我迟迟未来拜访，公使说那天晚上他打算举行宴会，可是一位嘉宾因病缺席，所以如果我愿意留下来参加宴会的话他将十分高兴。我应允之后，就和公使开始聊天。交谈后我才知道他和我父亲从小就是同学，后来又同在耶鲁大学读书，一直到我父亲去世，他们始终是很要好的朋友。所以他吩咐我只要有空，就常去他家里坐坐，当然，对这个请求我是非常愿意的。

事实上，岂止愿意，我简直就是庆幸。一旦大祸临头，他也许还有办法救我，让我免受灭顶之灾。我也不知道他能做些什么，可是说不定他真能够想出办法来。事情已经到了这个地步，因此我不敢冒失地把自己的秘密向他和盘托出。如果在开始的时候就遇见他，我一定会马上告诉他我的奇遇的。可是，现在我不敢说了，我已经深陷其中，难以自拔，也就是说，深到不敢对刚结识的朋友说真话。但是照我自己的看法，我还没有到彻底完蛋的地步。因为你知道，我虽然借了许多钱，却还是十分谨慎地不让全部外债超过我的支付能力——我是说不超过我的薪金。当然我不知道我的薪金到底会有多少，可是有一点我有把握，那就是，如果这次赌打赢了，我就可以任意选择那位富豪给我的任何职务，只要我能胜任——我想我一定是能胜任的。对于这一点，我毫不怀疑。至于他们打的赌呢，我才不操心呢，我的运气一直不错。说到薪金，我想年薪会有六百到一千镑。一开始是六百镑吧，以后一年一年地往上加，直到我的才能获得肯定，薪水总能加到一千镑。目前我负的债还只相当于我第一年的薪金。尽管谁都想借钱给我，可是我用各种借口谢绝了大多数人。所以我所欠的债务只有三百镑现款，另外三百镑是赊欠的生活费和赊购的东西。我相信只要我继续小心节俭，我第二年的薪金就可以帮我度过这个月剩下的日子，而我也下定决心决不胡乱挥霍。只要熬过这一个月，等我的雇主旅行归来，一切都会迎刃而解，那时，我就可以把两年的薪金如期偿还给我的债主们，也能立即开始工作了。

那天晚上的宴会非常的愉快，共有十四人出席。肖勒迪奇公爵及夫人，以及们的女儿安妮，格蕾丝，伊林诺，塞勒斯特夫人等，德·波亨夫人，伍格特伯爵和伯爵夫人，奇普赛德子爵，布莱塞斯帆特爵士及夫人以及没有头衔的男女来宾、公使和他的夫人及小姐，还有他女儿的一位来往很密切的朋友，一个二十二岁的英国姑娘，名叫波蒂娅·郎姆。我一见到她就爱上了她，她也对我一见钟情，我能用心感觉出来。另外还有一个美国客人——在客厅里的客人一面等候用餐，一面冷眼旁观后到的客人，这时候仆人又通报一位来客：

"劳埃德·赫斯丁先生到。"

在寒暄过之后，赫斯丁马上发现了我。他一面热情地伸出手，一面快步向我走来。手还没握上，他突然停住，不好意思地说：

"对不起，先生，我还以为咱们认识呢。"

"是的，你当然认识我，老朋友啰。"

"不。你莫非是——是——"

"腰缠万贯的怪人吗？就是我，一点不错。你尽管叫我的外号，不必顾忌，我听习惯了。"

"啊——啊——啊，这可真是出人意料。有一两次，我看到你的名字和这个绰号在一起，可我从没想过人家说的那个亨利·亚当斯居然会是你。离现在还不到半年，你还在旧金山给布莱克·霍普金斯打工，每个月拿一点点薪水，为了挣点加班费经常熬夜，帮着我整理核对高尔德和加利矿业公司的说明书和统计表。真没想到你居然到了伦敦，而且成了一个百万富翁，你现在可是个鼎鼎大名的人物！嗨，这真是个'天方夜谭'的奇迹。伙计，这太令人惊奇了，太神奇了！让我好好想想，现在我脑子里是一团乱麻。"

"可是现在，劳埃德，你的情况也不错呀。我也没弄明白到底是怎么回事。"

"哎呀，这的确是不可思议，是吧？我们上次见面是三个月前一起去矿工饭店，那次我们……"

"你记错了，咱们去的是开心饭店。"

"对了，是去那儿。凌晨两点去的。那些计划书花了咱俩三个小时，咱俩才到那儿去吃了一块排骨，喝了杯咖啡。记得当时我劝你和我一同到伦敦来，还主动要替你去请假，还答应一切费用由我搞定，只要那笔生意成功了，再给你好处。可是你不听我的，认为我不会成功，你说你不能耽误，不能打乱你的工作计划，否则回来的时候要花很多时间才能回到正轨。可如今你却到这儿来了。这是多么令人惊讶的事情！你究竟是怎么来的，为什么如此幸运呢？"

"啊，纯系偶然。说来话长，简直可以写一篇传奇小说。我会原原本本告诉你，可是现在不行。"

"什么时候能行呢？"

"这个月底。"

"那还有半个多月哩。对一个好奇的人来说，这胃口吊得可太过分了。一个星期后行吗？"

"不行。至于原因你以后会知道。对了，你的生意做得怎么样呢？"

他脸上愉快的精神马上烟消云散，他叹了一口气，说道：

"你说得可真准，亨利，说得真准。我真后悔当时的决定。我不想提这件事。"

"你不讲可不行。待会儿离开的时候，我们一起走，今晚上就住在我那儿，把事情都讲给我听。"

"啊，真的吗？你没开玩笑吗？"他的眼睛里闪着泪花。

"是呀，我想听听你的经历，一个字也别落下。"

"我真是感激不尽！我在这儿屡经坎坷后，想不到还能在别人的声音和眼睛中发现对我和我的事真心关切，天哪！我直想跪在地上向你道谢！"

他使劲地握着我的手，顿时精神焕发，兴致勃勃地准备入席，可宴会还未开始。而且，看来入席还不那么简单。就在这个时候，出了一件经常碰到的事。那就是按照不近人情的令人气恼的英国礼仪，这种事情经常会发生，假如宴会座席没能定下来，宴会便无法开始。通常英国人出去参加宴会的时候，都会先吃了饭再去，因为他们知道风险何在。可是并没有人告诫外来的客人，因此外来客就只有自讨苦吃了。可是这一次谁也没有上当，因为我们都有过参加宴会的经验，除了赫斯丁之外，都是经验丰富的老手，而他在接到邀请的时候听公使说过，为了尊重英国人的习惯，他根本就没有准备正餐。照例每位客人都会挽着一位女士，排着队走进餐厅，可是问题就出在这儿。绍勒迪希公爵想出人头地，要在宴席上坐首位，他说他的地位高过公使，因为公使只能代表一个国家，而不能代表一个王国。可是我坚持我的原则，不肯让步。因为在杂谈栏里，我的地位高于除王室以外的所有公爵，因此我坚持要求坐在他的席位之上。我们各显神通争执了一番，但问题始终无法解决，最后他不明智地想炫耀他的家世和祖先，我猜到了他的王牌是征服者①威廉，所以就拿亚当②来对付他，我说我是亚当的嫡系后裔，我的姓就证明，而他不过是支系，这可以由他的姓和诺尔曼血统看出来。于是我们又排着队走回客厅，在那儿站着吃起来——一碟沙丁鱼，一份草莓，每个人根据自己的喜好自由选择，就这样站着吃。这儿的席次问题没有那么严重，两个地位最高的贵客用掷硬币来解决，赢了的人先吃草莓，输了的人得那个硬币。然后地位稍次的两位又猜，然后又是以下两位，依此类推。吃完后，桌子搬过来，一起玩克利贝齐游戏。六个便士为一局。英国人玩牌原本不是为了消遣，要么赢钱，要

---

① 指威廉一世，曾任法国诺曼底公爵和英国国王。
② 《圣经》中记载的上帝所造第一个人。

么输钱，输赢他们很在乎，否则他们干脆不玩。

我们度过了一段美妙的时光，最开心的当然是我们俩——郎姆小姐和我。我简直被她迷得神魂颠倒，只要手里的牌超过两顺，我就数不清了，分数到顶了也看不出来，总是乱出牌。这样打下去本来是把把必输，但幸亏郎姆小姐也和我一样，完全是心不在焉，你明白吧，我们俩是半斤八两，谁也没有输赢，也没想这到底是怎么回事。我们只知道彼此在一起时都很快活，其他一切我们都不在乎，也不愿意被人打扰。于是我鼓起勇气向她表白，我当真对她说了，我说我爱上了她。她呢，哈，十分羞涩，满脸通红，可她却说她很高兴我说这句话。啊，我何曾经历过如此美妙的夜晚！我每次算分的时候，总是加上一句赞美之词，她算分的时候，也会心照不宣地和我一样数牌。我哪怕是说一声"再加两分"，也会添上一句："你长得多漂亮！"她便说："十五点得两分，再十五点得四分，又十五点得六分，一对十五点得八分，再来八分就既是十六分——你真的认为我美吗？"她的目光从眼睫毛下向我瞟来。真动人，真可爱。啊，她太美了。

可是我对她胸襟坦白，光明正大。我告诉她说，我根本是个穷光蛋，我只告诉了她大家都在议论的那一张百万英镑钞票其实并不是我的。这让她非常好奇，于是我继续讲下去，把全部经过从头到尾地告诉了她，把她笑了个半死。我搞不清楚她到底在笑什么，可是她就老不停地那么笑。每过半分钟，当某些新的情节逗她发笑时，我就不得不住嘴，好让她慢慢平静下来。啊，她简直笑得发疯，真的，我从来没有见过这种笑法。我是说从来没有见过一个痛苦的故事，一个人的烦恼、焦虑和担心，竟会引起那样的反应。我发现她可以在本该悲伤的时候，居然能这么高兴，我对她的爱就越发不可收拾了。你懂吗？在当时那种情况下的，我认为也许不久就需要这么一位妻子哩。当然，我告诉她，我们还得等两年，等到我的薪水能将债还清了才能谈得上婚事，可她对我说她不介意，只希望我能在开销方面尽可能小心，不要支出太多，千万不能动用第三年的薪金。接着，她又开始担心，怀疑我们是否估计错误，因为第一年的薪水估计得高于我的实际收入。这的确言之有理，它使我也感到了不如以前那样有把握了；不过，这却使我产生了一个新的念头，我对她坦然相告。

"波蒂娅，亲爱的，到时候你是否愿意陪我一起去见两位先生呢？"

她稍稍迟疑了一下，然后说道：

"愿意，我愿意，只要你认为我去对你有所帮助。不过，你觉得这样合适吗？"

"嗯，我也不知道合适不合适，我也担心这不大合适。可是你要知道，如果你能去那将对我很重要，所以……"

"那么我会去的，管它合适不合适呢，"她用一种可爱的巾帼豪杰的口吻说道，"啊，一想到我也能对你有帮助，真是高兴极了！"

"何止是有帮助，亲爱的！啊，这事全靠你了。如果能有你这么漂亮、这么可爱、这么迷人的姑娘陪我一道去，我就可以把薪水提得高高的，说不定让两个好老头儿倾家荡产，还心甘情愿呢。"

哈！你没看见她当时的样子：红彤彤的脸，以及那双闪着幸福光芒的眼睛！

"你这就会捧人的讨厌鬼！没一句实话，不过我还是陪你去。也许可以给你一个教训：别指望你怎么看人家，人家就怎么看你。"

我心中的疑云一扫而空了吗？我的信心是否恢复了呢？从这里你就能知道，我已经暗自决定把第一年的薪金提高到一千二百镑。不过我没有告诉她，我想以此给她一个惊喜。

回家的路上，我一直陶醉在幸福中，赫斯丁说的话，我却一个字也没有听进去。当他跟着我进了客厅，对应有尽有、豪华舒适的陈设赞不绝口时，我才清醒过来。

"让我在这儿站一会儿，我要看个够。好家伙，这简直就是皇宫，地道的皇宫！在里面一个人想要的东西应有尽有，多么舒适的煤炉，晚餐什么时候想吃都成。亨利，这让我明白，你这么富有，而我却是那么的贫穷，又穷又可怜，简直穷困潦倒，走投无路，不可救药了！"

真该死！这些话让我浑身颤抖。他的话让我如梦初醒，这才知道自己正站在一块半英寸厚的地壳上，而地壳下就是一座火山口。原来我一直自欺欺人，也就是说，现在我才了解自己的状况。可是现在，哎呀哈！债台高筑，一无所有，一个可爱的姑娘的眷顾，是福是祸，都由我决定，但是我自己却前途未卜，只有一份画饼充饥的薪金，还不一定能拿到手！啊，啊，啊！我彻底完了，没有希望了！没救了！

"亨利，只要将你每天的收入漫不经心地散一丁点儿，就可以……"

"啊，我每天的收入！来，喝下这杯热威士忌，振作振作精神。咱们干一杯！啊，对了，你一定饿了，坐下来，请……"

"我没觉得饿，我已经不知道什么是饿了。这些天我一直吃不下。可是我愿意陪你喝酒，一直喝到醉倒。来吧！"

"一人一杯，我一定奉陪！准备好了吗？来吧！好，劳埃德，我一边调酒，你一边讲讲你的事吧。"

"我的故事？怎么，还要再讲一遍？"

"再讲？这是什么意思？"

"噢，我是说，你想从头到尾再听一遍吗？"

"再听一遍？这下可把我弄迷糊了。等一等，你别再喝这种酒了吧。你醉了。"

"什么，亨利？你别吓我。到这儿来的路上我不是把什么都对你说了吗？"

"有吗？"

"当然。"

"真抱歉，我连一个字也没听进去。"

"亨利，这可真令我失望。别折腾我了。刚才在公使那里你在干什么？"

这下子我才恍然大悟，于是我就爽快地说了实话。

"我得到了世界上最可爱的姑娘的芳心！"

他一下子跑过来，同我握手，拼命地握了又握，手都握痛了。从公使那儿回来的路上，我们走了三英里路，一路上他一直讲他的事，我却一个字也没有听进去。他也并没责怪我。他本就是个有耐心的好人，现在他静静地坐下，又从头到尾讲了一遍。长话短说，他的经历大致是这样：他满怀希望地来到英国，本以为自己抓住了一个千载难逢的发财机会。他获得了"揽售权"，也就是替古尔德和加利矿业公司计划的"勘测者"们出售开采权，售价是一百万元，超出一百万的部分全部归他。他竭尽全力，凡是他所知道的路子，他都没有放过，他尝试了他所能想到的所有办法，现在他的钱差不多已经花光，可是没有一个资本家愿意相信他的话，而他的"揽售权"在这个月底就要到期了。总而言之，他破产了。说到这里，他忽然跳起来，大声喊道：

"亨利，你能救我！你能，这个世界上你是唯一能救我的人。你愿意帮忙吗？行不行？"

"告诉我能帮你什么，说吧，伙计。"

"给我一百万和我回家的旅费，我把'揽售权'转让给你！别拒绝我，千万要答应我！"

当时，我也觉得很苦恼。我几乎脱口而出："诺德，我自己其实也是一个穷光蛋，真的一贫如洗，而且债台高筑！"可就在这一瞬间，我突然灵机一动，我于是咬紧牙关，竭力使自己镇静下来，像一个资本家那样沉着、冷静。然后我以一种商人的口吻回答：

"我一定会拉你一把，劳埃德，"

"有你这句话我等于已经得救了！上帝会永远保佑你！有朝一日……"

"让我说完，诺德。我决定帮你的忙，可用不着照你说的办。你辛辛苦苦的大干一场，还冒了那么多风险，那样做对你太不公平。我不需要买矿山，我可以我手中的资本在伦敦这个商业中心周转，无须去投资搞那种事。我在这儿就是这么办的。现在我有一个办法。我对那个矿山的情况一清二楚，知道这矿山会带来的巨额利益，任何人要我发誓担保我都会同意。你可以放心大胆地以我的名义去兜揽，不到两星期准能以现款三百万卖掉。赚到的钱咱们俩对半分好了。"

你知道吗，我差点儿用绳子把他捆起来，因为狂喜不已的他在房间里乱蹦乱跳，差点把家具踩成碎片，让我们的一切都付之一炬了。于是他非常快活地躺在那儿，说道："我可以用你的名义！你的名义——那还了得！嘿，那些伦敦的阔佬们一定会一窝蜂跑来，抢购这份股权！我已经成功了，巨大的成功，我今生今世也忘不了你！"

果然，还不到二十四小时，消息就不胫而走，这事在伦敦已是人人皆知，热闹非凡。我什么事也不做，只需待在家里，对那些来询问此事的来客说："没错。是我吩咐他这么做的。我了解他，对这个矿山的情况我也很熟悉。不必担心他的为人，我担保他可以受到信赖。那个矿山的价值远远高于他的要价。"

同时，每晚我都会去公使家里陪波蒂娅。关于矿山的事，我对她只字不提，我故意想给她一个惊喜。我们只谈薪金，除了薪金和爱情一切免谈。时而谈爱情，时而谈薪金，有时候两者兼谈。啊！公使夫人和小姐也为我们考虑得十分周到，她们千方百计使我们不会受到打搅，只瞒着公使一人，让他毫不疑心，真是煞费苦心——我非常感激她们为我们所做的一切！到了月末，我已经在伦敦银行的户头上已经有了一百万，赫斯丁也有了同样数目的存款。我穿上我最体面的衣服，乘车从波特兰路那所房子门前经过，根据种种迹象判断，那两兄弟应该已经回来了。于是我就到公使家里去接我最亲爱的人，和她一道向那所房子走去，一路不停地谈着薪金的事。她既激动又着急，这使她显得漂亮极了。我说：

"亲爱的，凭你漂亮的模样儿，要是我要求薪金每年三千镑，少要一分钱都是罪过。"

"亨利，亨利，你别把事情搞砸了！"

"别担心。你只要尽量保持你那副神气就行了，相信我，一切都会如愿以偿的。"

就这样，一路上我不停地给她打气。她却一个劲儿地给我泼冷水，她说：

"啊，你要记住，咱们的要求如果太过分，也许根本得不到分文薪金，结果会走投无路，以至于无法谋生。"

还是那个仆人把我们引了进去，那两位老先生果然都在家。他们看见有个尤物跟着我，当然非常惊奇，可是我却说：

"让我来介绍，先生们，她是我未来的伴侣和贤内助。"

于是我把她介绍给他们，提到他们时，都是直呼其名。他们并没有对此感到惊讶，因为他们知道我会查姓名住址簿。他们让我们坐下，对我极为客气，并且热情地消除波蒂娅的局促感，让她尽可能放松。然后我说：

“先生们，我现在准备向你们报告我一个月来的经历。”

“我们很期待，”其中一位先生说，“这样我哥哥亚贝尔和我的赌约就能见分晓了。你如果让我赢了，就可以得到我权限以内可以委任的任何职位。那张一百万镑的钞票还在吗？”

“它在这儿，先生。”我把钞票交给了他。

“我赢了！”他大声叫起来。来。同时在阿贝尔背上拍了一下，“现在你怎么说呀？哥哥。”

“我承认他的确是活下来了，我输了两万镑。太难以置信了。”

“另外我还有些事情要说，”我说，“说来话长。请你们允许我改日再来，把我这整个月里的经历详细地说一遍，我保证那是值得一听的。现在请你们看看这个。”

“啊，什么！二十万镑的存折。这是你的吗？”

“是我的。这是我在这个月合理使用您借给我的那笔小小的款子赚来的。至于这张大钞，我只不过用它去买一些小东西，付账让他们找零钱的时候用。”

“哈，这真是了不起！简直是匪夷所思，小伙子！”

“这算不了什么，我以后可以说明原委。别以为我说的都是天方夜谭。”

此时轮到波蒂娅大吃一惊了。她的眼睛睁得大大的，说道：

“亨利，难道那些真是你的钱吗？这些天你一直瞒着我？”

“亲爱的，一点不错，我是撒了谎。可是我知道你会原谅我，对不对？”

她噘起嘴唇，说道：

“别再自以为是了。你真是个淘气鬼，敢这么骗我！”

“哦，宝贝，一会儿就过去了。这不过是想给你一个惊喜，你明白吧。好，我们走吧。”

“等一会儿，等一会儿！你忘了还有一个职位呢，记得吗？我说过，我要给你一个职位。”那位先生说。

“啊，我真是感激不尽，”我说，“不过，我现在不打算再要这个职位了。"

"在我的委任权内，可以任你挑一个最好的职位。"

"非常感谢，我衷心感谢。可是再好的职位对我也没有吸引力了。"

"亨利，你真不害臊，居然一点也不理解这位好心先生的善意。我来替你谢谢他，好吗？"

"亲爱的，当然可以，只要你能做得更出色。让我看看你的本领吧。"

只见她向那位先生走去，坐到他怀里，伸出胳膊搂住他的脖子，亲吻了他的嘴唇。然后那两位老先生哈哈大笑起来，可是我却不知所措，简直可以说是呆若木鸡。波蒂娅说：

"爸爸，他说他不想要在你委任权之内的任何职位，我觉得非常委屈，就像……"

"我的宝贝，原来他是你的父亲呀！"

"是的，他是我的继父，世界上最亲的最好的爸爸。那天在公使家里，你不知道我的家世，对我谈到爸爸和阿贝尔伯伯用你打赌，使你怎样焦愁不安，你非常纳闷儿，我听了为什么会笑起来，现在你总该明白了吧！"

这下子我自然实话实说，不再开玩笑了，于是我诚恳地说：

"哦，亲爱的先生，我现在要收回刚才那句话。您确实有个待聘的职位，我想应聘。"

"你想要什么职位？"

"女婿。"

"好了，好了，好了！可你要知道，你既然从未干过空虚差事，那你当然就没有什么特长，让我们相信你符合合同的条件，所以……"

"让我试一试吧，啊，千万答应我，我求您了！只要让我试三四十年就行，如果……"

"好吧，就这样吧。你这只是一个小小的要求，我答应你，把她带走吧。"

你说我们俩高不高兴？翻遍整本大辞典也找不出一个词来形容。一两天之后，当伦敦的人们知道了我和那张一百万镑的钞票一个月里的奇遇记始末以后，大家是否会引为佳话呢，当然会的！

波蒂娅的父亲把那张神奇、好客的钞票送回英格兰银行兑现。银行随后注销了那张钞票，并当作礼物送给了他，他又把钞票在婚礼上送给了我们。从此以后我们就把这张钞票装裱起来，挂在我们家里最神圣的地方，因为它给我送来了我的波蒂娅。如果没有它，我就不可能留在伦敦，也不会来到公使家，更不会和她相遇。所以我总说："不错，那分明是一张一百万镑的钞票，不容置疑。可这东西自从出世以来就用了一次，就再没花过，而这一次我只不过花了十分之一的价钱就把它弄到手了。"

1893 年

我最近辞职的事实经过

我辞职不干了。可是政府的工作好像还在照常进行，但不管怎么说，它的车轮上都少了我这根轴条。我原来是参议院委员会的秘书，现在已经辞去了这份差事。我看得出来，政府其他人员的心思也很清楚，他们就是不让我参与商议国家大事。所以，我只能离开，因为我没法子只当官差而不丢面子。我在政府任职六天，如果我把这六天当中所遭遇的所有令人气愤的事情一件件、一桩桩，详详细细地说出来，那我可以写出一本书来。他们指定我为委员会的秘书，却不许我同抄写员打台球。不打球虽说冷清一些，倒还可以容忍，只要内阁其他成员给我合乎我身份的待遇。可是，他们没有一个对我客气过。每当我发现某个部门的领导推行错误的路线时，我就会放下手里的工作，跑去纠正他，我把这种事当成我的职责。可他们从来没有谢过我一回。我怀着世界上最良好的愿望去见海军部长，对他说：

"先生，我认为法拉库特①海军上将在欧洲也没干什么，闲闲散散的，像是在郊游野餐一样。这个嘛，也许很不错，不过我不这么看。他要是没有仗可打，还是让他回国吧。一个人带领整支舰队去旅游，并没有什么好处，太浪费了。请您注意，我并不反对海军军官旅游，合情合理的旅游，厉行节约的旅游是可以的。可现在，他们还不如到密西西比河去放木排。"

你该听听他当时发了多大的脾气！你还以为我犯了什么罪似的。但我并不在乎。我说我这个办法不花钱，既富有共和国的简朴精神，又万无一失。我说，你想安安静静地旅行，乘木排比乘什么都强。这时候，海军部

---

① 戴维·格拉斯哥·法拉库特，1866 年任美国海军上将。

长问我是干什么的，我说我在政府供职，他问我是负责什么的。我心想在同一个政府里工作的人居然提出这样的问题，真叫人莫名其妙。但我没有说出口来，只告诉他，我是参议院委员会的秘书。你猜他发多大的脾气！他命令我马上滚出去，以后只许管我分内的事情。我头一个冲动就是想撤他的职。不过，这不是他一个人的问题，还涉及其他人，而我又不会有什么好处，所以才没有撤他。

接着，我去找作战部部长。他根本不想见我，后来他知道我也在政府任职。我呢，如果没有什么要紧的事，我想我才不会去理他。我先问他借个火（他当时正抽着烟），然后我说，他维护假释李将军①及其战友们的条款，我没有什么意见，但是我不同意他对付平原上印第安人的作战方式。我说他兵力配置过于分散。他应该吸引住更多的印第安人，选一个有利的地形把他们集中在一起，使双方都有足够的供应，然后给它来个大屠杀。我说，对于印第安人来说，大屠杀才能使他们心服口服。如果他认为大屠杀太残忍，我说第二个绝招是使用肥皂和教育。肥皂和教育的效果不如大屠杀迅速，但是从长远考虑，更能置他们于死地。因为杀掉一半，还剩一半，印第安人还能复原，可是如果你让他们上学，叫他们洗澡，那么他们迟早要完蛋。这个办法会慢慢伤害他们的体格，打击他们生命基础的要害。我说："先生，是时候了，必须进行残酷地镇压。对破坏平原的印第安人，用肥皂和拼音本加以严惩，让他们去死吧！"作战部部长问我是不是内阁成员，我说我是内阁成员。他又问我担任什么职务，我说我是参议院委员会的秘书。于是他下令以藐视法庭罪将我逮捕，限制了我一天的自由。

从那以后，我真想不再吭声，随政府去吧，它爱怎么着就怎么着。可是使命在召唤我，我不得不听从它的召唤。我访问了财政部长。他问我："您要点什么？"

这个问题我倒是没有防备。我说："甜酒。"

他说："你有什么事情到这里来？先生，开门见山吧，别拐弯抹角。"

---

① 罗伯特·爱德华·李，美国将军，于南北战争中任南部联军总司令。

　　他突然转移话题，我感到很是遗憾，这种做法令我反感。不过，在目前的情况下，我不能计较这件事，毕竟谈正事要紧。我接着恳切地告诫他，他作的报告过于冗长。我说这么长的报告是浪费时间，完全没有必要，而且结构也别扭。其中没有描写，没有浪漫，没有感情，没有主角，没有情节，没有插图，甚至连一幅木刻都没有。明摆着没有人会读这种报告。我奉劝他不要因为写这样的报告而毁坏了自己的名声。如果他想在文学方面搞出点名堂来，那么写的时候一定得多加些花样。枯燥的细节绝对不能往上写。我说日历片①之所以如此受大众欢迎，就是因为它上面有诗句，有谜语。他的财政报告要是加入一些谜语，销路一定更好，比他写进报告里去的国内税收项目有趣多了。我谈这些问题的时候态度十分诚恳，可是财政部长却大发雷霆。他居然骂我是一头蠢驴。他存心报复我的上述言论，咒骂了我一通，还说如果我再敢来干涉他的工作，他就把我从窗户里扔出去。我说，既然我得不到与我官差身份相称的待遇，我就脱帽告辞。我就这样走了。这种人就像那些新出来的作家。他们的处女作快发表了，就自以为比谁都强。你甭想对他们提什么建议。

　　我在政府任职期间，每次履行职责的时候，总是到处碰壁。然而我做的事和我计划做的事，用意都是为国家利益。我受了委屈，万分痛苦，没准儿这会逼得我得出不公正的、有害的结论。但在我看来，国务卿、作战部部长、财政部长和我其他同事准是一开始就想把我挤出政府。我在政府供职期间只参加过一次内阁会议。那一次就够我受的了。白宫看门的那位公仆好像不情愿为我放行，后来我问他其他内阁成员都到了没有，他说都到了，我这才走了进去。他们都在场，但是没有一个人请我坐下。他们都瞪着我，好像我是外星人似的。

　　总统说："先生，您是什么人？"

　　我把我的名片递给他，他念道："参议院委员会秘书马克·吐温。"接着他把我从头到脚打量了一番，好像从来没有听说过我这个人。财政部长说："就是这头蠢驴，要我在报告里加入诗句、谜语，把财政报告写成日

———————
　　①　欧美旧时"历书"，为现代杂志的前身，上面刊载有月令、游戏文字等。

历片。"作战部部长说："就是这个疯子，他昨天跑来给我出主意，叫我用教育的办法把一部分印第安人弄死，其余的印第安人统统杀光。"海军部长说："我认识这个年轻人，就是他这个星期再三干扰我的工作。他担心法拉库特上将率领的整支舰队是在旅游，用他的话说，是旅游。他发神经病，居然建议海军乘木排旅游，荒唐透顶，我无法重复他说过的话。"

我说："先生们，我看你们都在竭尽全力给我抹黑，而且我也能看得出你们都不想让我参与商议国家大事。而至于今天这个会，我什么通知都没有接到。也是因为一个偶然的机会，我才知道要开内阁会议。这些事我就不说了，我想知道的是：现在开的是不是内阁会议？"

总统说是内阁会议。

"那好，"我说，"咱们马上讨论正事，时间宝贵，不能浪费，不要互相抨击，这不像样子。"

这时候，国务卿开腔了，他用亲切的口气对我说："年轻人，我想你弄错了。国会各个委员会的秘书都不是内阁成员，就如同国会议会厅看门的不是内阁成员一样，你听来好像会觉得奇怪。因此，尽管在审议国事的过程中我们都很希望能听到你超群的见解，但是根据法律规定，我们不能这样做。审议国家大事，你不能参加。万一有不测的事发生——这也是常有的，你会感到难受，但你已经用自己的言行竭力制止过，这对你来说也是一个安慰。我祝福你。再会了。"

他这些话温暖妥帖，我不安的内心得到了些许安慰。于是我就离开了会场。但是，国家的公仆不知安宁为何物。我刚刚回到国会大厦的那间小办公室里，拿出议员的派头把两只脚跷到桌子上，委员会的一位议员就气冲冲地闯了进来，对我说："你这一整天都到哪儿去了？"

我说，如果此事与他有关，那么我去参加内阁会议了。

"内阁会议？我倒想知道，你去参加内阁会议干什么？"

我告诉他我是去出主意了，为了让他相信，我还说此事从各方面都同他有关。他当时暴跳如雷，最后说什么他找了我三天，要我抄写一份有关炸弹壳、鸡蛋壳、蚌壳还有其他乱七八糟贝壳的文件，可谁也找不到我！

　　这太过分了！他这根羽毛①一加上去，就把我这个抄写员的骆驼背给压折了。我说："先生，你以为我辛辛苦苦地工作就是为了每天拿到六美元吗？你要真是这么认为，那么我建议参议院委员会另请高明。我可不是什么党派组织的奴隶！你那些降低我身份的差事，给我收回去吧。不自由，毋宁死！"

　　从那一刻起，我就不再担任政府工作了。我在那个部门里受尽白眼以及冷嘲热讽，最后那个我本想讨好的委员会主席训了我一顿。我受尽委屈，被迫远离那既冒险又吸引人的伟大工作，在那个危急的时刻不得已抛弃了我那正在流血的祖国。

　　但是，我为国家尽过力，我递上报销单：

　　参议院委员会文书博士，向美利坚合众国报销：

作战部咨询	五十美元
海军部咨询	五十美元
财政部咨询	五十美元
内阁咨询免费	
往返耶路撒冷旅费②，	
途经埃及，阿尔及尔、	
直布罗陀与卡迪斯，	
行程一万四千英里，	
每英里按二十美分计，共	两千八百美元
参议院委员会文书薪金，	
每天六美元，共六天	三十六美元
总计	两千九百八十六美元。

---

　　① 欧美有成语"压在骆驼背上的最后一根羽毛"，指的是将人彻底压垮的最后一点负担。
　　② 只要担任地区代表，就算抵达目的地以后不返回，也应该索取按往返里程计算的旅费。我实在不明白，为什么政府居然拒绝补偿我按里程计算的旅费津贴。——作者原注

　　除了三十六元文书薪金这个小数目之外，报销单上各项竟没有一项照付。财政部长逼得我山穷水尽，拿起笔来把我其他各项支出统统划掉，并在边上批了"不准"两字。居然赖账！这国家没有希望了。

　　我的官场生涯眼看就要结束了。让那些愿意上钩的秘书留下去干吧。据我所知，各部门许多秘书根本不知道什么时候开内阁会议。他们对于战争、财政、商业有什么高见，国家领袖从来也不去询问，好像他们不是政府的工作人员，而实际上他们天天在办公室工作！但是他们知道他们的工作对国家来说多么重要，他们会在一举一动中不自觉地流露出来，你瞧他们在饭店里点菜时候的那副神气，但他们是在工作啊。我认识一位秘书，他把从报纸上剪下来的各式各样的小纸片贴到剪贴簿里去，甚至有时候一天要贴八张、十张之多。他贴得不怎么样，可是他尽了最大努力去贴。这活儿是最累人的。它掏空你的才智，可是他一年只挣 1800 美元。那位年轻人有很好的头脑，要是愿意干别的行当，他可以攒起好几千美元。可是，他没有，他的心向着祖国，只要祖国还剩下一本剪贴簿，他都心甘情愿去做。我认识几位秘书，他们不知道怎么写，可是他们倾其所有无私地奉献给了祖国，累死累活，受尽委屈，就为这 2500 美元的年薪。他们写的东西，有时候别人还不得不重写，可是你已经为国家尽了力，国家还能埋怨你吗？有些秘书，找不到秘书的活儿，就等啊，等啊，等什么时候哪个地方有了个空缺，耐心地等待一个为祖国效劳的机会。而在他们等的时候，他们却只有 2000 元一年的工资。这可真惨，太惨了，太惨了！如果国会议员有一位朋友很有才能却没有工作，无法施展他那伟大的抱负，那位议员就会把他交给祖国，安排他在一个部门当秘书。那个人就得当一辈子奴隶。为了从不替他考虑、从不同情他的国家利益而同文件去开仗，一年的薪俸只不过两三千元。我要是把几个部门所有秘书的情况统统列举出来，列明他们干的是什么活儿，拿的又是多少钱，那么，你会发现秘书还差一半，就他们干的活来说，工资也还差一半呢。

火车上人吃人纪闻

前不久，我到圣路易斯去观光。在旅途中，从印第安那州特尔霍特市转了班车之后，一位绅士在一个途经小站上车，在我身边坐下了。他温厚慈祥，面目和善，年纪四五十岁之间。我们心情愉快、海阔天空地聊了大约一个小时，我发现他极有见识，而且十分幽默。他一得知我是从华盛顿来的，立即询问起形形色色的政府官员和国会事务来。不久我就看出，跟我谈话的这个人对首都政治生活的规则了如指掌，甚至清楚参众两院议员在工作中的程序仪式、作风习惯都知道得一清二楚。又过了一会儿，有两个人在离我们不远的地方逗留了片刻，其中一个人对另一个人说："哈雷斯，如果你能替我办这件事，老兄，我会感激不尽。"

陌生人讲的故事

我新结识的朋友的眼睛里突然闪出欣喜的亮光。我猜想，这两句话大概勾起了他一段快乐的回忆。但是，他又露出一副思虑重重的面孔，简直有些闷闷不乐了。他转过身来对我说："我给你说一个故事吧，向您透露一件秘密往事，自从那件事发生之后，我从来都不曾提起过。请耐心地听下去，答应我不要打断我的话。"

我说没问题，然后他讲述了如下的离奇惊险的遭遇。他说的时候时而情感迸发，时而阴郁低沉，但始终流露出认真诚恳的表情，让人不得不信。

"1853 年 12 月 19 日，我搭乘了一列从圣路易斯出发开往芝加哥的夜车，车上一共只有二十四位乘客，没有妇女，也没有儿童。我们兴致都很好，大家很快就混熟了。我原以为那次旅行将会是愉快的，我们这群人谁也没有预料到即将遭遇到的恐怖事件。"

"夜里十一点，天下起大雪来。火车离开韦尔特小镇不久，我们逐渐进入那广大辽阔、荒凉冷清的草原。千里荒原，渺无人烟，一直延展到朱比利定居点。狂风呼啸着刮过空旷的荒地。没有树木或小丘的遮蔽，甚至没有七零八落的岩石，所以风刮起来毫无阻挡，吹过一马平川的荒野，前面纷纷扬扬的雪片像怒海上波涛激起的浪花那样四处飞散。雪越积越厚，车速减慢。我们推测火车头在雪中开路越来越困难了。果然，大量飞雪堆积得好像巨大的坟山，挡住了轨道，这时候发动机在雪堆中停止不动了。大伙再也没有谈话的兴致。刚才那一阵的欢欣，现在已变成了深切的焦虑。此处方圆五十英里都没有人家，在这茫茫草原的积雪中，大家想到可能会困在这里，沮丧的情绪很快传遍了车厢里的每一个人。"

"凌晨两点钟，四周的一切活动都停止了。我从辗转难眠中惊醒过来。此刻，我的脑海中闪过了一个恐怖的念头，我们成了雪堆里的囚徒了！'全体起来动手自救啊！'于是所有的人都跳起来响应，一起跑到夜幕下的荒野中。在伸手不见五指的黑暗里，铺天盖地的大雪，势不可挡的风暴，大家从车厢跳进这样一个世界，都意识到现在要争分夺秒，否则就会有灭顶之灾。铁锹，木板，双手，一切的一切，凡是可以用来清除积雪的，一下子全都用上了。那是一幅离奇的景象：一小群人，一半在黑黢黢的阴影里，一半在机头反光灯的强光下，发了疯似的跟那不断堆积起来的积雪拼搏。"

"才干了一个小时，我们发现我们的努力全都是徒劳的。我们刚掘去一堆雪，风暴又吹来十多堆，把轨道堵得死死的。更糟的是，我们发现，刚才火车头在对敌人发动最后一次猛攻时，主动轮的纵向轴被折断了！即使铁路畅通无阻，我们也无法摆脱困境了。我们都累得筋疲力尽，不知道该干些什么，只好又回到了车厢。我们围在火炉旁边，严肃地讨论眼下的处境。最为烦心和着急的是我们没有粮食公共储备。煤水车里还储存有足够的柴火，我们不可能被冻死，这是我们唯一的安慰。讨论到最后，大家都接受了列车员令人丧气的结论：谁要是试图在这样的雪地里步行五十英里，那准是死路一条。我们没办法和外界取得联系，即便有办法，也不会有人来救我们。我们只好听天由命，尽可能耐心地等待救援，要么就等着饿死！我相信，就是最刚强的人听了这话，心中也会顿生凉意。"

"过了一会儿，大家变得沉默了，从时起时落的狂风怒号中偶尔传来几句低沉的话语。灯光暗淡了卜来，坐在明灭不定的光影中，多数人都陷入沉思，忘掉眼前，如果可能的话；睡觉，如果可以的话。"

"永无尽头的黑夜，我觉得那肯定是永无尽头的。终于把磨磨蹭蹭的时光打发走了，东方破晓，现出灰冷的晨光。随着天空的光亮，乘客们开始一个接一个活动起来了，像初升的太阳，他们也露出了一点儿生气。然后，推一推扣在脑门上的垂边帽，舒展舒展僵硬的四肢，透过窗子窥视那萧瑟的景色，从心底散发出一阵阵的寒意。极目望去，一个生物的影子都没有，一个人家也没有，万籁俱寂，除了一片空荡荡、白茫茫的荒野，什么都没有。一个雪花飞舞的世界，卷起雪片迎风飘扬，遮蔽了苍茫的天空。"

"整整一天，我们只能呆头呆脑地在车上走来走去，说得很少，只有忧愁挂在脸上。又是一个漫长而郁闷的夜晚，还有饥饿。"

"又是一个黎明，又是这样的一天：寂静，悲哀，饥肠辘辘，无望地等候那根本没有希望的救援。一夜都睡不安宁，老是在梦里大吃大喝，但醒来又受到饥饿的痛苦折磨。"

"第四天来了又去，接着是第五天！五天可怕的囚禁生活啊！每一只眼睛都射出饥饿的凶光，里面流露出一种可怕的含义，那是每个人心中都在暗暗构思的一件事，一件还没人敢用言语说出来的事情。"

"第六天过去了。第七天的黎明到来时，它面对的是在死亡阴影中罕见的一群形销骨立、憔悴枯槁、心如死灰的人。现在必须将它公诸于众了！那件在每个人心中酝酿许久的事，终于还是要从每一张嘴里跳出来了！人性遭遇的折磨已经超过了它所能承受的极限，它不得不屈服了。明尼苏达州的理查德·H. 加斯顿站了起来，他身材高大，面色惨白，好像是一具死尸。大伙都知道他要说什么，已经有所准备，每一种感情，每一种激动的神态都被闷死了，从近来变得狰狞的目光中，只露出一副冷静的沉思的严肃神情。"

"'先生们，事情不能再耽搁了！时间已经非常紧迫！我们当中的某一位必须自我牺牲成为食物，提供给其余的人！我们必须做出决定了！'

"伊利诺斯州的约翰·J. 威廉斯先生站起来说：'先生们，我提名田纳西州的詹姆斯·索耶牧师。'

"印第安纳州的威廉·R. 亚当斯先生说：'我提名纽约州的丹尼尔·斯罗特先生。'

"查尔斯·J. 兰登先生说：'我提名圣路易斯市的塞缪尔·恩·保罗先生。'

"斯罗特先生说：'诸位先生，对于我的提名，我敬谢不尽，我建议它由新泽西州的小约翰·恩·范·诺斯特兰德先生担任。'

"加斯顿先生说：'如果没有异议，我们就同意这位先生的请求吧。'

"由于范·诺斯特兰德先生表示反对，斯罗特先生的推辞不予接受。索耶先生和保罗先生也互相推脱，以同样的理由遭到拒绝。

"来自俄亥俄州的 A. L. 巴斯科姆先生说：'我提议提名到此结束，开始进行投票选举。'

"索耶先生说：'各位，我对这些做法表示强烈的抗议。不管怎样说，这些程序都是不合理的，非常不合理。我不得不建议：立即取消这一切，我提议选举一名会议主席，几名协助他工作的干事，让他们共同协助会议主席，这样我们才能明智地处理好我们眼前的事务。'

"来自依阿华州的贝尔先生说：'各位，我反对这一提议。现在已经不是墨守成规、拘泥礼仪的时候了。我们已经七天七夜没吃东西了。我们不能在无聊的讨论中浪费时间，这只会给我们带来更多的苦难。我对现在的提名感到满意——我相信，所有出席会议的先生，都和我一样，都不能理解为什么不应该立即选出其中的一两位来？我想提出一项方案……'

"加斯顿先生说：'这种做法会遭到反对的。根据规定，一天以后才能处理这事，这样反而会造成您希望避免的那种延误。从新泽西州来的那位先生……'

"范·诺斯特兰德先生说：'各位，我跟诸位素昧平生。我并没奢求诸位授予我这份荣耀，我感到很为难……'

"亚拉巴马州的摩根先生插话说：'我提议投票表决是否辩论主要提案①。'

"他的提议获得通过。当然，此后无须再进行讨论。选举工作人员的提议也获得通过。于是，根据提议，加斯顿先生被选为主席，布莱克先生被选为秘书，霍尔库姆先生、戴尔先生和鲍德温先生当选为提名委员会委员，拉·姆·霍兰先生担任膳食主管，负责辅助提名委员会做出选择。

"然后宣布休会半小时，举行了一系列小型的秘密会议。经过紧张而慎重地讨论后，主席敲击小木槌，会议重新召开，委员会向大会提出报告，推举肯塔基州的乔治·弗格森先生、路易斯安纳州的卢西恩·赫尔曼先生和科罗拉多州的威·梅西克先生为候选人。这项报告被接受了。

"密苏里州的罗杰斯先生说：'主席先生，既然报告已经提交议会，我提请对报告进行一些修改，由我们所有人都熟悉和尊敬的来自圣路易斯市的卢修斯·哈雷斯先生替代赫尔曼先生。希望诸位不会误会，以为我有意贬责这位来自路易斯安那州的绅士的高尚品格和崇高地位，绝无此意。我尊重他的程度比你们只会有过之而无不及。但是，我们不会对这样一件事实视而不见，那就是，在我们滞留的一个星期里，他掉的膘比我们任何人都多，我们谁都不能忽视这一点。否则委员会难逃玩忽职守干系，没有尊重我们赋予他们的神圣的权力。这可能是一时的疏忽，也可能是明知故犯，不管怎么说都是犯了严重的错误，因为他们竟然要我们选举这样一位绅士，不管他的动机多么纯正，他身上确实没有什么营养……'

"主席说：'请密苏里州的这位先生坐下。根据惯例，本主席不容许任何人对委员会的公正进行置疑，除非它通过正式程序，严格按照规定提出。大会对这位先生的提议有什么意见？'

"弗吉尼亚州的哈利特先生说：'我提议对报告做更进一步的修正，改由俄勒冈州的哈维·戴维斯先生替代梅西克先生。也许某位先生会强调这

---

① 指之前索耶牧师提出的选举议会主席的意见。

一点，说曾经拓荒生活里那些艰苦困乏的条件已经使戴维斯先生皮粗肉糙，但是，诸位先生，现在是挑剔粗细的时候吗？难道现在是吹毛求疵的时候吗？难道现在是对一些微不足道的事斤斤计较的时候吗？不，先生们，现在我们需要的是体积，是重量和体积，这就是我们目前的最高要求，而不是能力，不是天赋，更不是教育。我坚持我的提议。'

"神情激动的摩根先生说：'主席先生，我强烈地反对这项修正案。从俄勒冈州来的那位先生年纪大了，再说，块头固然不小，但根本没什么肉，都是一身骨头。我现在请问从弗吉尼亚州来的这位先生，我们是想喝稀汤呢，还是要吃些实实在在的东西？难道他是要欺骗我们，叫我们捕风捉影吗？难道他是要找一个俄勒冈州的鬼魂来嘲弄我们所受的苦难吗？我倒要请问：他能不能看看四周一张张焦灼的脸，认真看看我们忧伤的眼睛，仔细倾听我们满怀期盼的心声，如果他还有良知的话，他还会把这样一个饿得半死不活、骨瘦如柴的家伙强加给我们吗？我倒要请问：他是否能想到我们凄惨的处境，想到我们过去的悲哀，想到我们没有光明的未来，同时还能这样狠心地，硬要把这个残骸、这具僵尸、这个连站都站不稳的骗子、这个饱受摧残、干瘪无汁、从俄勒冈荒凉的海滩上来的流浪汉蒙混我们？休想！'（鼓掌）

"经过一场激烈地辩论，第二项修正案经表决被否定。根据第一项修正案，应改由哈雷斯先生代替赫尔曼。于是又开始投票表决。五次投票都没有结果。到第六次表决时，哈雷斯先生终于被选中了。除了他一人外，全体投了赞成票。于是有人提议，应当用鼓掌的形式为他的中选表示祝贺，这一动议由于他再次投票反对自己当选而遭到否决。

"拉德韦尔先生提议，现在应当开始考虑其余几位候选人，为准备明天的早餐进行一次选举。提议获得通过。

"第二次投票选举出现了僵持的局面，半数人赞成某一位候选人，因为他年轻。而半数人主张选另一位候选人，因为他个头儿大。主席投了决定性的一票，他赞成第二派看中的梅西克先生。这样候选人弗格森尔先生宣告落选，这一决定在他的朋友当中激起了相当大的不满情绪，有人要求重新进行一次投票选举。但这时，主张休会的提议获得通过，于是立即散会。

"弗格森尔派系一直都在喋喋不休地讨论这个问题，晚饭的准备工作分散了他们的注意力。正当我们窃窃私语时，传来了哈雷斯先生已经准备就绪的喜讯，于是这一件事就被完全抛在脑后了。

"我们撑起车座的靠背，搭起临时的饭桌，满怀感激之情坐了下来，注视着有生以来最精美的晚餐。这是一顿在痛苦难熬的七天里只有做美梦时才能看得到的晚餐。我们跟几小时之前真是天壤之别啊！记得几天前面临的是饥饿，是万念俱灰，是忧心如焚，那种困境是无法摆脱的。而现在呢，感恩戴德，泰然自若，大喜过望。我知道，那是我坎坷的一生里最为欢欣的时光。窗外寒风呼啸，刮得大雪在我们的牢笼周围狂飞乱舞，但是我们再也不为此愁苦了。

"我很喜欢哈雷斯，虽然他还可以被烹调得更可口一些，但是我可以毫无顾忌地说，已经没有谁可以比哈雷斯更让我胃口大开，更让我称心如意了，虽然香料放得太浓了些。不过梅西克也很好。但是，讲到真正营养丰富、细皮嫩肉，还是哈雷斯更胜一筹。梅西克自有他的优点，这一点我并不想否认，也根本无意否认。可是要他当早饭，那他比一具木乃伊好不了多少，简直一模一样，瘦吗？哦，上帝保佑！怎么，老吗？啊，他非常的老！老得让你无法想象，你绝对没法想象，这世上有他那样的肉。"

"您打算给我讲……"

"请不要打断我的话。用完了早餐，另一个从底特律来的名叫沃克的人被我们选举出来，来充作我们的晚餐。他很不错，在给他妻子的信里我很诚实地说过。怎么夸他都不过分，我会永远记住他。虽然他煮的嫩了点儿，但是，他的质量非常好。接着，第二天早晨，用亚拉巴马州的摩根做了我们的早餐。他是我吃到的最可爱的人士之一，一位仪表堂堂、文雅博学、能流利地说几国语言的地道绅士，确实是一位十全十美的绅士，油水多得出奇。晚餐时我们享用了那位俄勒冈的主教，他真是个徒有其表的家伙，这一点无可置疑。上了岁数、瘦得皮包骨头，让人咬不动，谁也无法形容那种状况。最后我说，先生们，请你们慢用吧，我宁可等下一个候选人。这时候伊利诺斯州的格里姆斯说：'先生们，我也愿意等待。等你们选出一个有长处的人，那时我将乐于与诸位再次共同享用。'过了不久，已经可以明显地感到大伙儿对俄勒冈州的戴维斯普遍感到不满，因此，为了继续保持我们享用过哈雷斯之后一直欣然流露出的那份发自内心的愉悦，我们进行了一次选举，结果是佐治亚州的贝克中选。他真够味儿！哎，哎……此后我们享用了杜利特，还有霍金斯，还有麦克罗伊（有人对麦克罗伊颇有微词，因为他瘦小得不同一般），还有彭罗德，还有两位史密斯，还有贝利（贝利装了一条木腿，这对我们无疑是个损失，不过其他方面他都很好），还有一个印第安少年，还有一个街头演奏手风琴的人，还有一位巴克明斯特的绅士，一个木头似的流浪汉。非但跟他交朋友会使你感到乏味，就是把他当早餐也会叫你心里不好受。我们很高兴把他选中之后营救队才来。"

"这样说来，最后那该死的营救队真的来了？"

"不错，一个阳光灿烂的早晨，刚选举完，营救队就到了。那次选的是约翰·莫菲，我可以保证，再没有比他更好的早餐了。可是后来约翰·莫菲却坐上了那列来搭救我们的火车，和我们一起回到了故乡。到后来他跟哈雷斯得遗孀结了婚……"

"谁的遗孀……"

"是我们第一次选出的那一位。莫菲就跟她结了婚，现在很受人尊重，过着幸福愉快的生活。噢，它就像是一篇小说，先生，它就像是一部令人惊叹的传奇。我下车的地方到了，先生，我得向您道别了。您什么时候方便，请过来和我一起小聚几日吧，您来了我会非常高兴。我很喜欢您，先生，我已经对您产生了好感。您就像哈雷斯那样让我喜欢，先生。再见啦，先生，祝您一路顺风。"

他走了。有生以来我从来没有感到过这样的惊恐，这样的痛苦，这样的迷惑。我打心底里高兴他走了。尽管他温文尔雅，声音柔和，但是，每当他把那饥饿的目光投到我身上时，我便感到毛骨悚然。当他对我说我已经赢得了他凶险的好感，而且几乎和已故的哈雷斯同样被他看重时，我的心差点儿停止跳动！

我无法形容我当时的惶恐。对于他的话我深信不疑，他那样严肃认真地叙述他的经历，让我不可能对任何细节产生疑问。但是，我已经被那些可怖的描绘搅得心乱如麻，曾一度难以相信他所说的话，我的思绪陷入了极度的混乱之中。我看见列车员正瞅着我，我问："那个人是谁呀？"

"他曾经是国会议员，一位很好的议员。不过，有一次他遭遇风雪被困在火车上，好像快要饿死了，他全身都冻僵了，因为没有吃的，被救助时他已经神志昏迷。之后在医院里住了两三个月。现在他已经复原，只不过已经变成一个偏执狂，他一提起那些老话题，不把他谈到的那一车人吃光就闭不上嘴。要不是刚才已经到站，非下车不可，他会把车上那群人吃得一个不剩。那些人的姓名他都记得滚瓜烂熟。等他把大家都统统吃光，只剩下他一个人时，他老是这样说：'后来，为准备早餐而进行日常选举的时间到了，没人反对，我当然中选，当然，也没人提出异议，我便提出辞职。所以我还在这儿。'"

知道自己听到的那些血腥的话语并不是什么嗜血的食人族的真实经历，只不过是一个疯子并无恶意、异想天开的故事罢了，我长舒了一口气，这种轻松感真是无法表达。

1867 年

一个大宗牛肉合同的故事

不管它对我的关系是多么微不足道吧，我也不用为它去和政府各部门的人员打交道。但是我仍想尽可能简短地向全国人说明这件事的来龙去脉，因为这件事曾引起公众的关注，激起了很大的反响，以至两大州的报纸都用大量篇幅刊载了歪曲事实的报道和偏激夸大的评论。

这件事件发生的原因，在这里我要着重指出的是，在以下叙述中的每一件事都已被政府的官方档案完全证实：

大约在 1861 年 10 月 10 日，新泽西州西蒙县鹿特丹区已故的约翰·威尔逊·麦肯齐与中央政府签订了一份合同，议定他向谢尔曼将军①供应总数为三十大桶的牛肉。

多么好的一笔买卖！

肯兹将牛肉备好后，便赶往华盛顿去见谢尔曼，但当他赶到时，谢尔曼却已经到了马纳萨斯；于是他又装好了牛肉，追踪到那里，可是到达那里时已经晚了。于是他又紧随谢尔曼去纳什维尔，然后从纳什维尔去查塔努加，再从查塔努加到亚特兰大。尽管这样，他始终没能追赶上他。他从亚特兰大再一次整装出发，追寻着谢尔曼的路线直趋海滨。这一次他又晚到了几天。但是他又听说谢尔曼准备搭乘"贵格城"号去圣地旅行，他就搭乘了一艘开往贝鲁特的轮船，打算超过前一艘轮船，从而顺利交货。不幸的是当他带着牛肉抵达耶路撒冷时，他获悉谢尔曼并未乘"贵格城"号出发，而是到大草原去打印第安人了。他只好回到美国，向落基山进发。

---

① 威廉·特库姆塞·谢尔曼，19 世纪时的一名美国陆军司令官，1864 年主持了著名的"长征"，一路上与印第安人交战，抵达亚特兰大后，又继续向南卡罗来纳方向进军。

他在大草原上历尽艰辛，走了六十八天，到离谢尔曼的大本营只有四英里时，他被印第安人用战斧劈死，剥去头皮，牛肉也被印第安人抢走了。他们抢走了几乎所有的牛肉，只丢下其中的一桶。谢尔曼的军队截下了那一桶牛肉。所以，那位勇敢的航海者虽然身死他方，但还是部分履行了他的合同。在一份以日记形式写的遗嘱中，他将那份合同留给了他的儿子巴塞罗姆·W。巴塞罗姆·W 开列了下面这份账单，随后就死了。

致美利坚合众国政府

按合同应支付新泽西州已故的约翰·威尔逊·麦肯兹以下费用：

谢尔曼将军定购牛肉	三十大桶
每桶售价一百美元	三千美元
旅费与运输	一万四千美元
共计	一万七千美元

收款人：_____

巴塞洛姆虽然已经死了，却在死之前将合同交给了威廉·马丁。马丁虽然尽力收回了大笔欠款，但没能及时了结就去世了。马丁将此事又委托给巴克·艾伦；艾伦也设法去完成此事，可他还没能结款便也去世了，又将此事交给安森·罗杰斯办理；罗杰斯遵嘱对此事不遗余力，最后此事已转到第九审计官员的办公室，但是这时候对万物一视同仁的死神没经召唤就突然来到，把他也勾去了。他将单据留给康涅狄罗格州一个叫文詹斯·霍普金斯的亲戚，霍普金斯在此之后只活了四个星期零两天，但却创造了最快的记录，因为他在此期间已经通过十一道审查，就要面见第十二个审计官了。他在遗嘱中把那份合同赠给了一位名叫"会找乐子的约翰逊"的舅父。但是，他虽然会寻乐，也操不起那份心。他临终时说："请不要为我哭泣，我可是自愿走的。"于是他真的走了，瞧这个可怜的人。此后继承那份合同的共有七个，但是他们一个个都死了。所以最后它落在了我手里。它是由印第安纳州一个名叫罗伯德（伯利恒·罗伯德）的亲戚传到我手里的。这人长期以来一直对我怀恨在心。可是，到了弥留之际，他却把我唤了去，宽恕了我过去的一切，垂着泪把那份合同交给了我。

以上就是我继承这笔遗产几经周折的一段历史。现在我要将本人与此事有关的细节直接向全国人一一交代。我带着这份合同以及旅费费、运费清单，去拜见美利坚合众国总统。

他说："您好，先生，有什么事我可以为您效劳吗？"

我说："阁下，大约在 1861 年 10 月 10 日，新泽西州西蒙县鹿特丹区已故的约翰·威尔逊·麦肯齐和中央政府订立了一份合同，议定向谢尔曼将军供应总数为三十大桶的牛肉……"

刚听到这里他就让我住嘴，叫我离开。态度是和蔼的，但也是坚决的。第二天，我去拜会国务卿。

他说："有什么事呀，先生？"

我说："阁下①，大约在 1861 年 10 月 10 日，新泽西州西蒙县鹿特丹区已故的约翰·威尔逊·麦肯齐和中央政府订立了一份合同，议定向谢尔曼将军供应总数为三十大桶的牛肉……"

"好啦，先生。你所讲的事我早就知道了。请你走吧，带上你的那份什么合同离开这里。陆军的供给问题与内政部一点也无关。"

他把我请了出去。我把这件事通盘考虑了一下，第二天我去拜访海军部部长，他说："有话快说吧，先生，别叫我老等着。"

我说："阁下，大约在 1861 年 10 月 10 日，新泽西州西蒙县鹿特丹区已故的约翰·威尔逊·麦肯齐和中央政府订立了一份合同，议定向谢尔曼将军供应总数为三十大桶的牛肉……"

可不是，我只来得及说到这儿。他和前面两位一样也不管给谢尔曼将军订立的这份牛肉合同。我心里开始嘀咕起来：瞧这政府可有点古怪啊，它有点儿像是要赖了这笔牛肉账哩。第二天，我又去见内政部长。

---

① 本文中官职和部门等均为开玩笑的称呼。

我说："部长先生，大约 1861 年 10 月 10 日……"

"好啦，先生。你所讲的事我早就知道了。请你走吧，带上你的那份什么合同离开这里。陆军的供给问题与内政部一点也无关。"

我离开了那儿。可是这一来我恼火了。我发誓，我要把他们纠缠得没法安身，我要搅乱这个不讲公道的政府的每一个部门，一直闹到这件合同的事获得解决为止。只有两个结果，要不就是我收齐了这笔账款，要不就是我倒下了，像以前那些人办交涉的时候倒下了为止。此后我进攻邮政部长，围困农业部，给众议院议长打了埋伏。他们都不管给陆军订立的牛肉合同。于是我向专利局进军。

我说："尊敬的局长先生，大约在……"

"真该死！你终于把你那份该烧掉的牛肉合同带来找我们了！对不起，先生，我们这里与陆军签订的牛肉合同一点也无关。"

"哦，这完全没关系。可是，总得有一个人站出来偿付那笔牛肉账呀。再说，你们现在就得付，否则我就要没收这个老专利局，包括它里面所有的东西。"

"可是，亲爱的先生……"

"不管怎么样，先生。我认为今天专利局必须对那批牛肉负责。一句话，有责任也罢，没有责任也罢，今天专利局必须付清这笔账。"

有关的细节不必再谈，此事最后以大动干戈了结。这一次专利局赢了，可我却有一件意外的收获，我被告知，我该去找财政部。于是，我又找到了财政部。等了两个半小时，才被获准去见财政部第一部长。

我说："最高贵的、庄严的、尊敬的大人，大约在 1861 年 10 月 10 日，约翰·威尔逊·麦肯齐……"

"行啦，先生，您的事我已经听说过了，您去见财政部第一审计官吧。"

我听从他的指令去见第一审计长官。第一审计长官却要我去见第二审计长官；第二审计长官要我去见第三审计长官；第三审计长官打发我去见腌牛肉处的第一查账员，到这时才开始像办公事了。第一查账员审查了他的账单里所有未受理的文件，结果没发现牛肉合同账单存本；我又去找腌牛肉组的第二查账员。他也查看了他的账册和未归档的文件，到最后还是毫无结果。不过我看到了希望的曙光，我的勇气也随之提高了。在那一星期里，我甚至找到了该组的第六查账员。第二个星期，我走遍了债权部。第三个星期，我开始到错档合同部里从事查询。结束了在那里进行的工作后，又在错账部里获得一个据点，我只花了三天工夫就消灭了它。遗憾的是没有找到我想要的。现在只剩下一个地方可以让我去了。我去围攻杂碎司司长。意思是说，我找到的是他的办事员，因为他本人不在。有十六位年轻貌美的姑娘在屋子里记账，还有七个年轻帅气的男办事员在指导她们。姑娘们扭过头来露出迷人的笑容，办事员朝她们对笑，大伙喜气洋洋，好像听到了结婚的钟声敲响。两三位正在看报的办事员下死眼把我盯了两下，又继续看报，谁也不说什么。幸运的是，自从走进腌牛肉组的第一个办公室那天起，直到走出错账部的最后一个办公室为止，我已经积累了很多经验，我已经习惯了四级助理普通办事员的这种敏捷的反应。这时候我已经练就了一套功夫：从走进办公室时起，一直等到一位办事员开始跟我说话为止，我都能一直金鸡独立般站着，最多只改换一两次姿势。

我就这样站在那儿，一直到我第四次改变站立姿势时，我于是对一名正在看的办事员说："大名鼎鼎的浑蛋，土耳其皇帝在哪儿？"

"您这是什么意思，先生？您指的是谁？如果您说的是局长，那么他出去了。"

"他今天会去后宫吗？"

这年轻人把我上下打量了片刻，接着埋头继续看报。我已习惯了这种接人待物的方式。我知道，我得等到他在从纽约运来的另一批报纸到达之前把报纸读完，他才会同我攀谈。现在他手中只剩下两页报纸了。过了一会儿，他读完了这两张，然后，打个哈欠，这才问我有何公干。

"赫赫有名的尊贵的傻瓜，大约在……"

"原来您就是那个为牛肉合同打交道的人呀，把您的单据给我吧。"

他接过了那些单据，好半晌一直翻他那些杂碎儿。最后，他发现了那份已经失落多年的牛肉合同记录，我还以为他是发现了西北航道①，以为

———————————

① 经过加拿大北部的一条连接大西洋与太平洋的航道。

他是发现了一块我们许多祖先还没驶近它跟前就被撞得粉身碎骨的礁石。当时我深受感动。但是我很高兴，因为我总算保全了性命，不会像先人们一样在生命的最后时刻还为它忙碌着。我激动地说："把它给我吧。这一来政府总要解决这个问题了。"他挥手叫我后退，说还有一步手续得先办好。

"这个叫约翰，威尔逊，麦肯兹的人现在何处？他问。

"死了。"

"他是什么时候死的？"

"他根本不是自己死的，他是被杀害的。"

"怎么杀害的？"

"被战斧砍死的。"

"谁用战斧砍死他的？"

"哦，当然是印第安人啰。您总不会猜想是一位教会学校的校长吧？"

"那当然不会。是一个印第安人吗？"

"正是。"

"那印第安人叫什么？"

"他叫什么？我可不知道他叫什么。"

"必须知道他叫什么。是谁看见他被战斧砍死的？"

"我不知道。"

"这就是说，你当时不在现场。"

"您只要瞧瞧我的头发就可以知道了。当时我不可能在场。"

"那么您又是怎么知道麦肯齐已经死了？"

"因为他必定在那时死了。我有足够的理由相信打那时起，他已经不在世了。我知道，他确实死了。"

"我们必须要有证明。那您找到那个印第安人了吗？"

"当然没有。"

"我说，您必须找到他，您找到那把战斧了吗？"

"我从来没想过这些事情。"

"你得找到战斧。必须把那印第安人以及他的战斧找到。如果麦肯齐的死能由这一切提供证明的话，那么您就可以到一个特别委任的委员会那儿去对证，让他们审核您所要求的赔偿。按照这样的速度处理您的账单，看来您的子女或许还有希望活到那一天，可以领到那笔钱去享受一下。但是，前提是那个人的死必须得到证明。好吧，我不妨告诉您，政府决不会偿付已故麦肯齐的那些运费和旅费的。如果您能让国会通过一项救济法案，为此拨出一笔款项，也许政府可能偿付谢尔曼的士兵截下来的那一桶牛肉的货款。不过，政府不会赔偿印第安人吃掉的那二十九桶牛肉。"

"你是说，其实政府只能付给我一百元，而且这笔钱还难以到手。麦肯齐带着那批牛肉，在欧洲、亚洲和美洲一路跋涉，历经艰辛磨难，牛肉辗转运送多处，许多试图收回账单欠款的无辜者先后送了命，难道这一切到头来都不值一提？小伙子，腌牛肉处的第一查账员干吗当时不告诉我要这样办呢？"

"对您提出的要求是否属实，他一无所知呀？"

"那为什么第二查账员不早告诉我呢？为什么第三查账员不早告诉我？为什么所有各组各部门的人都不早告诉我？"

"他们都不知道呀。我们这儿是按规章手续办事的。您一步步地履行了那些手续，就会探听到您所要知道的事情。这是最好的办法，也是唯一的办法。这样办事非常正规，虽然很缓慢，但是稳妥可靠。"

"是呀，是必死无疑，对于我们家族中的大多数人来说就是这样。我开始感觉到，主也要召我去了。年轻人，我从你温柔的眼光里可以看出，你爱上了前面那个艳丽的人，你在脉脉含情地看着她那蓝晶晶的眼睛，耳朵后面插着几支钢笔。你想要娶她，可是你又没钱。喏，把手伸出来，这是那份牛肉合同，你拿去吧，娶了她去快活快活吧！愿上帝保佑你们俩，我的孩子！"

这一桩广受社会关注的大笔牛肉合同的内幕，我已就我知道的一切，在这里给大家全部说明了。我留下合同给他的那个办事员现在也死了。有关合同此后的下落，以及任何与它有关的人和事我都不知道了。我只知道：如果一个人的寿命特别长而且又有充沛的精力，那么他不妨到华盛顿的扯皮办事处里去追查这件事，在那里花费了很大的气力，经过无数的转折和拖延，最后他会发现实际上他要找的东西在第一天就可以找到。如果这个办事处的办事效率能够像一家私有机构那样快速准确的话。

1867 年

我怎样编辑农业报

我接下农业报编辑这一职位时并不是毫无顾虑，正如一个惯居陆地的人驾驶一只船那样，我并不是毫无顾虑的。但是我当时处境艰难，薪金成了我追求的目标。这家报纸的常任编辑要出外休假，我就接受了他所提出的条件，代理了他的职务。

我又找到了工作，心情非常惬意。我以孜孜不倦的兴致，整整干了一个星期。后来稿件开始印刷准备出售，我又怀着迫切的心情等待了一天，急于想看看我写的文章是否能引起什么注意。将近傍晚，我离开编辑室的时候，楼梯底下的一群大人和孩子以一致的动作向旁边闪避，给我让出路来，我隐约听见他们当中有一两个人说："就是他！"这桩事情自然使我很高兴。第二天早上，我又发现类似的一群人在楼梯底下，另外还有些人，东一对西一个，到处在街上站着，很感兴趣地盯着我。当我走近他们的时候，那一群人就纷纷分开向后退，我还听见一个人说："你看看他那双眼睛！"我假装没有看出我所引起的注意，可是内心却很得意，我甚至想给姑妈写一封信，向她说说这个事。我爬上那一道短短的楼梯，走近门口时，听见一阵兴高采烈的声音和响亮的哈哈大笑。我把门打开，一眼瞟见两个乡下人样子的青年人。他们看见我的时候脸色发白，显出害怕的样子，接着他们两人砰地一下子从窗户跳了出去。我感到有些诧异。

大约过了半个小时，一位老先生，他蓄着一束飘逸的长胡子，仪表堂堂，可神情严肃，走了过来。我请他坐下，他似乎有什么心事。他把帽子取下，放在地板上，然后从帽子里取出一条红绸子手巾和一份我们的报纸。

他把报纸放在膝头上，一面用手巾擦着眼镜，一面说道："你就是新来的编辑吗？"

我说是的。

"你从前编辑过农业报没有？"

"没有，"我说，"这是我初次的尝试。"

"难怪会如此。你干过农活没有？"

"没有。可以说是完全没有。"

"我有一种直觉使我看出了这一点。"这位老先生把眼镜戴上，以严峻的神气从眼镜上面望着我说。同时他把那份报纸折了一下，方便阅读。"我想把使我产生这种直觉的一段念给你听听。就是这篇社论。你听着，看这是不是你写的。"

"千万不要用手拔萝卜，以防止损伤了萝卜树。最好让一个小孩爬上去，把树摇一摇。"

"喏，你觉得怎么样？我看这些当真是你写的吧？"

"觉得怎么样？哦，我觉得这很好呀。我觉得这很有道理。我相信就只是在这个城市附近，每年都会因为在半熟的时候去摘萝卜而糟蹋了无数万担。假如大家叫小孩子爬上去摇萝卜树的话。"

"摇你他妈的老祖宗！萝卜并没长在树上的呀！"

"啊，不是那么长的，对不对？那当然，谁说萝卜长在树上了？我那是打个比喻，完全是比喻的说法。稍有常识的人就会明白我的意思是叫小孩子上去摇萝卜的藤①呀。"

听完这话，那位老人站起来，将那份报纸一把撕得粉碎，还用脚去踩；并且用他的手杖敲碎了好几件东西，还对我说，我知道的东西还不如一头牛。然后他就走出去，砰的一声把门带上了。总而言之，他的举动使我觉得他大概有所不满。但我又不知道究竟出了什么岔子，所以我对他也就无能为力了。

随后不久，又来了一个个子很高的死尸似的家伙，头上有几绺细长的头发垂到肩膀上，他那满是坑坑洼洼的脸上长着密密麻麻的短胡子，大概

---

① 应该是指俗称萝卜缨子的羽状叶。

有一个星期没有刮过。他一下子冲进房间里，站着不动，手指按在嘴唇上，头和身子都弯下去，做出静听的姿势。但我并没有听见什么声音。可他还在认真地听，直到确定没有什么动静后，他才把门锁上，小心翼翼地踮着脚尖向我走过来，他走到勉强可以和我交谈的地方就停住，以浓厚的兴趣把我的面孔仔细观察了一会儿之后，从怀中掏出一份折了起来的我们的报纸，说道：

"这是你写的吧。请你念给我听一下，快点！救救我吧，我真受不了！"

我照着念了下面的文章。当那些词句从我嘴里吐出来的时候，我看得出来果然对他起到了解救的效果，看得出他那紧张的肌肉松弛了下来，脸上的焦躁神情也消失了，安详和舒适的表情悄悄地掠过他的眉宇，就像慈祥的月光照在凄凉的景物上面一般：

鸟粪①是一种很有经济价值的鸟，因此饲养时必须多加小心。由产地输入的最佳时期不宜在 6 月以前或 9 月以后。冬天应该把它养在温暖的地方，好让它把小鸟孵出来。

看来，今年谷物收成期必定要很晚。所以，农民在 7 月开始插上麦秸，并种下荞麦最为适宜，但不可推迟到 8 月。

再谈谈南瓜吧。这种浆果是新西兰人最喜欢吃的，他们觉得用它做果子酱比用醋栗子好，同时也认为拿它喂牛比醋栗子好，因为它比较容易饱肚子，而且牛也爱吃。除了葫芦和一两种瓠瓜的变种之外，南瓜是柑橘科中唯一能在北方繁殖的蔬菜。但是把它和灌木一同种在前院里的那种老办法现在越来越不时兴了，因为一般人都认为靠南瓜树那几片叶子遮阴是一桩未见成效的事情。

现在，天气已渐渐地变得暖和了，公鹅已开始产卵……

这位兴奋的聆听者连忙向我跑过来，和我握手，说：

"好了，好了，就读到这儿吧。现在我可以证明我并没有毛病，因为

---

① 主编可能想写 guanay，秘鲁产的一种鸬鹚，可错写成 guano 意思则成了鸟粪。

你念的和我念的一模一样，一字一句都正好相符。可是，先生，当今天早上我第一次读这篇文章的时候，我自己心里就想，虽然我那些朋友把我监视得很严，我可从来不相信自己疯了！可是读了这之后我相信我确实是疯子。于是我大吼一声（那声音几英里以外都可以听得见），接着我还想冲出去杀人。你明白吧，因为我知道迟早我都会到这个地步，还不如趁早开始。我把你那篇文章当中的一段又念了一遍，为的是证明自己确实是疯了。然后我自己动手把我的房子放火烧了。我把好几个人打成了残废，而且还把一个家伙弄到树上，这样等我想要修理他的时候，随时都可以把他弄下来，让他不至于跑掉。

"可是我经过这儿的时候，觉得还是最好进来请教一下，把事情彻底弄清楚为好。现在确实是弄清楚了，被我弄到树上的那个小伙子运气真是好。要不然我回去的时候肯定会把他杀死。再见吧，先生，再见。你为我心里卸去了一副重担。我的理智居然抵制住了你的一篇农业文章对我的影响，现在我知道无论什么事情都不能再使我的心理反常了。再见，先生。"

这小子为了寻开心，居然把别人打成残废，还放火烧自家房子。为此我内心颇有点儿不安，因为我不能不觉得，这些举止，虽说与我并无直接关系，但也不能说与我毫无关联。可是这种念头很快就被撵走，因为正式的编辑突然进来了！（我心里想道，好可惜啊，假如你按照原计划，去埃及旅游的话，那我还可以有机会大干一番。可是你偏偏不到那儿去，现在就回来了。我本来就担心着你会这样哩）

编辑先生看起来很不高兴，脸上露着惶惑和沮丧。

他把那个老暴徒和两个年轻农民所捣毁的东西巡视了一番，然后说道："这真是一桩倒霉的事情，非常倒霉的事情。胶水瓶子打破了，还有六块玻璃，还有一只痰盂和两只蜡烛台。可是最糟糕的还不是这个。报纸的名誉受到了损失，恐怕是永久都无法弥补的损失。当然，这个报纸从来没有像现在这样受欢迎过，也从来没有卖出这么多份过，从来没有出过这么大的风头。但难道我们希望靠疯狂的行为而出名，希望靠神经病来发展业务吗？朋友，我给你说老实话，现在外面的街道上站满了人，还有许多人骑在栅栏上，大家都在等着要瞧你一眼，因为他们都认为你是个疯子。

他们看了你写的那些文章之后，当然也就不免有那种想法。你的那些大作真是我们新闻界的耻辱。天哪！你怎么会异想天开地认为自己可以编这种报纸呢？你似乎连农业上的一点最起码的常识都没有嘛。你提到犁沟和犁耙①，就把它们当成了同一种东西，你还说什么牛换羽毛的季节；还主张饲养臭猫，因为它既好玩又善于捉耗子！你说什么给蛤蜊奏乐就可以使它规规矩矩待着不动，真是废话，地道的废话。什么也不会惊动蛤蜊呀，蛤蜊经常都是规规矩矩待着不动的。它对音乐根本就没有丝毫兴趣。啊，天哪，朋友！即使你把专门学糊涂当作一生的专业，那你毕业的时候也不可能得到比现在得到更高的荣誉了。我从来没听过这样的事情。你说什么七叶果作为商品越来越受欢迎，这简直是有意要毁掉这份报纸。我叫你放弃这个职务，马上滚蛋，你这个废物。我也不要再休假了，休了假也不痛快。真的，我很不放心让你代替我的职务，因为我得随时提心吊胆，提防你的新玩意儿惹出什么麻烦来。每当想到你在'园艺'这一标题下讨论养蚝场问题，我就禁不住冒火。你现在就给我滚蛋，谁也别想劝我去休假了。为什么你不早点让我知道，你对农业一窍不通呢？"

"告诉你吧，你这玉米秆，花椰菜崽子！这种没良心的话我有生以来还是头一次听到。告诉你吧，编辑这一行我已经干了十四年，这还是第一次听说，当编辑一定要什么知识都懂才行。你这个萝卜头！请问你，是谁给那些二流的报纸写剧评的？嗐，还不都是一些出了师的鞋匠和药剂师的学徒？他们对于演戏的知识并不见得比我对农业的知识强呀。是谁在写书评呢？都是些从来没有看过这本书的人。是谁写那些关于财政的长篇大论？就是那些恰好对财政一无所知的评论家。是谁在评论对印第安人的战争呢？就是那些连临阵的吼叫和林中的狗叫都辨别不清楚的、从来没拿着印第安人的战斧飞奔猛冲的人，也就是那些没有从家人的身上拔过箭，从来没有烧过营火的大人先生们。是谁写文章呼吁戒酒、大声疾呼地警告纵酒之害的呢？就是那些直到进了坟墓的时候嘴里才会不带酒气的人们。是谁在编农业刊物呢？就是你吗？你这山药蛋子？一般而论，都是些写诗碰

---

① 英语中犁沟为 furrow，犁耙为 harrow，读音相近。

了壁、写黄色小说又不成功、写噱头剧本也不行、编辑本地新闻也失败了的人，他们最后只好退守农业这一行，借此暂时免进游民收容所。你居然来教训我，大言不惭地谈起办报的问题来了！先生，对这一行我可是从头到尾都精通，老实告诉你，一个人越是一无所知，他就越有名气，薪金也拿得越多。天知道，我如果不是受过教育，而是愚昧无知，不是这样小心翼翼，而是轻举妄动，那我可能在这个冷酷自私的世界早就出名了。我告辞了，先生。既然你这样对待我，我是十分情愿走的。但是我已经完成了我的任务。在你所容许的范围之内，我已经履行了合同。我说过我能够使你的报纸迎合各阶层的胃口，这一点我做到了。我说过我能够使你的报纸销量增加到两万份，如果我能再编两个星期的话，那本是不成问题的。我其实可以给你找到这份农业报纸最好的读者。其中一个农民也没有，无论哪一个，这么说吧，要了他们的命，他们也弄不清楚西瓜树和桃子藤的区别。咱们这次的决裂，吃亏的可是你而决不是我。你这个让人食用的大黄梗，再见吧。

　　于是，我就离开了。

1870 年

我给参议员当秘书的经历

我现在已经不给参议员老爷当私人秘书了。这个职位我稳稳当当地担任了两个月，而且是干得兴致勃勃的，但是后来我干的好事又找上门来了。这就是说，我的杰作从别处转回来，原形毕露了。我想最好是辞职。事情的经过是这样的：有一天还在清晨的时候，我的东家让我去，于是我在给他最近所作的一次关于财政的精彩演说中添了一些莫名其妙的话进去之后，马上就去见他了。他脸上有着可怕的表情，他的领带没有打好，头发也是乱蓬蓬的，他的神情表现出阴云密布、雷霆将发的征兆。他手里紧紧地捏着一把信件，我知道那是可怕的太平洋铁路的邮件到了。他说：

"我还以为你是值得信任的哩。"

我说："是的，先生。"

他说："我把内华达州的一些选民写来的一封信交给你，他们要求在包尔温牧场设立一所邮局，我叫你写封回信，要尽量写得巧妙一点，给他们举出一些理由，使他们相信那地方还不必设立邮局。"

我觉得安心一些了。"啊，要是你的意思不过是这样的话，先生，那我已经遵命照办了。"

"是呀，你的确照办了。我把你的回信念给你听听，让你去惭愧惭愧吧。

斯密士、琼斯及其他诸位先生：

你们要求在包尔温牧场设一个邮局，这简直是开玩笑吧？这对你们是毫无益处啊。就算是有信寄到你们那里，你们也看不懂，是不是？还有一点，如果有寄钱的信要经过你们那儿再寄到别的地方去的话，那就很难安全通过了，想必你们能明白我的意思吧。结果就不免给我们大家都找些麻烦。算了吧，你们打消在你们那办邮局的想法吧。我非常关心你们的利益，但觉得这只是一个装饰门面的荒唐计划。你们只是缺乏一所很好的监狱，明白吗，一所修得漂亮而结实的监狱和一所免费学校。这两项建设才是符合你们长远利益的。这足以使你们感到真正的满意和快乐，我可以马上在国会中提出这个议案。

参议员吉姆士·××敬启

马克·吐温代笔

十一月二十四日，于华盛顿

"你就是这样答复那封信的。那些人说我要是再到那地方去的话，他们就要把我吊死。我也相信他们一定会这么干。"

"唉，先生，当初我可不知道这会闯什么祸。我不过是想说服他们罢了。"

"啊！对，你确实把他们说服了，我毫不怀疑。你看，这儿还有另外两封可笑的信。在请愿书中他们请求我尽力设法让国会通过议案批准内华达州的美以美主教派教会为法定团体。我叫你回信告诉他们，制订这种法案应该属于州议会的职权范围，并且还要设法使他们明白，目前在他们的那个新州里，宗教界人士的力量还很薄弱，所以正式成立教会的时机是否成熟，还需要慎重考虑。你的回信是怎么写的呢？"

约翰·哈里法克斯牧师及其他诸位先生：

你们那个投机事业应该去找州议会解决，关于宗教的问题，是没有资格放在国会议会桌子上进行讨论的，他们会对此不闻不问的。但是你们也不要忙着去找州议会，因为你们在那新设的州里打算做的这件事情是不适当的，事实上，这简直非常荒谬。你们那里信教人士实力太过薄弱，无论在智能方面、道德方面、虔诚方面都不够，一切都差得太远了。你们最好放弃这个计划，这是行不通的。你们办这种团体，并不能发行债券①，即使可以发行，那也会经常使你们为难。别的教派会攻击这桩事情，他们会"压低行市""卖空头"，使你们的债券垮台。他们会像对付你们那里的银

---

① 作者故意用了一些有双关意思的字，进行混淆，产生喜剧效果。如 incoporate 一词，可以解释为"举办团体"，也可以解释为"组建公司"；speculation 一词，既可以解释为"筹划设想"，也可以解释为"投机倒把"。

矿那样，采取同样的手段对付你们，他们会想方设法使大家相信那是"盲目的投机事业"。你们的计划只会把这项神圣的事业弄得声名狼藉，这种事情你们是不应该做的。你们应该感到惭愧，这就是我对你们的意见。你们的请愿书末尾是这样说的："我们一定永远祈祷。①"我也认为你们要这样做才对，你们必须这么办。

参议员吉姆士·××敬启

马克·吐温代笔

十一月二十四日，于华盛顿

"这封聪明的回信把我的选民中那些宗教界人士对我的好感彻底断送了。可是好像还怕我的政治生命毁得不够彻底似的，不知道有一种什么倒霉的念头，又使我把旧金山市参议会里那些威严的长老们递来的申请书交给你，让你试试你的文采，这个申请书是要求国会制订法律，规定把旧金山市海滨地区的航运税划给他们那个市来收。我告诉你说，这个问题提到国会里去讨论是很危险的。我叫你给那些市参议员写封含糊其辞的回信，一封不着边际的信，在信里你要极力避免对航运税问题的认真考虑和讨论。如果你现在还有一点知觉的话，如果还知道什么是羞耻的话，那么我把这封你遵照我的吩咐写的回信念给你听听，是应该可以使你感到惭愧的。"

可敬的市参议会诸位先生：

我们敬爱的国父乔治·华盛顿早已逝世。他那长久的、光辉灿烂的一生已经永远结束，令人不胜哀悼。在我们这带地方他是很受敬仰的，可惜他死得太早，使所有的人都感到悲哀。他于 1799 年 12 月 14 日辞世。这一天，他安静地离开了承载着他一生的荣誉和伟大成就的场所，他是全世界最受人尊敬的英雄，也是全世界被死神接去的最亲爱的人。而在这种时候，你们却提出航运税的问题！他遭受的是什么运道啊！

---

① 原文中使用的 pray 一词，既可解释为祈祷，也可以解释为呈请。

名誉算什么！名誉不过是偶然之事而已。艾萨克·牛顿爵士发现了一只苹果掉在地下，这其实只是一个微不足道的发现，而且也是千百万人在他之前早已发现了的事情，但是因为他的父母是有势力的，于是他们就把那件小小的事情拼命吹嘘，把它说得了不得，结果全世界的人就老老实实地相信这种吹牛的话，于是几乎在一转瞬间，那个人就成为名人了。好好地体会这种见解吧。

诗歌，美妙的诗歌啊，世人从你那得到的好处有多大，叫谁来评定呀！

"玛丽有一只小羔羊，它有一身雪白的毛，无论玛丽走到什么地方，它总是跟她在一起。"

"杰克和吉尔往山上走，

去提一桶水下来；

杰克跌了一跤滚下山，摔破了头，

吉尔也跟着他滚下来。"

这两首诗写得很朴实，用词也很高雅，再则诗中没有猥亵的倾向，所以我认为这都是很宝贵的珍品。它们适合于各种各样的人去领会，适合各种生活环境的人，合于田野，合于育婴室，合于商人的行会，尤其是参议会欣赏这两首诗。

可敬的老顽固先生们！请常通信吧。友谊的书信往来能够保持我们纯洁的友谊。请再来信吧。如果你们这封申请书里还特别提到了别的什么问题，务请再加说明，无须有所顾忌。我们决不会嫌你们唠叨。

参议员吉姆士·××敬启，

马克·吐温代笔

十一月二十七日，于华盛顿

"这封信真是糟糕透顶，简直是要我的命！你这个神经病！"

"唉，先生，这封信要是有什么不妥当的地方，我实在是感到非常抱歉，可是，可是我觉得这倒是避开了航运税的问题没有谈呀。"

"避开个屁！啊！先不管它吧。现在既然肯定是要遭殃，那就干脆让它来个彻底吧。干脆让它来个彻底，让你这篇最后的杰作来收场吧，我马上就念给你听。"我简直要完蛋了。我把这封从亨保德来的那封信交给你的时候，本来就有点担心。他们要求把印第安谷到莎士比亚山峡和中间各站的邮路像摩门老路一样做部分的修正。我已经告诉过你，这是个很伤脑筋的问题，我提醒过你，要灵活应付，回信要说得含糊一点，要让他们感到莫名其妙。可是你用你这该死的白痴脑袋写了这么一封糟糕的回信。我看你要是还没有完全丧失羞耻心的话，在我念的时候应该把耳朵堵起来才行：

柏金士、华格纳及其他诸位先生：

关于印第安山谷到莎士比亚峡谷路线的问题，是很伤脑筋的。但是如果以适当的灵活手腕和含糊的态度来处理，我相信我们一定能够想出一些办法。因为这条路线在远离拉森草原的地方，去年冬天就在那附近有人剥掉了两个勺尼族酋长"破落冤家"和"云的对手"的头皮，有些人喜欢这条路线，但是另外有些人因为其他的原因，认为还是别的路线较好。走摩门老路就要在凌晨三点钟由摩斯比镇出发，经过觉邦平地到布勒乔之后，再往下就到了壶把镇，大路从它右边经过，自然就把它丢在右边，然后又经过道生镇的左边，再往前走就到了汤玛浩克镇，这么走就可以使附近的旅客省点钱，也方便一点，还可以满足其他一些人所想得到的一切合意的需要，因此也就是对最大多数人有最大的好处，所以我才有了信心，希望问题是可以解决的。但是你们如果想对这个问题获得进一步的了解，只要邮务部能将有关情况提供给我，我随时都准备答复你们，并乐于效劳。

参议员吉姆士·××敬启

马克·吐温代笔

十一月三十日，于华盛顿

"你来看看，你觉得这封信写得怎么样？"

"唉，我不知道，先生。这，唉，在我看来，这封信还是很含糊其词的。"

"含糊，滚出去吧！我简直完蛋了。那些亨保德的野蛮人因为我叫他们大伤脑筋去看这么一封不近人情的回信，他们绝不会饶了我的。我失去了美以美会对我的尊敬，得罪了市参议会那些人……"

"唉，这些我都无话可说，我给他们的这两封回信也许确实写得有些不大得体，可是我对付包尔温牧场那些人，实在是应对的很聪明呀，将军！"

"滚出去！滚出去！永远不要再回来了。"

我认为他这句话是一种委婉的表示，叫我无须再给他帮忙，所以我就辞职了。以后我决计不再给参议员当私人秘书。这种人实在太难伺候了。他们什么也不懂。你费尽了心思，他们也不知好歹。

一个真实的故事——照我所听到的逐字逐句地叙述

在一个夏天的黄昏时分。我们当时坐在小山顶上一个农家门口的走廊上，瑞奇尔大娘很恭敬地坐在我们那一排下面的台阶上。因为她是我们的女仆，而且是一个黑人。她的身材高大而壮实。虽然已经六十岁了，可她的眼睛并不模糊，还是炯炯有神，力气也没有衰退。她是个快快乐乐、精力充沛的人，笑起来一点也不费劲，就和鸟儿叫那么自然。这会儿又像平常天黑以后一样，她又处于炮火中了。这就是说，大家毫不留情地拿她开玩笑，她也不生气，反而以此为乐。她经常发出阵阵爽朗的笑声，然后双手蒙着脸，笑得乐不可支，全身颤动，简直喘不过气来了，就在这种时候，我心里忽然起了一个念头，于是我问道：

"瑞切尔大婶，你活了六十岁，怎么从来没有什么烦恼？"

她停止了抖动，沉默了一会儿，没有作声。然后回头望着我说：

"克先生，您当真这么说吗？"她的声音里没有一丝笑意。

听了这话，我颇为吃惊，也使我的态度和言辞庄重了一些，于是说道：

"噢，我以为……我的意思是，我觉得……嗐，你简直不可能有过什么苦恼呀。我从来没听见你叹过气，也从来没见你眼睛里缺少笑意。"

这时，她的脸已正对着我，看得出她脸上的神情分外庄重。

"我是不是有过苦恼？克先生，我来跟您说，叫您自己来判断吧。我出生在奴隶堆里。我知道当奴隶的滋味，因为我自己就当过奴隶。嗐，先生，我的老头子，就是我们当家的，他对我很宠爱，脾气也好，就跟您对您的太太那么好。结婚后我们生了七个孩子，我们俩很爱他们，和您爱您的孩子完全一样。他们皮肤也是黑的，可是不管孩子们长得有多么黑，他们的妈妈照样爱他们，不会把他们抛弃，不，随你拿全世界什么东西跟她换，她也不干。

"唉，先生，我在老弗吉尼长大，可我娘她是在马里兰长大的。哎呀，她可是个厉害的人物，好家伙！谁要是惹了她，她就会和你大吵大闹！她发起脾气来，就老是爱说一句话。她把身子站得挺直，两手攥着拳头插在腰上，说：'我要你们知道，老娘可不是生在平常人家，不能让你们这些杂种开玩笑！我是老蓝母鸡的小鸡，不含糊！'您知道吗，蓝小鸡就是马里兰生的人给他们自己的称呼，他们对这个名字很得意呢。哈哈，她每次都是那么说。我一辈子也忘不了，因为她常说这句话。有一天我的小亨利摔了一跤，把手腕摔坏了，头也碰破了，不偏不倚地碰着脑门子顶上，见旁边的黑鬼们没有马上跑过去安慰他，她就开骂了。他们刚一回嘴，她马上就站起来说：'喂！我要叫你们这些黑鬼知道，老娘可不是生在平常人家，不能让你们这些杂种开玩笑！我是老蓝母鸡的小仔，放明白些！'她收拾好厨房，自个儿给小孩包扎伤口。如果有人惹我，我也用这句话骂他们。"唉，可惜后来我的老东家说自己破产了，她只好把庄上的黑奴通通卖掉。我一听说他们要把我们通通送到里奇蒙去拍卖，啊，上帝！我就知道那是怎么回事！"

瑞奇尔大娘激动得站了起来，现在她高高地站立在我们面前，星光衬托出她的黑影。

"他们给我们套上链子，放到一个像现在这个台阶一般高的看台上——二十英尺，众人围住台子在下面站着看我们，到处是人，一堆一堆的。有的人走上来，把我们浑身打量，拧我们的胳膊，叫我们站起来又走又跳的，之后他们就说，'这个太老了'，或者'这个腿瘸了'，再不就是'这个没什么用处'。后来有人买了我的老汉，拉着铁链把他带走了，又有人买了我的孩子，把他们也带走了。我就哭起来，那个人瞪着我说，'不许你哭！'伸手就给我一巴掌。后来都卖完了，只剩下我的小亨利，我拼命把他抱在怀里，抱得紧紧的，我站起来对他们吼道，'你们不能把他带走，'我说，'谁敢动一动他，我就要谁的命！'这时候，我的小亨利悄悄对我说：'别担心，我会逃跑，跑掉了我就去做工，把您赎出来。'啊，上帝保佑我的孩子，他总是这么孝顺！可是他们拉着他，就是那些人干的。我拼命揪住他们的衣服，撕破了好些地方，还用我的链子打他们的脑袋。可是他们还是把他拉走了，他们也揍了我一顿，可是我不在乎。"

"就这样，我那老头儿走了，还有我所有的孩子，七个全被买走了，其中的六个直到今天我都没再看到一眼。算到上个复活节，那已经是二十二年以前的事了。把我买到手的那个人是新百伦的，他把我带到了他的家乡。唉，一年年的就这么过去了，后来打起了仗。我的东家是南方军队里的一个上校，我是给他家烧饭的。所以北方的队伍占领那个小镇之后，东家全都跑掉了，而把我和别的黑人丢在那幢大得要命的房子里。后来北方队伍的大军官就搬进来住，他们问我愿不愿意给他们烧饭。我说，'天哪，那还有什么说的，我就是干这行的。'"

"你知道，他们可不是小官，是很大很大的官，他们叫小兵干啥就干啥！那个将军叫我做厨房的头儿。他还说：'谁要是给你惹麻烦，你就叫他滚蛋，你可别害怕，'他说：'你现在是跟朋友在一起了。'"

"啊，我心里想，要是我的小亨利找到机会逃跑，那他一定就会上北方去了。所以有一天趁那些大官们休息，我就跑到大客厅里，我就给他们问了个好，就像这样，和他们谈起了我的亨利。他们静静地听着我的心事，没有歧视，就好像我也是白人一样。我说：'先生们，我就是来问问，因为他要是跑掉了，肯定会去北方，到了你们各位长官的地方。你们也许看见过他，那请你们告诉我，好让我把他找回来。他很小，左手腕子上和脑门子顶上都有个疤。'这下子他们就显得很难过，将军说：'他们给他带走有多久了？'我说：'十三年了。'将军就说：'他现在可不再那么小了，他已经是个大人了！'"

"我以前从没那样想过！我总想他还小得很，从没想过他会长成大人了。可我现在明白了，那些长官没有谁碰到过他，所以他们也给我帮不上忙。幸运的是，虽然我不知道，但是我的亨利果然是跑到北方去了，去了好些年好些年，还变成了一个剃头匠，自己干活。后来打起仗来了，他就说：'我剃头剃够了，'他说，'我要去找我妈，除非她死了。'所以他卖掉了他的行头，跑到招兵的地方去，给一个上校当听差的。于是他跟着部队到处打仗，一路打听他老妈妈的下落。这段时间里，他伺候了一位又一位军官，一直把整个南方都找遍了，可是你看，我一点儿也不知道这些，我怎么会知道呢？

"直到有一天晚上，我们开了个士兵跳舞会，新百伦那儿当兵的常常开舞会，寻开心。他们就在我的厨房里开，不知开过了多少次，因为那屋子很大。您听着，他们这么干，我可就不高兴，因为我那地方可是伺候军官的，一有那些普通的士兵在我那厨房里乱蹦乱跳，就叫我着急。不过我也不管他们，等他们跳完了就收拾收拾，每次都是这样。有时候他们惹我生气了，我就叫他们给我打扫厨房，我跟您说吧，真不含糊。呵呵！对了，有一天晚上，那是在星期五晚上，一下子来了整整一排当兵的，守卫这屋子的黑人警卫队的，这所屋子是司令部，你知道，那时我挺兴奋，疯子似的，说不出有多高兴！我简直是痛快极了！我从这儿转到那儿，又从那儿转到这儿。我简直觉得浑身发痒，只想跟着他们跳起来。他们都在转来转去地跳舞。哎呀，他们玩得可真痛快！我也跟着越来越高兴。过了不大一会儿，有一个穿得很时髦的黑小伙子搂着一个黄皮丫头从屋子那边跳着跳着过来了。他们俩跳得直转，直转得真叫人看了像喝醉了酒那股劲儿。转到我身边的时候，他们一会儿翘起这只腿，一会儿又翘起那只腿，还冲着我那大红头巾直笑，跟我打趣，我就冒火了说：'滚你妈的蛋吧！杂种！'那年轻人的脸色猛地一下子有些变了，可是过了一会儿，后来他又笑了起来，跟原先一样。噢，就在这时候，来了几个乐队里奏乐的黑人，他们总是摆着那些臭架子。那天晚上他们刚摆好架子，我就跟他们捣蛋！他们笑了，这叫我更加生气。别的黑人也大笑起来，这下子我可实在忍不住，我可真生气了！我的眼睛里简直冒出火来了！我就站得挺直，就像这样，跟我现在这样，差点儿碰着天花板，我攥着拳头插在腰上，我说：'喂！我要叫你们这些黑鬼知道，老娘可不是生在平常人家，不能让你们这些杂种开玩笑！我是老蓝母鸡的小鸡，不含糊！'这时候我就看见那个年轻人站住了，他瞪着眼睛，一动也不动，呆呆地望着天花板，好像想起了什么事，又好像有什么事忘掉了。嘻，我就往他们黑鬼那边冲过去。就这样，像一个将军似的，他们就在我前面逃跑，滚到门外去了。这个年轻人出去的时候，我听见他跟另外一个黑人说，'吉姆，'他说，'你先走吧，请你告诉上尉，我大概明天早上八点钟才能回来。我心里有点事儿，'他说：'恐怕今天晚上睡不着了。你先走，'他说，'别管我吧。'"

"那时大约是夜里一点。喏，大概早上七点时，我起身忙着给军官们做早饭。我在火炉前面弯着腰，就像这样，假如您的脚就算是火炉吧，用右手把火炉的门打开了。就是这样，把它这么关上，就像我推您的脚一样。我刚刚在手里端着一盘热面包，正要抬起头来的时候，我看见一个黑脸蛋伸到了我的脸下面，一双眼睛往上盯住我的眼睛，就像我现在这样从底下望着您的脸一样。我就在那儿站着，一点也没动弹！我死劲地仔细看，手拿着盘子直发抖，猛地一下子我就明白了！我扔了盘子，抓住他的左手，把他的袖子往上推，就是这样的，就像我推您的袖子一样，我马上又抬头望着他的脑门，把他的头发往上推，就像这样，哈，我说：'孩子！你要不是我的亨利，你手腕上的这条痕，脑门上那个疤是从哪来的呀？谢天谢地，我又见到我的孩子了！'"

"没别的什么，卡先生，真的，我从来就没什么烦恼；可也没什么高兴事儿。"

1874 年

爱德华·密尔士和乔治·本顿的故事

　　这两个人本来关系很疏远的，他们大约是隔着七房的表兄弟或者诸如此类的亲戚。他们还在襁褓中就都成了孤儿，被布朗特夫妇收养。夫妇俩没有儿女，因此这两个娃娃成了他们的宝贝。布朗特夫妇常常说："只要你们纯洁、诚实、冷静、勤勉、多替别人着想，一生的成功就有把握。"在这两个孩子明白它的意义之前，他们已经听过了好几千次了，他们还不会做祷告时，就已经能默诵这句话。因为育婴室的门顶上用油漆写了这句话，所以他们首先学会的就是这些字。这句话注定了要成为爱德华·密尔士一生坚定不移的信条。有时候布朗特夫妇也会把词句稍微改变一下，说："只要你们纯洁、诚实、冷静、勤勉、体谅别人，那就决不会缺少朋友。"

　　爱德华对他身边所有人都是一种安慰。他想吃糖而得不到的时候，他会听大人讲的道理，没有糖也就心满意足。不过本顿想吃糖的话，就会哭个不停，非等到要到了糖，否则就绝不甘休。密尔士很爱护他的玩具，可本顿总是过不了多久就把玩具弄坏了，然后吵吵闹闹，闹个没完，把大伙弄得头疼，大人为了息事宁人，只好哄着小爱德华把自己的玩具让给乔治。

　　等这两个孩子稍稍长大一点时，乔治就在这一方面成了家里一个很重的负担。他从不爱惜他的衣服，所以他常常有新衣服穿，打扮得漂漂亮亮的，而爱弟却没有这份福气。时光飞逝，两个孩子一转眼长大了。爱弟越来越给人安慰，而乔治却越来越叫人担心。每当爱德华有所要求，只要一告诉他"我看你还是不去为好"，那他绝不会去，即使是游泳、溜冰、野餐、摘浆果、看马戏等等这些孩子们喜欢的事情。可是乔治却不会这么听话，你说什么都不行，对他的欲望必须迁就才行，不然他就会硬干起来。所以当然就没有哪个孩子比他得到更多的机会去游泳、溜冰、摘浆果，或是干其他的事情，谁也没有他玩得痛快。夏季的晚上，布朗特夫妇要求孩子们九点钟以前必须回家。回来之后就安排他们去睡觉。爱德华总是老老实实地睡下去，可是乔治照例在快到十点钟的时候爬窗户溜出去，一直玩到半夜。除了拿苹果和石弹笼络他，几乎没有办法改变乔治的这个坏习惯，叫他留在屋里。善良的布朗特夫妇枉费心机地花费他们全部的时间和精力来试图约束乔治，但是都没有效果。想到这些，他们总是含着感激的眼泪说，还好爱德华无须他们操心，因为他规矩、懂事，几乎没有什么缺点。

不久两个孩子到了该做事的年龄，他们都被送去学手艺了。爱德华高高兴兴地自愿去了，而乔治却要不断地哄劝和收买才去。爱德华因为勤勉而忠实地工作，不再是布朗特夫妇的负担了。所有人都称赞他，包括他的老板。可是没多久乔治就偷偷跑掉了，布朗特先生又花钱、又费神才把他找到，把他带了回来。可是不久他又跑了，这次又花了一些钱，费了一些神。第三次他又逃掉了，同时还偷了几件店里的小东西。这给布朗特先生惹了大麻烦，叫他花了不少钱，而且他还费了很大的劲儿说服老板，请他原谅了这年轻人的偷窃行为。

爱德华一直稳重地干了下去，后来他终于和他的业师合伙开了个店铺经营那个生意。乔治却没有起色，他总是让那两位年迈的恩人慈爱的心中充满烦恼，总是让他们提心吊胆，不得不千方百计地防止他走上歧途。在爱德华还是个小孩子的时候，他便热心参加主日学校、辩论会、教会募捐等等活动，还加入了戒烟团体、反对渎神的团体等社团。成人之后，他是教堂和戒酒会里一个沉默寡言而又踏实可靠的帮手，热衷于一切以扶助别人为目的的运动。这并没有使人传为美谈，也不曾引起大家的注意，因为所有人都以为那是他的"天生本性"。

两位老人终于死了。遗嘱里表达了他们为拥有爱德华而感到自豪，同时把他们一生仅有的财产留给了乔治，因为他"需要它们"。而爱德华却"因为得天独厚"，并不需要这些照顾。不过财产留给乔治是有条件的：他必须用这笔钱把爱德华的合伙人的股份买过来，否则这笔财产就只能捐给一个叫作囚犯之友社的慈善机构。两位老人还留下了一封遗书，要求爱德华代替他们关照乔治，并且像他们在世时那样帮助他、保护他。

爱德华很孝顺地顺从了，于是乔治成了他的合作伙伴。他可不是一个得力的合伙人，他早已染上了喝酒的习惯，很快变成了一个醉鬼。从他的皮肤和眼睛里就能看到这个令人遗憾的事实。爱德华爱上了一个可爱的、好心肠的姑娘，并且追求了一段日子。他们俩相亲相爱，而且……可是就在这时候，乔治也开始追求她。后来有一天，她哭哭啼啼地跑去告诉爱德华，说她有了一个崇高而神圣的义务，而且她绝不能让她自己的私欲妨碍这种义务。那就是她必须嫁给"可怜的乔治"，并且"用她的一生帮助他改过自新"。这是足以使她心碎的，她明知如此等等，然而义务终究是义务。于是她和乔治结了婚，爱德华的心都碎了，她自己也是一样。不过爱德华慢慢恢复了过来，娶了另一个很不错的姑娘。

两家都有了孩子。玛丽总是尽心尽力地帮助她的丈夫改邪归正，不过这是个比金字塔还浩大的工程。乔治继续好酒贪杯，而且他渐渐对她和孩子们虐待起来。有许多好心的人们都来帮助乔治，事实上他们已经很努力了，可惜他却若无其事地把别人的苦心当成自己应得的照应和人家应尽的义务，而并不矫正他的行为。不久他又多了一个恶习——偷偷地去赌博。他负了很多债，用商号的信用作担保到处借钱，而且做得非常隐蔽。他一直干了很久，瞒得很好。直到一天早上，执法官跑来没收了这个铺子，于是这表兄弟俩就一贫如洗了。

生活开始艰难了起来，爱德华只好把家搬到一个顶楼上，日夜在街上乱跑找工作，虽然他很努力地寻求，可是实在找不到机会。而且更惨的是他发现自己的面孔很快就不受欢迎了。他发现人家对他的关怀和赞扬很快减退和消失了，他心里又是惊奇又是难过。但是生活还要继续，所以他只能忍气吞声，拼命地继续钻门路。最后他找到了往梯子上搬砖头的工作，这已经让他感激上帝了，不过至此之后，大家都把他当成陌生人了，也没有人再关心他。他没有力量给他所属的各种道德团体缴纳会费，眼看着自己遭到取消会员资格的耻辱，他也只能忍受那钻心的创痛。

在爱德华迅速地被大家遗忘和漠视的同时，乔治却迅速地得到重视和关怀。有一天早晨，他躺在阴沟里被人发现，衣衫褴褛，醉得不省人事。一位妇女戒酒救济会的会员把他捞了出来，并且细心地照应他，给他募了一笔捐款，帮助他戒了一星期的酒，为他找到了一份职业。报纸报道了这一经过。

这样一来，就使得大家对这个可怜的人大为关心，许多人来找他，给他以扶持和鼓励，帮助他戒除恶习。整整两个月他滴酒不沾，这段时间里，他成了好心人的宝贝。不过他还是倒下了①，倒在一个阴沟里，于是大家都为他难受和叹息。可是慷慨善良的姐妹们又拯救了他。她们把他洗得干干净净，给他东西吃，倾听他讲述那悔恨交加、凄婉动人的过去，再次为他找了一份职业。报纸没有错过这个消息，全城的人都为了这位饱受酒精困扰而力求解脱的可怜的犯戒者再度走上正路而流下欢欣的泪水。大家举行了一个大规模的戒酒救济会，在经过了几篇让人激动的演讲之后，主席无比动人地说道："现在我们就要请戒酒的朋友们上台来签保证书，这将是一个让人激动的场景，在座的诸位很少有人能够看了不掉眼泪的。"在一阵意味深长的沉寂之后，戒酒救济会的一队系着红腰带的妇女伴随乔治·本顿走上讲台，当场在保证书上签了名。空中响起了雷鸣般的掌声，人人都欢喜得掉泪了。散会之后，这位刚戒酒的人物得到大家的祝贺。第二天他的薪金就提高了，他成了全城的话题，也成了大家心目中的英雄。报上又报道了这一事件。

每隔三个月乔治·本顿照例犯戒一次，可是每次都有人忠心耿耿地把他挽救过来，对他下一番工夫，而且给他谋个很好的职位。后来他以一个戒了酒的醉汉的身份到全国各地进行演讲。他获得很多的观众，起了很大很大的作用。

在家乡他有很高的人望，而且在他不喝酒的时候很有信用，因此他居然能够盗用一位重要公民的名义从银行里提出了一笔巨款。大家费了很大的努力，才使他免于承担这次犯罪的后果，但只成功了一部分。他被拘留

---

① 原文中使用的 fell 一词，即可解释为倒下，又可解释为堕落。

了两年。在刑满一年时，那些乐善好施的人通过不懈地努力终于使他带着免罪证从监狱里出来了。这时候囚犯之友社敞开大门迎接了他，还给他找好了差事，薪金颇为优厚。另外一些乐善好施的人也来了，对他进行了忠告，并给他鼓励和帮助。爱德华·密尔士曾经在穷得走投无路的时候，厚着脸皮到囚犯之友社去请他们介绍工作，可是人家一问："你当过囚犯吗？"马上就把他打发了。

当乔治在游戏人生的时候，爱德华·密尔士一直在不声不响地与逆境斗争。虽然他还是很穷，但他是一家银行里的一个受人尊重和信任的出纳员，薪金收入很牢靠，勉强可以糊口。乔治·本顿和他没有来往，也从来没有向别人打听过爱德华的消息。后来乔治离开了这个城市，很长时间都没有回来，于是就有关于他在干坏事的传言，只是没有确凿的证据。

一个冬天的晚上，有几个蒙面的强盗闯入了爱德华工作的银行，恰好只有爱德华·密尔士一人在工作。强盗叫他说出开暗锁的方法，好让他们能够打开保险柜取钱。但是他不肯说，他们就威胁他，要他的命。他说因为东家信任他，所以他不能背叛这种信任。他可以死，但绝不能放弃自己的职责，他一日活着，他就一日要忠于他的主人。他至死都没有说出保险柜暗锁的开法，结果被残忍的强盗们打死了。

侦探追缉了罪犯，为首的竟然是乔治·本顿。死者的孤儿寡妇获得了社会广泛的同情，全国的报纸一致要求全国所有的银行凑集一笔可观的捐款，接济失去了经济来源的死者家属，借此表达对这位被害的出纳员的忠诚和英勇的敬意。结果竟然募得了一大堆硬币，总数居然有五百元之多！全国的银行平均每家只捐了一分钱的八分之三。甚至这位出纳员自己工作的那家银行极力设法证明（可是遭到了可耻的失败），这位无比忠诚的工作人员账目不清，竟然说他是用大头棒敲击脑袋自杀，从而逃避查账和处罚，这就是爱德华用生命保护的银行表示感谢的方式。

乔治·本顿被抓住，受到审判。于是人人似乎都忘记了死者的孤儿寡妇，只为那可怜的乔治担心。大家千方百计地营救他，只要是金钱和势力所能做的都做了，可是完全无效，他被判了死刑。州长立刻被请求减刑或免刑的人群包围了。递交请愿书的有泪眼汪汪的少女，有悲伤的老太太，有让人哀怜的寡妇代表团，有一群群令人感动的孤儿。但是，州长这一回始终不肯让步。

乔治·本顿在狱中信奉了基督。这个喜讯立即传遍各处。从此以后，他的牢房里挤满了姑娘和妇女，还有许多艳丽的鲜花。从早到晚老有人祷告、唱圣歌、为他祈祷、讲道、哭泣，从不中断，只有换人的时候才偶尔会有五分钟暂时的间歇。

这套把戏一直持续到犯人走上绞架的时候。乔治·本顿戴着黑帽子，在当地最慈祥、最善良的一群痛哭的观众面前得意扬扬地回了老家。在之后的很长时间，他的坟上天天都有鲜花，墓石上刻着这样一句碑文："毕生奋斗，终获成功"，墓碑上面还刻了一只指向苍天的手。

那位勇敢的出纳员的碑文是这样写的："只要你纯洁、诚实、冷静、勤勉、体谅别人，你就永远也不会……"

不知是谁叫那碑文就是这样止住，反正有人吩咐过要这么办。

据说那位出纳员的家属现在处境非常困窘。可是没有关系，有些识好歹的人不愿意叫他那种勇敢和忠心的行为湮没无闻，他们募集了四万两千元来建筑一座纪念他的教堂。

1880 年

法国人大决斗

　　不管一些爱说俏皮话的人怎样百般地轻视和嘲笑现代法国人的决斗，反正它仍旧是目前社会最令人恐惧的一种风尚。因为它总是在户外进行，所以参加决斗的人几乎都着过凉。保罗·德卡萨尼亚克先生，那位习性难改，最爱决斗的法国人，就是由于常常受到风寒，以致最后成了缠绵床席的病夫。连巴黎最有声望的医师都认为，如果再继续决斗十五年或者二十年，他最终必然有性命之忧，除非他能够养成一种习惯，在不受湿气和穿堂风侵袭的舒适的房子里厮杀。这一事例肯定可以平息那些人的怪谈，他们曾一口咬定，说法国人的决斗有益于卫生，因为它给人们提供了户外活动的机会。再说，这一事例也肯定可以驳倒另一些人的谬论，他们说什么只有参加决斗的法国人以及社会主义者所仇恨的君主是可以不死的。

　　可是，现在要谈到我的本题上了。当我听到岗贝特先生和富尔图先生最近在法国议会中爆发了一场激烈的争吵之后，就知道肯定会有麻烦事随之而来。我之所以会料到这一点，是因为我和冈贝特先生相交多年，很熟悉他那不顾一切、顽强执拗的脾气。尽管他的身材长得那么高大，我知道，复仇的狂热会深深渗入他全身所有的地方。

　　不用他来找我，我已经主动跑去看他。果然不出所料，这位勇士正深深地沉浸在那种法国人特有的宁静之中。我所说的"法国人特有的宁静"，是因为法国人的宁静和英国人的宁静有所不同。他正在那些砸烂了的家具当中来回疾走，时不时地把一个偶然碰到的碎块从屋子这一头猛踢到另一头。不停地咬牙切齿，发出一大串难听的咒骂，每隔一会儿就停住脚步，将另一把揪下来的头发放在已经堆了一桌的毛发上面。

　　他伸出双臂，搂住我的脖子，把我贴在他胸口前，在我两颊上激动地吻着，紧紧地拥抱了我四五回，然后把我安放在那张他本人平时坐的安乐椅里。我精神刚恢复过来，他立即和我谈论正经事情。

我说，我猜他一定是要我做他的助手吧。他说："那是当然的。"我说，要我做助手，就必须让我用一个法国人的姓名；那样，万一闹出人命事故，我可以不至于在本国受到指责。听到这里，他身体抖了一下，大概认为这句话暗示决斗在美国是不受人尊重的吧。但是，他还是同意了我的要求。这说明为什么此后所有的报纸都报道："冈贝特先生的助手显然是一个法国人。"首先，我们为决斗的人订立遗嘱。我坚持我的观点，一定要先办妥这件事。我说，我从来没听说过一个头脑清醒的人会在决斗之前不先立好他的遗嘱。而他说，他从来没听说，一个头脑清醒的人会在决斗之前干这些事情。当他把遗嘱写好之后，就着手编一套"最后的话"。他很想知道，作为一个垂死者发出的呼声，以下这些话会对我产生什么影响：

"我的死，是为了上帝，为了祖国，为了言论自由，为了文明进步，为了全人类四海之内皆兄弟的信条！"

我反对这些话，我说在临死前讲完这一套会拖延太长的时间。对于一个身患绝症的患者来说，这的确是一篇绝妙的演说词，但是它不适合决斗场上那种迫切的要求。我们讨论了许多条临死前的豪言壮语，双方为此争执不休，但最后还是我占了上风，迫使他将这条遗言缩减为这样一句话，他把它抄在备忘录里，准备临时背出来：

我的死是为了法兰西的长存。

我说，这句话好像跟这次决斗缺乏联系，但是他说，联系在最后的话里并不重要，重要的是你需要鼓舞和刺激。

第二件事是选择武器。决斗的人说，他觉得身上有些不舒服，准备把这件事情以及安排决斗的其他细节都托付给我。于是我写了这个通知，把它带去给富尔图先生的朋友：

先生：

冈贝特先生接受富尔图先生的挑战，并授权将大小事宜托我全权代理，我向贵方建议：决斗的地点拟选普莱西·波尔空场；时间订为明晨拂晓；武器将用斧头。

阁下，我是十分尊敬您的

马克·吐温

富尔图先生的朋友读了一遍通知，打了一个冷战。接着，他转过身来，用严肃的口气对我说：

"先生，您可曾考虑过，像这样一场决斗，必然会导致什么后果吗？"

"那么，您倒说说看，究竟会导致什么后果？"

"会流血呀！"

"那是肯定的。"我说，"瞧，如果可以承蒙指教的话，贵方又准备流什么？"

这一下把他问倒了。他知道自己一时失言，于是支支吾吾地用其他话来解释。他说那是一句玩笑话。接着他又说，他和他的委托人都很欣赏使用斧头这个建议，认为它比其他武器更适合，可惜法国的法律已经禁止使用这种武器，所以我必须修改我的建议。

我在屋子里来回踱步，一面心里盘算着这件事情，最后我想到，如果双方相距十五步，用格林机枪互相射击，这样也许一切可以在决斗场上见分晓。于是我把这主意提了出来。

但是这项提议也没被采纳，它还是受到了法律的阻碍。我建议使用来福枪，此后，是双管猎枪，最后，是柯尔特海军左轮手枪，但是这些都被拒绝了。我思索了一会儿，接着就含嘲带讽地建议双方在相距四分之三英里的地方互扔碎砖头。我一向最恨白费力气，向一个没有幽默感的人说幽默话。所以当这位先生竟然一本正经地把最后这条建议带回去给他的委托人时，我感到心里难受极了。

不一会儿，他回来了，说他的委托人非常喜欢采用双方相隔四分之三英里扔碎砖头的办法，但是，考虑到这样做可能会给那些在当中走过的闲人带来危险，他不得不谢绝了这个提议。于是我说：

"啊，这我就没办法了。要不，可以请您想一种武器吗？说不定您早已想到了吧？"

他脸上闪出了光，马上回答说：

"哦，当然，先生。"

于是他开始在口袋里掏，掏了一个又一个，他有很多口袋，同时嘴里一直在嘀咕："啊，瞧我把它们藏哪儿啦？"

他终于找到了。在坎肩口袋里摸出了一对小玩意儿，我把它们拿到明亮的地方，判断出那是手枪。它们是单管的，银制的，十分小巧可爱。我没法表达自己的感情了。我一句话不说，只是把其中的一支挂在我的表链上，然后把另一支递还给他。这时候我的伙伴拆开了一张折叠着的邮票，从包在里面的几粒弹药中拣了一粒给我。我问，他的意思是不是说我们的委托人相互只能打一枪。他严肃地说，按照法国法律规定，不可以打得比这更多了。于是我请他继续指教，双方应当相距多远。由于受不了这过度紧张的气氛，我的头脑已变得越来越迟钝和糊涂了。他将距离定为六十五码。我差点儿失去了耐性。我说：

"相距六十五码，使用这样的家伙？即使距离五十码，使用水枪，也要比这更容易死人呀。想一想，我的朋友，咱们这次共事，是为了要人家早死，不是要他们多活呀。"

然而，任凭我百般抗议，据理力争，结果只能将距离缩短为三十五码。而且，即使采取这一个折中的办法，他还是勉强才迁就的，最后他叹了口气说："这场屠杀从此与我无关，让罪责都落在您肩上吧。"

再没其他办法可想了，我只得回到我的狮心王[1]那儿，向他汇报这次我有失身份的经历。当我走进去的时候，冈贝特先生正把他头上最后一绺毛发放到祭坛上，他向我了跳过来，激动地说：

"您已经把那件玩命的事安排好了，从您眼神里我看出来了。"

"我给你安排好了。"

---

[1] 指英王理查一世，"狮心王"是他的绰号，后用来泛指勇士。

他的脸变得有些苍白，他靠着桌边站稳。因为他太激动了，所以他急促地、沉重地喘息了一会儿，冷静下来后，他沙哑着嗓子压低了声音说：

"那么，武器呢？快说呀！使用什么武器？"

"使用这个！"我拿出了那个镶银的小巧玩意儿。他只朝它瞟了一眼，就笨重地晕倒在地。

等到苏醒过来时，他伤心地说：

"以前我是那样强作镇静，以致现在影响了我的神经。但是，从此以后我再也不会懦弱了！我要正视我的命运，做一个男子汉，做一个真正的法国人。"

他爬起来，做出了一个凡人根本无法望其项背，塑像极少能够比它更美的雄壮的姿势。接着，他就扯着一条低沉的粗嗓子说：

"瞧呀，我又镇定自若了，我已经准备就绪，告诉我距离。"

"三十五码。"

不用说，这一次我可没法扶他起来了，但是我把他就地翻了一个身，然后把水泼在他背上。他很快苏醒过来，说：

"三十五码远，而且没有一个可以扶着的东西？可是，这又何必多问呢？既然那家伙存心谋杀，他又怎么会顾得上操心那些鸡毛蒜皮的事呢？可是，有一件事您必须注意，我这一倒下，全世界的人都将看到法国骑士是怎样慷慨就义的。"

沉默了半晌，他问：

"我个子高大，你们没谈到作为一种补偿，那个人的家族也应该和他站在一起吗？① 可是，这也没关系，我可不能自贬身份，在这方面提出要求。如果他风格不够高，自己不提这件事的话，那么就让他占点儿便宜吧。这种便宜，高贵的人是不屑于占的。"

当时他已陷入了一种迷惘的沉思中，这个状态持续了好几分钟，随后他打破了沉默，说：

"时间，决斗约定在什么时间？"

---

① 个子高大的人目标较大，易被击中。

"明天破晓的时候。"

他好像大吃一惊，抢着说：

"疯了！我从没听说过这疯狂的事情。没有人会这么早出门的。"

"正是因为这个缘故，我才选定了那个时刻。您的意思是说，要有一批观众吗？"

"现在可不是拌嘴的时候。我感到非常惊讶，为什么富尔图先生竟然会同意采用这样标新立异的办法。您立刻去通知对方，把时间推得更迟一些。"

我连忙跑下楼梯，打开大门，差点儿撞在富尔图先生的助手怀里。他说：

"回您的话，我的委托人极力反对你们选定的时间，请您同意把时间改成早上九点半。"

"凡是我们力能循规尽礼之处，先生，我们都愿意接受。我们同意您建议更改的时间。"

"请您接受敝方委托人的谢意。"然后他转过身去，对一个站在他背后的人说："努瓦尔特先生，您听见了吧，时间改成九点半了。"努瓦尔特先生当即鞠躬，表示谢意，然后离开了那地方。我的同伙接着说：

"如果您认为合适的话，贵方和敝方的首席外科医生可以按照惯例，同乘一辆马车去决斗场。"

"我认为这完全合适。感谢您提到外科医生，因为说不定我真会把他们忘了。那么，我们请几位呢？我想，两三位总够了吧？"

"按照惯例，人数是每方各请二位。我这里指的是'首席'外科医生，但是，考虑到我们委托人的尊贵地位，为了体面，最好我们每方再从医学界最有声望的人士当中指定几位顾问外科医生。这些医生可以自备马车去。另外，您雇好灵车了吗？"

"我这个木头人，我压根儿就没想到它！我这就去安排。您肯定觉得我这人太没见识了吧。可是，请您千万别计较，因为我对这么高尚的决斗毫无经验。虽然我也曾在太平洋沿岸地区跟决斗的事打过不少交道，可是直到现在才知道，那些都是粗鲁的活计。还灵车哩。呸！我们都是让那些被上帝选中的人四仰八叉地地横倒在那儿，随便找个人用绳子把他捆起来，然后找辆车就运走了。您还有其他什么意见吗？"

"没有了，只是处理丧事的几位主管要像通常那样一起乘马车去。至于那些助手以及雇来送殡的人，他们要像通常那样步行。明儿早晨八点我来跟您碰头，到时候咱们再安排行列的顺序。现在恕我先向您告辞了。"

我回到我的委托人那里，他说："您来的正好，决斗是几点钟开始？"

"九点半。"

"好极了。您已经把这条消息送给报社了吧？"

"老兄？咱们是多年的知交，如果您竟然转到了这个念头，认为我会卑鄙地出卖。"

"唷，唷！这是什么话，我的好朋友？我得罪您了吗？啊，请宽恕我吧。可不是，我这次给您增添太多的麻烦了。所以，您还是去办其他的手续，就把这件事从您的日程表上取消了吧。杀人不眨眼的富尔图肯定会处理这件事的。要不，还是由我自己，嗯，为了稳当起见，我递个条子给我在报社工作的朋友努瓦尔特先生。"

"哦，对了，这件事可以不必叫您费心了，对方的助手已经通知努瓦尔特先生了。"

"哼！这件事我早该料到了。富尔图就是这样一个人，他老是爱出风头。"

早晨九点半钟，浩浩荡荡的队伍按下列顺序向普莱西·波尔的决斗场移动：走在最前面的是我们的马车，上面只有我和冈贝特先生；接着是富尔图先生和他助手的马车；再后面一辆马车载有两位不信上帝的诗人演说家，他们胸前口袋里露出了那张悼念词；再后面一辆马车上载的是几位首席外科医生，以及几箱他们的医疗器械；再后面是八辆自备马车，载的是几位外科顾问；再后面是一辆出租马车，上面坐有一位验尸官；再后面是两辆灵车；再后面还有一辆马车，上面坐着几位治丧的管事；再后面是一队步行的助理人员以及雇来送殡的人；在这些人的后面，在雾中向前挪动的是长长一列随同大殡出发的小贩、警察以及普通居民。那是一队很有气派的队伍，如果那天的雾比较淡的话，这次队伍的出动必将蔚为大观。

没有一个人说话。我几次向我的委托人搭讪，但是，我看得出，他都没有注意到，因为他老是在翻那本笔记簿，一面茫然无主地嘟囔："我的死是为了法兰西的长存。"

抵达决斗场后，我和那位同行助手量了量距离是不是够三十五码，然后抽签挑选位置。其实这道手续只不过是点缀性的仪式，因为遇到这样的天气，无论挑选哪个地方其实都是一样的。这些初步的手续完成以后，我走到我的委托人跟前，问他是不是已经准备好了。他把身体尽量伸展，高声说："准备好啦！上子弹吧。"

于是，我们当着几位事先指定的证人的面装上了子弹。我们认为，由于天气原因，进行这件细致的工作最好是打着手电筒照亮。接着，我们开始布置双方的位置。

可在这时，警察注意到人群已经聚集在场子左右两方，因此请求将决斗的时间推迟一些，好让他们有时间把这些可怜的闲人安排到安全的地方。

这项要求被我们接受了。

警察命令两旁的人群都站在决斗者后方去，然后我们再一次准备就绪。这时空中更是浓雾弥漫，我和那位助手一致同意，我们都站在委托人背后，在发出杀人信号之前吆喝一声，好让两位斗士能确知对方究竟在什么地方。

我回到了我的委托人身边，不觉心里凄惨起来，因为他的勇气已经所剩无几。我给他壮胆，我说："说真的，先生，情况并不像看起来那么糟。想想吧：使用的武器是这样的，射击的次数又受到了限制，而且隔开的地方还那么宽广，雾浓得叫人没法看透，再说，一位决斗者是独眼龙，另一位是斜眼兼近视，照我看呀，这场决斗不一定会出人命事故。你们双方都很可能安然脱险。所以，振作起来，别这么垂头丧气的。"

这席话收到了良好的效果，我的委托人立即伸出手说："我已经恢复正常，把家伙给我吧。"

我把那小巧得可怜的武器放在他巨大厚实的掌心里。他盯了它一眼，打了个冷战。接着，他仍旧哭丧着脸盯着它，一边结结巴巴地对我说：

"咳，我怕的不是死，我怕的是变成残废呀。"

我又一次给他打气，结果很成功。他紧接着说："就让悲剧上演吧。要支持我，别在这庄严的时刻丢下了我不管呀，我的朋友。"

我用人格向他保证。接着，我就帮着他把手枪指向我断定那是他的敌人所站的地方，并且嘱咐他留心听好对方助手的喊声，此后根据声音确定方位。接着，我用身体抵住冈贝特先生的背，发出促使对方注意的喊声："好啦！"这喊声得到从迷雾中遥远地方传来的回应，于是我立即大叫：

"一二三，开枪！"

我耳朵里听到"卟哧！卟哧！"两声轻响，而就在那一刹那，我被一座肉山压倒在地。我虽然伤势很重，但仍旧能听出从上面传来轻微的人语声，说的是：

"我的死是为了……为了……他妈的，我的死到底为了什么呀？……哦，想起来了，法兰西！我的死是为了法兰西的长存！"

一群手里拿着探针的外科医生，从四面蜂拥而来，用显微镜观察冈贝特先生全身的各个部位，令人高兴的是，并没有找到任何创伤的痕迹。紧接着就发生了一件确实令人欢欣鼓舞的事情：

两位斗士扑过去搂住对方的脖子，一时自豪与快乐的泪水有如泉涌，另一位助手拥抱着我，外科医生、演说家、办理丧事的人员、警察以及所有的人都互相拥抱，所有的人都彼此祝贺，所有的人都振臂高呼，整个空中充满了赞美的颂词和无法用语言表达的欢乐。

这时候我感觉到与其做一位头戴王冠、手持朝笏的君主，还不如做一位参加决斗的法国英雄。

这一阵骚动平息稍许之后，外科医生们举行会诊，经过反复辩论，最终断定，只要细心照护和调养，他们完全有理由相信我负伤后仍旧可以活下去。我的内伤十分严重，因为一根折断的肋骨戳进了我的左肺，我身上的不少内脏都被挤到了远离它们原来所属部位的这一边或者那一边，不知道今后它们是否能够学会在那些偏僻陌生的地点发挥它们原有的功能。然后，他们帮我把左臂的两个地方接了骨，把我右大腿脱臼的地方拉回原位，把我的鼻子重新垫高了。我成了大伙儿关注的对象，甚至成为备受赞扬的人物。许多诚恳和热心的人士都向我作自我介绍，说他们为能认识我而感到自豪，因为我是四十年来唯——位在法国人的决斗中负了伤的人。

我被安放在队伍最前面的那辆救护车里。被心满意足兴高采烈的人群护送到巴黎，成为那段时期最显赫的人物，然后我被安置在医院里。

他们将一枚荣誉十字勋章颁给我，虽然，不曾身受这一荣耀的人倒是为数不多的。

以上如实地记录了当代最值得纪念的一次私人冲突。

我对任何人都无可抱怨。我是自作自受，好在我能承担一切后果。

这不是在夸口，我相信自己可以说：我不怕站在任何一位现代法国决斗者的前面，可是，话又说回来了，只要头脑仍旧保持清醒，我永远也不肯再站在一位决斗者的后面了。

一桩稀奇事

这就是少校给我说的那个故事，我现在尽量照我所能回忆的叙述出来。

1862 年冬天，我在康涅狄克州新伦敦的特伦布尔要塞当司令官。那儿的生活也许不如"前线"那么活跃，不过那儿有独特的乐趣，其实还是够活跃的，我们的脑筋并不因为没有什么事情来使它紧张而闲得发呆。比如说，那时候北方的整个空气里都传播着一个神秘的谣言，谣传叛军的间谍神出鬼没，准备炸毁北方的要塞，烧毁我们的旅馆，把有传染病的衣服运送到我们的城市里，以及诸如此类的事情。这个你都记得吧。这一切都足以使我们保持警惕，打破驻防生活一向的沉闷。除此而外，我们在那儿还有个新兵招募站，这等于说我们简直不能浪费丝毫时间去打瞌睡，或是梦想，或是游手好闲。咳，尽管我们监视得很严，每天招来的新兵还是有 50% 从我们手里漏掉，当天晚上就开了小差。入伍的津贴非常多，所以一个新兵可以拿出两三百块钱贿赂看守的士兵，让他逃跑，结果他所得的津贴还可以剩下不少，对于一个穷人来说可以算是一笔不小的财产。就像我刚才说的，我们的生活并不沉闷。

有一天我独自一人在营房里写东西，有一个十四五岁的、脸色苍白、穿得很破烂的孩子走进来。他规规矩矩地鞠了一躬，说道：

"我想这儿是招新兵的吧?"

"是的。"

"您可以把我收下吧，长官?"

"哎呀，不行，你太年轻啦，孩子，而且个子也太小。"

他脸上现出一种失望的表情，很快就升级成为一种丧气的表情。他慢慢地转过身去，好像是要走似的。他迟疑了一下，然后又转过身来向着我，用一种使我深深感动的声调说道：

"我没有家，而且举目无亲。我希望您能收下我！"

可是这事情是绝对不可能的，我很温和地向他说明了这个意思。然后我叫他在火炉旁边坐下来暖和暖和，并且还补上了两句：

"我马上就给你一点东西吃。你饿了吧？"

他没有回答，也不用回答，他那双柔和的大眼睛里的感激神情比任何语言都更能传情达意。他在火炉旁边坐下，而我继续写字。我偶尔偷偷地望他一眼。我看出他的衣服和鞋子虽然又脏又破，但是样式和质量都很好。这一点是耐人寻味的。除此之外，我还发现他的声音轻柔而悦耳；他的眼睛深沉而忧郁；他的态度和谈吐都很文雅；这个可怜的小伙子显然是遭遇了不幸。于是我对他很感兴趣。

可是我渐渐又专心于我的工作去了，完全忘记了那个孩子。我不知道这样过了多久，后来我偶然抬头望了一下。那孩子的背对着我，可是他的脸也稍微斜过来一点，所以我可以看得见他的侧面——无声的眼泪正在顺着脸流下来。

"哎呀，真糟糕！"我心里想，"我忘记了这个可怜虫还饿着肚子哪。"于是我为了刚才的举动向他表示歉意，就对他说："跟我来吧，小伙子，你和我一块儿吃饭吧，今天就我一个人。"

他又含着感激的神情向我望了一眼，脸上闪烁出一道快乐的光芒。到了餐桌面前，他扶着椅背站着，一直等我坐定了，他才坐下来。我拿起刀叉，唉，我只好拿着不动，因为这孩子低下了头，默默地为这顿饭祈祷。无数关于老家和童年的圣洁的回忆涌上我的心头，我不禁叹息地想起我已经与宗教疏离了很远，它对受了创伤的心灵的疗抚作用，以及它的安慰、解脱和鼓舞的作用，都与我无缘了。

在我们吃饭的过程中，我看出了年轻的威克鲁，全名是罗伯特·威克鲁，懂得如何使用餐巾。还有，唉，总而言之，我看出他是个很有教养的孩子。详细情形不再细说了。他还有一种纯朴的坦白态度，这也使我很满意。我们谈的主要是关于他自己的事情，我毫无困难地问清楚了他的来历。当他谈到他生长在路易斯安那的时候，我显然对他更表同情，因为在那地方我住过一段时间。我对密西西比河沿岸一带都很熟悉，而且喜欢那个地方，离开那个地方也不是太久，所以我对它的兴趣还没有开始淡下来。他嘴里说出来的一些名字都让我听了感到痛快。正因为觉得痛快，所以我就故意把话题往那个方面引，使他多说出一些这类名字。巴顿鲁日、普拉魁明、端纳桑维尔、六十哩点、邦尼开尔、大码头、卡罗敦、轮船码头、汽划子码头、新奥尔良、周毕都拉街、斜堤、好孩子街、圣查理土旅馆、第卓利圆场、贝壳路、庞查特伦湖。最让我愉快的是再听到"李将军号""那折兹号""日全食号""魁德门将军号""邓肯·堪纳号"，以及一些从前熟悉的汽船的名字。那几乎就好像回到了那个地方那么痛快，这些名字使它们所代表的事物像动画一样很生动地活现在我的心头。简单地说，小威克鲁的来历是这样的：

战争爆发的时候，他和他生病的姑母还有父亲住在巴顿鲁日附近一个富庶的大农场里，这个农场属于他们这一家已经50年了。父亲是个联邦统一派，虽然他受了各式各样的迫害，但还是始终坚持他的政治主张。后来终于有一天晚上，一群蒙面的歹徒烧毁了他的大房子，这一家人就不得不逃命。他们被人到处追踪，尝尽了贫穷、饥饿和苦难的滋味。体弱的姑母有一天终于得到了解脱，风吹雨打的流浪生活把她折磨死了。她像一个流浪汉似的曝死在旷野里，雨飘在她身上，雷在她头上轰隆轰隆地响。不久，他的父亲被一个武装的队伍俘虏了。虽然他的儿子在旁边苦苦哀求，但是他父亲还是在他面前被人勒死了。（这时候，小伙子眼睛里闪烁着悲惨的光芒，他自言自语地说道："我要是当不成兵，也不要紧，我总会想到办法的，我一定会的。"）那些人宣布他的父亲已经死了之后，马上警告他，24小时之内他要是不离开那个地方，他就要遭殃。当天晚上他就悄悄地跑到河边，隐藏在一个大农场的码头里。后来，"邓肯·堪纳号"停泊在那儿，他就泅水过去，藏到它后面的一只小艇上。天还没亮时，船就开到了一个大码头，他就偷偷地上了岸。那地方离新奥尔良有 3 里远，他徒步走到了新奥尔良，到了好孩子街他的一个叔父家里，这下子他的苦难暂时结束了。但他的叔父也是一个联邦统一派，不久之后，他就打定主意离开南方。于是他就和威克鲁搭上一只去纽约的帆船，悄悄地离开了那个地方，不久就到了纽约。他们在亚斯多旅舍住了下来。对于年轻的威克鲁来说这是一段痛快的生活，他常去百老汇逛来逛去，看到了不少北方特有的稀奇景物。可是后来又发生了变化，但不是好转。他的叔父起初还很高兴，后来却开始发愁和丧气，而且他的脾气变得很怪，动不动就生气。老是说钱只有花出去，而没有办法再赚进来，"剩下的钱一个人都养不活，两个人就更不消说啦。"后来有一天早上，叔叔没有吃早饭，失踪了。这孩子去账房一查，才知道叔叔头一天晚上就付清了账离开了。旅馆里的职员猜测他是去波士顿了，可是没有把握。

这孩子独自一人，无依无靠。他简直不知道该怎么办，想来想去，还是决定追上去找他的叔父。他跑到轮船码头，才知道他口袋里剩下的那一点钱不够他到波士顿去的路费，不过到新伦敦去是绰绰有余的。他就买了到那儿去的船票，希望靠上帝的保佑，让他能度过剩余的一段路程。现在他已经在新伦敦的街上游荡了三天三夜，只是靠人家的施舍来维生，随便找个地方睡睡觉。可是后来他终于灰心了，没有了前进的勇气和希望。他一心一意只想当兵，如果他当兵不合格，那他当个鼓手行不行呢？呵，做什么他都情愿拼命地干，使人满意，并且还会感激不尽！

小威克鲁的来历就是这样，除了一些细节以外，都和他对我说的一样，我说：

"孩子，你现在已经到朋友当中了啦，你再也不用为生计发愁啦。"一下子他的眼睛可发出闪光来了！我把约翰·瑞本上士叫进来，他是哈特阜人。现在还住在哈特阜，他也许认识他。我对他说："瑞本，安排这个孩子和军乐队的弟兄们住在一起吧。我打算收下他来做个鼓手，我托你照顾他，千万别叫他受委屈。"

这样，要塞司令官和小鼓手之间的交涉到这时候算是告一段落了。但是这个可怜的、无依无靠的小家伙仍旧在我心头萦绕着。我随时注意他，希望看见他快乐起来，变得兴高采烈。可是没有用，日子一天天过去了，他始终没有改变。他和谁都不发生关系，总是心不在焉的，老是在想他自己的事，脸色也是忧郁的。有一天早上瑞本请求我和他单独谈话。他说：

"我希望您不会见怪，司令官，可是现在的情况是这样，军乐队的弟兄们简直急得要命，非得有人站出来说话了。"

"咦，怎么回事？"

"是威克鲁那孩子，司令官。军乐队的弟兄们被他烦透啦，您想象不到到了什么地步。"

"好吧，你说下去，说下去。他干了什么？"

"一直在祷告哩，司令官。"

"祷告？！"

"是呀，司令官，这孩子老在祷告，搅得军乐队的弟兄们一刻也不得安宁。清早起床第一件事，他就是干这个，中午也是干这个，夜里，唉，一整夜他就像是被魔鬼缠住了似的，把大家闹得寝食不安！睡觉吗？天哪，他们根本睡不着，用一句俗话说，他那苦心祈祷的风车转开了，只要起了头，就没完。他先是给乐队长祷告，跟着就找到号手头儿，又给他祷告，再往后就是低音鼓手，他甚至带着他也祷告起来啦。一个一个地，整个乐队都会轮到，每一个都被认真地祷告一番，而且他那种认真的样子会使你觉得他自认为在人间活不了多久，想着他升了天的时候如果没带一个乐队同去，就不会快活，所以他在给他自己挑选乐队，好让他们在天上叫他信得过，能奏得出配上那儿的场面的国歌。唉，司令官，冲他丢靴子都没有用，因为屋子是黑的。并且他又不是光明正大地干，老是跪在大鼓后面，所以大家一起把靴子像暴雨般地丢过去也没有关系，他满不在乎，照样颤悠悠地祷告，就好像那是人家给他喝彩似的。他们大声嚷起来'啊，住嘴！''让我们歇一歇吧！''枪毙这小子！''啊，滚出去！'以及诸如此类的话。可是那有什么用？简直就打搅不了他。他干脆就不理你。"停了一会，瑞本又说："他是个乖巧的小傻子，清早起来就会把那满地的靴子搬回去，一双一双地挑出来，把每人的靴子放到原处。这些靴子丢过去打他的次数已经太多了，所以全队的靴子他通通认识，他闭上眼睛也能把它们一双双挑出来。"

又停了一会儿，我忍住没有打断他。

"最叫人受不了的是他祷告完了的时候，他要是居然有个完的话，他就调一调嗓子唱起歌来。唉，您知道他说话的声音多么好听，他那种声音简直可以引得一只铁铸的狗从门口台阶上跑下来舐他的手。可是请您相信我，司令官，那比他唱歌的声调可还差得远！比起这个孩子的歌声来，笛子的声音都显得刺耳。啊，他在黑暗中像流水般轻柔地唱，低低的声音是那么柔和悦耳，简直让你觉得自己就像在天上一样。"

"那又怎么会'叫人受不了'呢？"

"呵，问题就在这儿，司令官，您听他唱吧

就像我这样：贫穷、倒霉、眼睛又看不见

您听了他唱这个，只要听一次，看您是不是浑身发酥，眼睛里迸出泪水来！不管他唱什么，都会钻进你的心窝里，深深地击中你的要害，每回都让人神魂颠倒。您只要听听他唱

罪恶的、悲伤的人，你的心中充满恐惧，

不要等到明天，你今天就要归顺天主；

不要辜负那种慈爱，

因为那种慈爱来自天主

这些歌词，真叫人听了觉得自己是天下心眼最坏、最不知好歹的人。每当他唱起那些关于他家乡的、关于母亲的、关于童年、关于从前的回忆、关于烟消云散了的事情以及死去了的老朋友的歌来，就会把你这一生所有难忘的、一去不复返的往事都引到你面前来。那才真是唱得漂亮，唱得神妙，叫人爱听。可是司令官，天哪，那才真叫人伤心透了！一听这

歌，军乐队，唉，大家都哭起来，这些家伙各个都哭出声来，而且毫不掩饰。那些原先丢靴子过去打那孩子的人一下子又从床铺上跳下来，在黑暗中跑过去拥抱他！是呀，他们就是这样，拼命地亲吻他，弄得他浑身都是唾沫，并且还用亲爱的名字叫他，求他饶恕他们。赶上这种时候，要是有一团人想去伤害这个小把戏一根头发，他们也会和这一团人拼命，哪怕是整整的一个军团！"

又停了一会儿。

"就是这些话吗？"我说。

"是的，司令官。"

"哎呀，原来如此，那有什么可埋怨的！他们想要怎么办呀?!"

"怎么办！唉，天哪，他们想要请您叫他不要再唱了，司令官。"

"这是怎么说的！你刚才还说他的歌唱得很神妙哪。"

"问题就在这儿。唱得太神妙啦。一般人简直受不了。他唱的歌太让人感动，简直能把你的心都挖出来，它会把你的感情击碎，使你心里不舒服，觉得自己有罪，除了到地狱受永世之苦之外，什么地方也不配去，叫人老是忏悔个没完，什么都显得不对劲，觉得人生一点安慰也没有。还有那个哭劲，您瞧，第二天早上他们都不好意思看彼此的眼睛。"

"咳，这倒是个新鲜事，告状也告得古怪。那么，他们真的不想让他再唱了吗？"

"是呀，司令官，就是这个意思。他们也不想过分要求。要是能把他的祷告也禁止了，或是叫他不要祷告个没完没了，那就太感谢了。但最主要的还是唱歌的问题。只要能让他不再唱歌，他们觉得祷告还是可以勉强受得了，虽然老让他那么用祷告来折磨，也实在难受。"

我告诉上士，这件事情我会考虑的。那天晚上我悄悄跑到军乐队的营房去。上士所报告的情况并没有夸大其词。我听见在黑暗中虔诚的祷告声音，我听见那些被闹得心烦的人的咒骂声，我听见一阵许多靴子扔过去在空中飞翔时发出的飕飕声，以及打到大鼓周围乒乒乓乓的声音。这种情形使我有所感触，但是同时也觉得有趣。过了一会儿，经过一阵意味深长的静默之后，就听见了那歌声。天哪，那么凄凉的声音，那么迷人的力量！天下再没有什么声音比它更悦耳、更优美、更温柔、更圣洁、更动人。我在那儿待的工夫不大，开始体验到与一个要塞司令官不大相称的感情。

第二天我就下达命令，禁止祷告和唱歌。随后的三四天之中，新兵骗了入伍津贴开小差的事件层出不穷，既热闹，又恼人，以致我暂时忘了那小鼓手。可是有一天早上瑞本上士来了，他说：

"那个新来的小伙子举动非常奇怪哩，司令官。"

"怎么个奇怪法？"

"咳，司令官，他一天到晚老在写字。"

"写字？他写些什么，是信吗？"

"我不知道，司令官。可是他一下了班，就老是在炮台各处钻来钻去，东张西望，老是一个人。我敢打赌，炮台上的各个角落他都去过。而且他老是过不了一会儿就拿出铅笔和纸，乱画些什么下来。"

这使我有了一种不祥的预感。我想要挖苦他这种疑神疑鬼的想法，可是当时只要形迹稍有可疑的事情，都不能怪人家多疑，所以也就不便挖苦。当时在我们北方，很多地方都发生了一些事故，提醒我们随时都要提防，对任何事都要怀疑才行。于是我联想到这个孩子来自南方这个耐人寻味的事实，而且是最靠南的地方，路易斯安那时，在当时的情况之下，这个念头是叫人放心不下的。可是当我给瑞本下达处理这桩事情的命令时，心里却感觉到一阵阵的隐痛，我觉得自己像是一个做父亲的在那儿捣鬼，故意要叫他自己的孩子受到羞辱和损害似的。我吩咐瑞本不要声张，静待时机，尽量想办法把那孩子写的东西给我找一些来，不要让他知道。我还特别指示他千万不要轻举妄动，以免打草惊蛇。而且我还命令他照常允许那孩子原先的行动自由，不过当他进城的时候，就派人在远处盯住他。

以后两天之中，瑞本向我报告了好几次，但是毫无结果。这孩子总是在写，可是每逢瑞本走到他身边时，他就满不在乎地把他写的东西塞到口袋里。他曾去过城里一个没有人的旧马棚两次，待一两分钟就出来了。我们对这类事情可不能大意，看样子是有点儿蹊跷。我心里不得不承认我有些不安了。我跑到我私人的住处，把副司令找来了。他是个很有智慧和判断力的军官，是吉姆士·华特生·韦布将军的儿子。他知道后很是惊讶，也很着急。我们把这件事情谈了很久，最后的结论是应该进行秘密搜查。我决定亲自执行这个行动。因此我叫人第二天早上两点钟把我叫醒，只过了一会儿，我就到了军乐队的宿舍里，我扑在地下，在那些打鼾的弟兄们当中紧贴着地板地爬过去。我终于爬到了那酣睡的流浪儿床前，谁也没有惊醒，我把他的衣服和背袋拿到手，又偷偷地爬了回来。我回到自己屋里的时候，韦布在那儿等着，急于知道结果如何。我们立刻动手搜查。衣服使我们大失所望。我们在口袋里找到几张空白的纸和一支铅笔，还有一把大折刀和孩子们藏起来当宝贝的乱七八糟的没用的东西，除此之外什么也没有了。我们又满怀希望地去搜查背袋，那里面又是什么也没有找到，反而碰了个钉子！一本小《圣经》扉页上写着这么几个字："先生，请看在他母亲的面上，对我这孩子照应点吧。"

我和韦布对视了一下，同时低下了头。我们都不作声。我又把这本书恭恭敬敬地放回原处。韦布马上站起来，一句话也不说就走了。过了一会儿，我提起精神去完成这桩很不是滋味的工作。我把偷来的东西送回原处，还是用原来的姿势在地下爬过去。这似乎是对我所干的那件事特别相称的姿势。完事之后，老实说，我感到无比高兴。

第二天中午瑞本又照常来报告。我截住他的话说道：

"这桩可笑的事情就到此为止吧。我们把一个可怜的小家伙当成了个妖怪来对付，其实他就像一本赞美诗一样，对我们是毫无妨碍的。"

上士显得很惊讶，他说：

"唉，这可是您的命令呀，司令官，我还弄到了一点他写的东西哩。"

"那里面说些什么？你怎么弄到的？"

"我从门上的钥匙洞里看见他在写字。在我估摸着他大概写完了的时候，就小声地咳嗽了一下，我马上看见他把写的东西揉成一团，丢到了火里，然后东张西望地看有没有人来。然后他就安静下来，显出非常愉快和满不在乎的样子。于是我就走了进去，高高兴兴地和他闹了一阵，再打发他去干点别的事情。他也没有惊慌，马上就走了。炉里是煤火，才生起来的。恰好他那个纸团丢到一大块煤后面去了，掉在看不见的地方，我就把它弄了出来。就是这个，连烤都没有烤煳哩，您瞧。"

我望了一眼这张纸条，看了一两句。然后我就叫上士出去，并且吩咐他把韦布找来。那纸上写的全文是这样的：

特伦布尔要塞，八号

上校，关于我上次开的单子里末尾那三尊大炮的口径，我弄错了，其实那是放 18 磅炮弹的，其余的武器都和我所写的相符。炮台的情况还是像前次报告的那样，不过原先准备派到前线去作战的两连轻步兵暂时还要驻在这里。现在还不知道要停留多久，但很快就可以弄明白。就目前情况看来，我们最好暂时不要采取行动，等到……

写到这里就中断了，这就是瑞本咳嗽了一声，使那孩子没有再往下写的地方。这种冷血的卑鄙行为就这样被揭露了出来，给我心头一阵沉痛的打击，以致使我对这孩子的感情以及我对他的好意和对他那孤苦遭遇所发的悲悯同情都马上烟消云散了。

可是这且不去管它。现在出了问题了，而且还是需要马上充分注意的严重问题。韦布和我把这桩事情翻来覆去地考虑，并彻底研究了一番。韦布说：

"他没有写完就被打断了，很可惜！他们的某种行动将要推迟，等到什么时候呢？那个行动又指的是什么呢？可能是他要提到的，这个假装信奉上帝的小坏蛋！"

"是呀，"我说，"我们错过了一次机会，还有信里面的'我们'又是谁呢？是炮台里面的同党，还是外面的呢？"

那个"我们"很有文章，叫人担心。可是老在这上面猜想是不值得的，所以我们就继续考虑更具体的办法。第一步，我们决定加双岗，尽最大的力量提防敌人的偷袭。其次，我们想到把威克鲁抓来，让他吐出一切秘密。不过这一招似乎不大聪明，只有等其他的办法都没有效果的时候才行。我们必须把他写的东西再弄到一些，所以我们就开始想办法达到这个目的。后来我们想到威克鲁从来没有去过邮局，也许那个空马棚就是他的邮局吧。我们把我的亲信书记找来，一个名叫斯特恩的德国人，好像个天生的侦探似的。我把这桩事情原原本本地告诉他，叫他设法破案。还不到一个钟头，我们又得到消息，说是威克鲁又在写。过了一会儿，就听说他告假进城了。他动身之前，他们故意耽误了他一阵，同时斯特恩赶紧跑去藏在那个马棚里。一会儿他就看见威克鲁轻松自在地走了进去，东张西望了一会儿，然后把一样东西藏在角落里的一堆垃圾底下，又从从容容地出去了。斯特恩赶紧把那封信拿到手，给我们带了回来。上面既没有收信人的姓名地址，也没有发信人的签名。信里面除了先前我们看到过的那些话，接着就说：

我们认为最好暂时不要采取行动，等那两连人走了再说。我是说我们内部这四个人有这个意见，还没有和其他的人通消息，怕的是引人注意。我们六个人，跑了两个。他们入伍不久，刚混进炮台就被派到前线去了。现在必须派两个人来接替他们。走了的那两个是三十里点的兄弟。我有一个非常重要的消息要告诉你，可是决不能靠这种通信方式，我要试用另一种办法。

"这个小浑蛋！"韦布说："谁想得到他是个间谍呢？暂时不去管他。我们把已经得到的这些细节照目前的情形凑合起来研究研究，看看这桩事情已经发展到什么地步了。第一，'我们'当中已经有一个间谍是我们知道的；第二，'我们'当中还有三个是我们不知道的；第三，这些间谍都是通过到联邦部队来入伍这个简单而省事的办法混进我们这儿来的，显然是有两个上了当，被我们运到前线去了；第四，'外面'还有间谍的帮手，数目多少还不清楚；第五，威克鲁还有非常重要的事情，他不敢用'现在这种方式'报告消息，要'试用另一种办法'。照目前的情形看来，大致就是这样。我们是不是要把威克鲁抓起来，叫他招供呢？还是去抓到马棚里取信的人，叫他供出来？或者我们就暂时还不作声，再多调查一些事实呢？"

我们决定采取最后那种办法。我们估计这时候还没有实行紧急措施的必要，因为那些叛乱分子显然是打算等那两个轻步兵连走的时候再下手。我们给了施特恩充分的权力，使他好办事，叫他尽量想办法把威克鲁的'另外一种'通信方法调查出来。我们打算玩一次大胆的赌博，因此我们主张继续使间谍们毫无顾忌地活动，能敷衍多久就敷衍多久。所以我们命令斯特恩马上再到那个马棚那儿去，要是没有什么人妨碍的话，就把威克鲁的信仍旧藏到原地方，放在那儿等叛徒们去取。

那天一直到天黑，都没有什么动静。夜里很冷，天色漆黑，正下着雨，风也刮得很凶，可是那一夜我还是从温暖的床上起来了好几次，亲自出去巡逻，为的是要查明确实没有出什么事故，而且每个岗哨都在认真守防。我发现他们都在振作精神警戒着，显然是有一些神秘的谣言悄悄地在四处传播，一加双岗就更使那些谣言显得确有其事了。当天快亮的时候，我碰见韦布顶着寒风一直往前走，一问才知道原来他也巡逻了好几次，总要知道一切安然无事才放心。

第二天的事情使情况发展得快了一些。威克鲁又写了一封信。斯特恩比他先到那个马棚里，看着他藏了那封信，威克鲁刚一走开，他就去把那封信拿到手，然后溜出来，远远盯住那个小间谍，他背后还跟着一个便衣侦探。因为我们觉得应该让他随时可以得到法律的帮助，以备紧急的需要。威克鲁跑到火车站去，在那儿等纽约开来的车，当客人由车上涌下来的时候，他就仔细盯住那一群人的脸。一会儿有一个年老的绅士，戴着绿色的护目镜，拄着手杖，一瘸一拐地走了下来，在威克鲁附近站住，急切地开始张望。威克鲁马上就飞跑过去，塞了一个信封在他手里，然后溜走，在人丛中消失了。斯特恩立刻把那封信抢了过来，随即他在那个侦探身边匆忙走过的时候对他说："跟住那个老先生，别让他跑丢了。"然后斯特恩随着人群连忙跑出来，一直跑回要塞。

我们关上门坐下来，吩咐外面的守卫不让别人来打扰。

我们先把马棚里拿来的那封信打开来看。内容如下：

神圣同盟：照常在那尊大炮里拿到了大老板的命令，那是昨晚上丢在那儿的。这次命令取消了以前从次一级机关所得的指示。已在炮内照例留下了暗号，表示命令已经到了收件人手里——

韦布插嘴说："这孩子现在不是受到了严密的监视吗？"

我说是的。自从上次拿到他那封信之后，他一直就在严密的监视之下。

"那么他怎么能够放什么东西到炮筒里去，或是从那里面取出东西来，居然没有被人发觉呢？"

"唉，"我说，"我看这种情形有点不大对劲儿。"

"我也觉得不对呀，"韦布说，"这简直就表示连哨兵里面都有同谋犯。要不是他们暗中纵容他，这种事情根本做不到。"

我把瑞本叫来，吩咐他到炮台认真检查一下，看能找出什么线索来。然后我们又往下念那封信：

新的命令是果断的，它要从○○○○明天早上3点钟就得××××。将有两百人分成若干股由各地乘火车或采取其他途径来此，按时到达指定地点。今天由我分发信号，成功很有把握，但是我们一定是走漏了风声，因为这里已加派双岗，而且正副司令昨夜曾多次巡逻。WW今天由南方来此，将用另一种方式接受秘密命令。你们六个人必须在早晨两点钟准时到达166号。BB会在那里等你们，给你们详细指示。口令和上次相同，但要倒过来，头一个字改到末尾，末一个字改到前面。记住XXXX。不要忘了。千万要大胆，还不等太阳再出来，你们就要成为英雄了。你们的名声将流芳千古，你们将为历史上添上不朽的一笔。阿门。

"好家伙，"韦布说，"我看这情形，我们可实在不好对付呀！"

我说没有问题，形势是越来越严重了。我说：

"他们准备采取一次猛烈的冒险行动，这是很明显的。今天晚上是他们预定的时间，这也是很明显的。这个冒险行动的性质，或者说它的方式，就隐藏在那一大堆'○'或'×'下面。据我估计，他们的目的是要偷袭和夺取要塞。现在我们必须采取断然行动。我想我们继续用秘密手段对付威克鲁是一点用处也没有了。我们必须知道，而且越快越好，'166号'究竟在哪儿，这样才能在早上两点钟把那一伙儿人一网打尽。不消说，要想知道这个秘密，最快的办法就是逼这个小鬼说出来。不过首先我必须把事实报告军政部，请求全权处理，然后我们才可以采取重要行动。"

急电译成了密码，准备拍发。在我看过并表示认可之后，就发出去了。

我们随即结束了对刚才那封信的讨论，然后把从那位瘸腿先生那儿抢过来的那封信打开。可是那里面除了装着两张完全空白的信纸之外，什么也没有！这对我们当时迫切的心情简直是泼了一盆冷水。我们一时大失所望，心里就像那信纸一样空虚，简直不知道该怎么办才好。可是一会儿工夫以后，我们立刻想到了"暗墨水"。我们把信纸拿到火边上去烤，等着看那上面的字迹经过火烤的结果显出来。可是除了几条模糊的笔画之外，什么也没有，而我们对那几条笔画又看不出一点道理。于是我们把军医找来，叫他用他所知道的各种方法进行试验，一定要有个结果出来。等到字迹显出来之后，立刻把信的内容报告给我。这个阻碍可真是叫人烦得要命，我们为这阵耽误而感到生气，因为我们一直希望能从那封信里得到关于这个阴谋的一些最重要的秘密。

这时候瑞本上士回来了，他从口袋里掏出一根大约一英尺来长的麻绳，上面打着三个结，他把它递给我看。

"我从江边的一座大炮里取出来的，"他说，"我把所有的炮上的炮栓都取下来仔细看过了。结果每一个炮都查遍了，只找到这么一截麻绳。"

原来这截绳子就是威克鲁的"暗号"，表示"大老板"的命令并没有送错地方。我命令立即把过去二十四小时内在那座炮台附近值过班的哨兵通通单独禁闭起来，没有我的同意，不许他们互相交谈。

这时候军政部长来了个电报。电文如下：

暂时取消人身保障法。全城宣布戒严。必要时逮捕嫌疑犯。采取果断而迅速的行动。随时将消息报告本部。

这下子我们可以下手了。我派人去把那位瘸腿的老先生逮捕起来，悄悄地关押到要塞，我把他看管起来，不许别人和他谈话，也不许别人和他谈话。起初他还吵闹了一阵，可是不久就不作声了。

随后又来了个消息，说是有人看见威克鲁拿了什么东西交给我们的两个新兵。他刚一转身，这两个人马上就被抓去禁闭起来了。每人身上搜出一个小纸片，上面用铅笔写着这些字：

大鹰三飞

记住 XXXX

一六六

遵照军政部长的指示，我给部里打了个密电，报告情况的进展，还把上面这个纸片描绘了一下。现在我们似乎是处于很有把握的地位，尽可以拉下威克鲁的假面具了，所以我就派人把他叫来。同时我也派人去取回那封用暗墨水写的信，军医还带来一张字条，说明他试过的几种方法都没有结果，不过还有一些方法，等我再叫他试验的时候，还可以试一试。

威克鲁很快就进来了。他显得有些疲乏和焦急，可是他很镇定从容，即使他感觉到出了什么问题，也没有在脸色和态度上露出来。我让他在那儿站了一两分钟，然后直接说：

"小伙子，你为什么老去那个旧马棚呢?"

他用天真的态度毫不慌张地回答：

"呵，我也不知道怎么回事，司令官。没有什么特别的原因，我就喜欢清静，想到那儿去玩。"

"你到那儿去玩，是吗？"

"是呀，司令官。"他还是像开始那样天真无邪地回答。

"你在那儿只是玩吗？"

"是呀，司令官。"他抬起头来望着我，那双温柔的大眼睛里含着孩子气的惊讶神情说道。

"真的吗？"

"是的，司令官，真的。"

过了一会儿，我说：

"威克鲁，你为什么总喜欢写字呢？"

"我？我并没有常写什么呀，司令官。"

"你没有常写？"

"没有，司令官。啊，您要是说的乱画呢，我倒是乱画了一些，不过那是画着玩的。"

"你画了拿去干什么了？"

"没有干什么，司令官，画完就丢了。"

"没有送给什么人吗？"

"没有，司令官。"

我突然把他写给"上校"的那封信伸到他的面前。他稍微有点吃惊，可是马上又镇定下来了。他脸上微微地红了一阵。

"那么，你为什么要把这个送出去呢？"

"我决，决没有什么坏心眼，司令官。"

"决没有坏心眼?！你把要塞的军备情况泄露了出去，还说没有坏心眼吗？"

他低下头去不作声。

"喂，老实说吧，别再撒谎了。这封信是给谁的？"

这时候他显出有些痛苦，不过很快就平静下来，用非常恳切的声调回答说：

"我把事实告诉您吧，司令官，全部的事实。这封信根本就没有打算写给谁。我不过是写着玩。现在我知道错了，而且是件傻事，可是我只犯过一次，司令官，我以人格担保。"

"呵，这倒叫我我很高兴。写这种信是很危险的。你真的只写过这一封？"

"是的，司令官，千真万确。"

他大胆得惊人。他说这句谎话的时候，那种诚恳的神气谁也比不过。我停了一会儿，把我的怒气平息下去，然后说：

"威克鲁，你仔细想一想吧，我想调查两三件小事情，你看是不是可以帮个忙？"

"我一定尽力帮忙，司令官。"

"那么我先问你，'大老板'是谁呢？"

这下他很惊慌地望了我们一眼，可也不过如此而已。他马上安静了下来，沉着地回答说：

"我不知道，司令官。"

"你不知道？"

"我不知道。"

他极力想把他的眼睛望着我的，可是那实在太紧张了；他的下巴慢慢地向着胸部低下去，他哑口无言了；他站在那儿神经紧张地摸弄着一只纽扣，他的卑鄙行为虽然可恶，那样子可也叫人怜悯。随后我又提出一个问题，打破了沉默：

"'神圣同盟'是些什么人呢？"

他浑身发抖，他把双手盲目地微微动了一下，这在我看来，好像是一个绝望的小家伙求人怜悯的表示。可是他没有作声。他继续把头向地下垂着，站在那儿。我们瞪着眼睛望着他，等着他说话的时候，看见大颗的眼泪顺着他的脸蛋儿滚下来。可是他始终不说话。过了一会儿，我说：

"你非回答我不行，小孩儿，你一定要说老实话。'神圣同盟'是哪些人?"

他仍旧只是一声不响地哭。我随即就说:

"回答我这个问题!"我的语气有些严厉。

他极力要控制自己的声音;然后求饶地抬头望着,掺杂着哭声勉强说道:

"啊,请您可怜我吧,司令官!我不能回答这个问题,因为我不知道。"

"什么!"

"真的,司令官,我是说的实话,我直到现在,从来没有听说过什么'神圣同盟'。我以人格担保,司令官,这是实话。"

"真是怪事!我看你这第二封信;呵,你看见这几个字了吗?'神圣同盟'。现在你还有什么话可说?"

他抬起头来瞪着眼睛望着我的脸,显出一副受了委屈的神气,好像他遭了很大的冤枉似的,然后激动地说:

"这是有人狠心地给我开玩笑,司令官;我老是极力要好好做人,从来没有伤害过谁,他们怎么能这样陷害我呢?有人假造了我的笔迹;这都不是我写的;我从来没有见过这封信!"

"啊,你这个可恶透了的小骗子!你看,这又是怎么回事呢?"我把那封暗墨水写的信从口袋里掏出来,伸到他眼前。

他的脸发白了!简直像个死人的脸那么白。他站也站不稳,微微摇晃起来,伸手扶着墙才把身子撑住。过了一会儿,他低声问道:

"您已经……看过这封信了吗?"他的声音简直低得听不见。

一定是还没有等我嘴里来得及说出"看过了"这么个回答,我们脸上就把真情流露出来了,因为我清清楚楚地看见那孩子的眼睛里又恢复了勇气,我等着他说话,可是他一声不响。所以后来我就说:

"喂,你对这封信里泄露的秘密又怎么解释呢?"

他非常镇定地回答说:

"没有什么解释,我只想说明一声,那是完全没有害处的;对谁也没有什么妨碍。"

这下子我可有点窘住了，因为我无法反驳他的话。我不知道该怎么办才好。可是我忽然又有了一个主意，这才给我解了围，我说：

"你对'大老板'和'神圣同盟'当真什么都不知道吗？你说是人家假造的这封信，当真不是你写的吗？"

"是的，司令官，这是真的。"

我慢慢抽出那根打了结的麻绳来，一声不响地把它举起。他若无其事地瞪着眼睛看着它，然后诧异地看着我。我实在忍耐不住了。不过我还是把我的火气压下去，用自然的语调说：

"威克鲁，你看见这个了吗？"

"看见了，司令官。"

"这是什么？"

"好像是一根绳子。"

"怎么，好像是？这本来就是一根绳子呀。你还认得吗？"

"不认得，司令官。"他回答的语气从容到极点。

他那种冷静的态度真是令人惊叹！于是我停了几秒钟，为的是让我的沉默可以加深我所要说的话给人的印象。然后我站起来，把一只手按在他肩膀上，严肃地说：

"这是对你没有好处的，可怜的孩子，绝对没有好处。你给'大老板'的这个暗号，这根带结的绳子，是在江边一座大炮里找到的。"

"大炮'里面'找到的！啊，不对、不对、不对！别说是在大炮里吧，其实是在炮栓的一条缝里！一定是在缝里！"他随即就跪下来，两手交叉着十指，抬起头，他脸色灰白、吓得要命的样子，叫人看了很可怜。

"不，是在大炮里。"

"啊，那一定是出了毛病！上帝，我完蛋啦！"他一下子跳起来，左右乱闯，想要躲开来抓他的手，极力想从这地方逃掉。当然逃跑是不可能的。于是他又扑通一声跪在地下，拼命地哭，还抱住我的腿，他这样抓住我，苦苦哀求道："呵，您可怜我吧！啊，您大发慈悲吧！千万别把我的事情说出去呀，他们连一分钟都不会饶了我的！请您保护我，救救我吧。我会把一切都说出来的！"

我们花了一些工夫才使他平静下来，减少他的恐惧，使他稍微清醒一些。然后我开始盘问他，他眼睛看着地下，很恭敬地回答，随手伸手揩去他那流个不停的眼泪。

"那么你是心甘情愿的做一个叛徒喽？"

"是的，司令官。"

"你还是个间谍？"

"是的，司令官。"

"一直在按照外面的指示活动吗？"

"是的，司令官。"

"是自愿的吗？"

"是的，司令官。"

"干得很高兴吧，也许是？"

"是呀，司令官，抵赖也没有好处。南方是我的家乡，我的心是南方的，整个心都在它那一方面。"

"那么你所说的你遇难的经过和你家人被杀害的那些事情都是为了要混进要塞，特意捏造出来骗人的吧？"

"他们，是他们叫我那么说的，司令官。"

"那么你就准备出卖那些可怜你和收容你的人，要把他们都毁了吗？你知不知道这么做有多卑鄙？你这个走入迷途的可怜虫！"

他只用哭泣来回答。

"好吧，这个暂且不去管它。我们还是谈正经事。'上校'是谁？他躲在什么地方？"

他开始大哭起来，想要哀求不说这个问题。他说他要是说出来，就会被打死。我威胁着说，你要是不说出实情，我就要把你关到黑牢里监禁起来。同时我答应他，只要他把秘密都说出来，我就保护他，不让他受到任何伤害。他紧紧地闭住嘴，一句话也不肯说，做出一副很顽强的样子，使我简直拿他没有办法。于是我就带着他走，可是他只往黑牢里望了一眼就改变了主意。他突然又大哭起来，并且苦苦哀求，声明他愿意说出一切实情。

于是我又把他带回来，他就说出了"上校"的名字，并且很详细地把他描述了一番。他说到城里最大的旅馆里可以找到他，穿着普通老百姓的衣服。我又威胁了他一阵，他才把"大老板"的名字说出来，并且说明他的相貌等等。他说在纽约证券街 15 号可以找到"大老板"，化名是盖罗德。我把盖罗德的姓名和相貌打电报告诉了纽约警察局长，让他逮捕这个人，把他看管起来，等我派人去提解。

"那么，"我说，"好像是'外面'还有几个同党，好像在新伦敦。你把他们的姓名和具体情况说一说吧。"

他又说出了三个男人和两个女人，并且说明了他们的情况：都住在大旅馆里。我悄悄地派人出去，把他们和那位"上校"抓来，关在要塞里。

"现在我想知道你在要塞里面的三个同党都是谁。"

我想到他又会说谎话来骗我，于是我把从那两个被捕的哨兵身上搜到的神秘纸片拿出来给他看，这对他起到了很好的效果。我说我们已经抓到了两个，他非说出另外那一个不可。这把他吓得要命，他大声叫道：

"啊，请您别逼我了，他当场就会要了我的命！"

我说那是可笑的想法，我会派人在他身边保护他，并且在他们集合的时候是不会让他们带武器的。我命令所有的新兵都集合起来，然后这可怜的坏蛋浑身发抖地走了出来，他顺着那一队人走过去，极力显出若无其事的样子。后来他对其中一个人只说了一个字，于是他还没有走出五步，那个人就被捕了。

威克鲁又和我们在一起的时候，我就命令把那三个人带进来。我叫其中的一个站到前面来，说道：

"威克鲁，你可要注意，要完全说实话，丝毫不能有差错。这个人是谁，你知道他一些什么事情？"

他已经到了"骑虎难下"的地步了，所以就不顾一切后果，把眼睛瞪在那个人脸上，毫不迟疑地说了一大套，他说的是下面这些话：

"他的真名字叫作乔治·布利斯多。他是新奥尔良人，两年前在沿海的邮船'神殿号'上当二副。他是个很凶的角色，曾经因为犯杀人罪坐过两次牢：一次是为了拿一根绞盘用棍子打死一个叫作海德的水手，一次是打死了一个甲板苦力，就因为他不肯抛铅锤，其实那本不该是甲板苦力做的事。他是个间谍，是上校派到这儿来进行间谍活动的。1858 年'圣尼古拉号'在孟菲斯附近爆炸时，他在船上当三副。当死伤的乘客被装在一只空木船上往岸上运的时候，他抢乘客身上的财物，结果差点儿让人家用私刑弄死。"

还有一些诸如此类的话：他把这个人的来历说得很详细。他说完之后，我问那个人：

"你对他这些话还有什么说的？"

"司令官，您可别怪我在您面前说话不恭敬，他这简直是在胡说八道，我从来没有听过谁撒这种无耻的谎！"

我命令把他带回去再关起来，又把其余两个先后叫到前面来。结果都是一样。那孩子说出了每个人的详细来历，对措辞和事实丝毫也没有迟疑。可是我盘问这两个家伙的结果，每个人都愤恨地说那完全是谎话。他们什么口供也没有。于是我把他们再送回去关起来，又把其余的犯人一个个叫出来对质。威克鲁把他们的一切都说出来了，他们是南方哪些城市的人，和他们参加这个阴谋的原原本本。

但是他们都否认他所说的事实，而且没有一个有什么口供。那些男人们大发脾气，女人们哭哭啼啼。据他们自己说，他们都是从西部来的清清白白的人，并且爱联邦胜过爱世界上一切东西。我把这些人再关起来，心里很烦闷，随后我就再来盘问威克鲁。

"166 号在哪儿？'BB'是谁？"

可是他下了决心以这里为界限。无论说好话哄他或是威胁他，都不起作用。时间过得飞快，非采取严厉手段不可。所以我就拴住他的大拇指，把他踮起脚尖吊起来。他越来越痛，就尖声惨叫，那声音简直叫我受不了。但是我还是坚持不放松，终于过了一会儿他就喊叫起来：

"啊，放我下来吧，我说！"

"不行，你说了我才放你下来。"

现在每一秒钟的时间对他都是痛苦，所以他招了出来：

"大鹰旅舍，166号！"他说的是江边的一个下等客栈，是一般卖力气的普通人和码头工人，还有那些更不体面的人常去的地方。

于是我就把他放了下来，然后又让他说出这次阴谋的目的。

"今晚要夺取要塞。"他一面顽强地说，一面低声哭着。

"我是不是已经把这次阴谋的首领都抓到了？"

"没有，除了你抓到的以外，还有很多要到166号去开会的人。"

"你那'记住XXXX'是什么意思？"

没有回答。

"进入166号的口令是什么？"

没有回答。

"那一堆一堆的字和记号是什么意思，'FFFF'和'MMMM'？快说！要不然还叫你尝尝那个滋味。"

"我决不回答！我宁肯死。现在你爱怎么办就怎么办吧。"

"把你说的话好好想想吧，威克鲁。你拿定主意了吗？"

他坚决地回答，声音毫不发颤：

"拿定主意了。我非常爱我那遭难的南方，痛恨这北方的太阳所照耀的一切，所以我宁肯死，也不会泄露那些消息。"

我又拴住他的大拇指把他吊起来。这可怜的小家伙痛得要命，他那尖叫的声音听着叫人心碎，可是我们却再也没有逼出他什么口供来。不管你问他什么话，他总是这样回答："我可以死，而且我决定死，可是我决不会泄露任何情况。"

哎，我们只好就那么算了。我们相信他一定是宁肯死也不会招供，所以我们就把他放下来，把他关起来严加看管。

然后我们又忙了几个钟头，一方面给军政部打电报，一方面准备突击一六六号。

那漆黑和寒冷的夜晚是令人提心吊胆的。由于要塞的情报已经被泄露了一些，整个要塞都在提防不测。哨兵增加到了三岗，无论谁都不能随意进出，一走动哨兵就会把步枪对准他的头，叫他站住。不过韦布和我却不像原先那么担心了，因为有许多主犯已经落网，他们的阴谋就必然会受到沉重的打击。

我决定及时赶到一六六号去抓住'BB'，堵上他的嘴，然后等着其余的人来到，好把他们一网打尽。大约在早上一点一刻，我就悄悄离开要塞，后面带着六个精壮的正规兵，还有威克鲁那孩子，他的手被反绑在背后。我告诉他，我们要到一六六号去，如果发现他这次又说了谎话，骗我们上当，那他就非得领我们到正确的地方去不可，否则有他好受的。

我们悄悄地走近那个客栈，进行隐蔽的侦察。小小的酒吧间里点着一支蜡烛，其余的房间都是黑的。我试着打开前门，门并没有上锁，所以我们就轻轻地走进去，仍旧把门关上。然后我们把鞋脱掉，我带头把大家领到酒吧间里。德国店主坐在椅子上睡着了，我轻轻地把他推醒，叫他脱掉靴子，走在我们前面，同时警告他不许出声。他一声不响地顺从了，可是显然吓得要命。我命令他带路到一六六号去。我们爬上了两三层楼梯，脚步像一串猫儿那么轻。然后我们走到一道很长的过道尽头的时候，就来到了一个房间门口。从那个门上装着玻璃的小窗户里，我们隐约看到里面有一支发出暗淡亮光的蜡烛。店主在暗中摸索着找到了我，悄悄地说那就是一六六号。我试了试那扇门，门从里面锁上了。我轻声给一个个子最大的士兵下了一个命令。然后我们就用宽大的肩膀顶住门，猛推一把，把门上的铰链冲开了。我隐隐约约地看见床上有一个人影，看见他连忙向蜡烛把头伸过去。蜡烛一灭，我们立刻就陷在一片漆黑当中了。我猛扑过去，一下子跳到了床上，用膝头使劲按住了床上那个人。被我抓住的人拼命地挣扎，可是我的左手卡住了他的嗓子，这给我的膝头很大的帮助，总算把他制伏了。然后我马上把手枪掏出来，拉开扳机，用那冰冷的枪筒抵住他的腮帮子，表示警告。

"现在谁给划根火柴吧！"我说，"我把他抓牢啦。"

有人照办了。火柴的光亮起来，我望着我抓住的人，哎呀，上帝，原来是个年轻的女人！

我放开她，连忙走下床来，心里觉得很不好意思。大家都瞪大了眼睛望着身边的人发呆。这桩意外的事太突如其来了，叫人莫名其妙，因此大家都非常慌张，不知该怎么办才好。那个年轻的女人开始哭起来，用被子蒙住了脸。店主恭敬地说：

"她是我的女儿，她大概是干了什么不规矩的事吧？"

"你的女儿？她是你的女儿？"

"啊，是呀，她是我的女儿，她今晚上才从辛辛那提回家来的，有点儿不舒服。"

"他妈的，那孩子又撒谎啦。这不是他说的那个一六六号，她不是'BB'。威克鲁，你必须给我们找到那个真正的一六六号，要不然……喂！那孩子跑哪儿去了？"

他跑掉了，这是毫无疑问的！他不但跑了，我们还连一点线索也找不到。这可是个伤脑筋的问题。我暗骂自己太傻，竟然没让一个士兵看住他，可是现在再为这个懊恼也没有用了。到了这个地步，我究竟应该怎么办呢？这是最紧迫的问题。不过说到源头，那个姑娘说不定就是'BB'。虽然我并不相信这个，可是把疑惑当成定论却是不妥当的。所以我就叫我那几个士兵留在一六六号对面的一个空房间里，吩咐他们只要有人靠近那个年轻女人的房间，就一律把他们抓起来，同时还吩咐他们把店主扣押在一起，对他严加看管，且待以后的命令。然后我就赶回要塞，去看看那儿是否还平安无事。

还好，要塞平安无事。而且自始至终都没有出问题。我通宵守着，没有睡觉，以防意外，可是整夜毫无动静。直到后来看见天又亮了，我居然还能够给部里发电报，报告星条国旗仍旧在特伦布尔要塞上空飘扬，心里真是说不出的高兴。

我解除了心头沉重的压力，不过我依然没有放松警惕，也没有停止努力。因为当时的局势太严重了，不允许有任何的疏忽。我把那些犯人一个个叫来，不断地严厉拷问他们，总想叫他们招供，可是毫无结果。他们一个个只有咬牙切齿，直扯头发，却什么也没有招出来。

到了中午的时候，我们终于得到了那个失踪的孩子的消息。有人报告说在早上六点钟，大约在八里以外看见他在路上，拖着沉重的脚步往西走。我马上派一名骑兵中尉和一名士兵追捕他。他们在距离要塞二十里以外的地方看见他了。他已经翻过了一道篱笆，拖着沉重的脚步穿过一片满是烂泥的田野，向村庄边上一座旧式的大房子走过去。他们骑着马穿过一片小树林，迂回过去，由相对的方向包抄那所房子。然后下了马，迅速溜到厨房里。那儿一个人也没有。他们又溜进靠近的一间屋子里，那儿也没有人。由那间屋里通向前面起居室的门是开着的。他们正想要由这扇门里走过去，忽然听见一个很低沉的声音。原来那是有人在祷告。于是他们恭恭敬敬地站住了，中尉把头伸进去，看见一个老头和一个老太婆在那间起居室的一个角落里跪着，正在祷告的是那老头。刚刚祷告完毕的时候，威克鲁打开前门走进来了。那两个老人一起向他扑过去，紧紧地搂着他，叫他差点透不过气来。他们大声嚷道：

"我们的孩子！我们的宝贝！多谢上帝。让我们跑掉的孩子又回来啦！让我们死了的孩子又复活啦！"

喂，先生，你猜是怎么回事！原来那个小鬼就是在那个农庄上长大的，原来他一辈子也没有离开过这个地方五里地远，后来才在两周前闲逛到我那里去，编了那一个伤心的故事把我骗了！这是千真万确的事情。那个老头儿是他的父亲——是个有学问的退休了的老牧师，而那个老太婆是他的母亲。

现在让我来对这个孩子和他的举动略加说明吧。原来他是看廉价小说和那些专登情节离奇故事的刊物看得入迷了，所以莫名其妙的神秘事件和天花乱坠的侠义行为正合他的胃口。后来他又看到报纸上报道叛军的间谍潜伏到我们这边来活动的情况，以及他们那可怕的企图和两三次轰动一时的成功，结果他就对这个事情想入非非了。他曾经有几个月和一个很健谈和富于幻想的北方青年混在一起，那个青年在新奥尔良和密西西比上游二三百里的各地之间航行的几只邮船上当过两年事务员，因此当他谈起那一带地方的地名和其他情形时，都显得很熟悉。我在战前只在那一带地方住过两三个月，所以我对那儿的情形所知有限，因此很容易就被那孩子哄住了，要是一个土生的路易斯安那人，那也许不等他说到十五分钟，就会发现他露出马脚了。你知道他为什么说情愿死也不肯解释他那几个阴谋的暗号吗？那是因为他根本就无法解释！那些记号根本就没有任何意义，完全是他从想象中凭空捏造出来的，事前事后都没有思考过。所以突然问起他来，他就想不出什么来解释这个暗号。比如他对那封"暗墨水写的信"里隐藏着什么秘密也说不出来，最充分的理由就是那里面根本没有隐藏任何秘密，那封信不过是空白的纸张罢了。他根本没有往大炮里面放什么东西，而且从来没有想过这么做，因为那些信都是他写给一些想象中的人物的，他每次藏一封信到那个马棚里的时候，总是把前一天放在那儿的一封拿走。所以他对那根带结的小绳子并不知道，因为我拿给他看的时候，他也是第一次看到。可是当我一让他说明来历，他马上就照他那异想天开的派头，承认那是他放的，而且收到了一些很奇妙的戏剧性效果。他捏造了一个"盖罗德"先生，还有什么证券街 15 号，当时已经根本不存在了，三个月以前就拆掉了。他还捏造了那位"上校"。我所逮捕的和他对质过的那些无辜受累的人，被他满口胡诌地说了一大堆来历，其实也都是他捏造的，就连"乙乙"也是他捏造的，一六六号也可以说是他捏造的，因为在我们到大鹰旅社去之前，他还不知道那儿有这个房间。凡是需要捏造某一个人或是某一件东西的时候，他随时都捏造得出来。当我要他说出"外面的"间谍的时候，他马上就把他在旅馆里见过的一些陌生人描述一番，其实就连他们的名字也不过是他偶尔听到的。呵，在那惊心动魄的几天里，他一直处在一个丰富多彩、神秘的、浪漫的境界里过日子，我觉得这个境界对他来说是真实的，而且他想必是一直从心坎里欣赏着它的滋味。

可是他给我们找了不少的麻烦，而且使我们受了很多耻辱。你看，因为他的缘故，我们抓了一二十个人，把他们关在要塞里，还在他们门口安了哨兵。被捕的人有许多都是军人，我对他们是无须道歉的。可是其余的人都是全国各地的第一流公民，无论你说多少赔罪的话，也不能使他们消气。他们会大发脾气，给我们闹个没完！那两个妇女呢，一个是俄亥俄一位议员的太太，另一个是西部一位主教的妹妹。咳，她们极尽其能地对我说了许多侮辱和挖苦的话，并且和她们所流的那些冒火的眼泪一样，已然成了一份纪念品，大概可以使我很久都记得住她们，而且我一定是会记得的。那位戴护目镜的瘸腿老先生是费城的一个大学校长，他是来参加他侄子的葬礼的。当然，他原先是从来没有见过威克鲁。咳，他不但错过了丧礼，还被我们当作叛军间谍关了起来，而且威克鲁在我的营房里无情地把他说成是一个从加尔维斯敦来的名声最臭的一个流氓巢的伪造犯、黑人贩子、偷马贼、放火犯，对于这种侮辱，这位倒霉的老先生似乎是根本不能原谅的。还有军政部呀！可是，真倒霉，这一段我就不去谈它了吧！

附注：我把这篇故事的稿子拿给少校看，他说："你对军队里的事情不大熟悉，这使你出现了一些小小的错误。不过连这些错误的地方也还是写得有声有色——随它去吧。虽然军队里的人看了会笑，可别人看不出毛病来。你把这个故事的主要事实都说对了，叙述得和实际发生的情况差不多。"——马克·吐温。

1881 年

被偷的白象①

一

下面这个稀奇的故事是我在火车上偶然认识的一个人讲给我听的。他是一位年过七十的老人，他那和善而斯文的容貌以及真挚诚实的态度，使他嘴里说出来的每一件事情都给人以无可置疑的真实的印象。以下是他讲的故事：

你知道暹罗②的皇家白象在那个国家里是多么受人尊敬的吧，它是国王御用的大象，只有国王才能饲养它，实际上它的地位甚至比国王还要高出几分，因为它不仅受人尊敬，而且还受人崇拜。五年前，大不列颠和暹罗两国之间发生了国界纠纷，但不久就证明了错在暹罗。因此，一切赔偿手续迅速完成了，英国代表说他很满意，过去的嫌隙也应该忘记才行。这使暹罗国王大为安心，但是或许是为了表示感激，或许是为了消除英国方面可能还存在的一点残余的不满情绪，他表示愿意给英国女王送一件礼物，照东方人的想法，这是与敌方和解的唯一妥当的办法。这件礼物不但应该是高贵的，而且必须是超乎一切的高贵才行。那么，还有什么礼物能比一只白象更合适呢？当时我在印度担任着一种特殊的文官职位，因此被

① 这个短篇并未收录在《海外浪游记》中，因为作者当时担心其中一些情节会过于夸大，还有一些则不符合事实。但在作者未及证实这些担心其实都是多余的之前，《海外浪游记》便已经印刷出版了，故未能收录。——作者原注。

② 今泰国，1939 年之前叫暹罗。

认为是最适合担任为女皇陛下献上这份高贵礼物的荣幸任务。暹罗政府特地给我备了一只船，还配备了侍从、随员和专门伺候白象的人。经过长时间的航行，我们到了纽约港，于是我把受皇家重托的礼物安顿在泽西城，让它住在很讲究的地方。为了恢复这头白象的健康，我们不得不在这里停留一段时间，然后再继续航行。

过了两星期，一切安然无事，然后灾祸来临了，白象被偷了！有人在深夜把我叫醒，告诉我这个可怕的不幸消息。我当时几乎因恐惧和焦急而发狂，我真不知如何是好。然后我渐渐平静下来，恢复了理智。不久，我就想出了办法，因为事实上一个有头脑的人所能采取的只有唯一一个办法。那时候虽然已经是深夜，但我还是赶去了纽约，找到一位警察引我到了侦缉总队。幸运的是我到的正是时候，因为侦缉队的头目有名的督察长布伦特，正在准备动身回家。他是个中等身材、体格结实的人，当他深思的时候，习惯皱起眉头，凝神用手指头敲打额头，这些都会马上给你一个印象，使你深信自己站在一个不平凡的人物面前。一看到他那样子，我就有了信心，有了希望。我向他讲述了我的来意。听完后，他丝毫也不惊慌。看样子，这对他那铁一般的镇定力并没有产生多大的影响，就好像我告诉他有人偷了我的狗一样。他挥手叫我坐下，沉着地说道：

"请让我想一会儿吧。"

他一边这么说着，一边在他的办公桌前面坐下，用手托着头做沉思状。几个书记员在办公室的另一边工作，在往后的六七分钟里，我所听到的声音就只有他们的笔在纸上画出的响声。同时督察长坐在那儿，凝神沉思。最后他抬起头来，他的面孔上那种坚定的轮廓表现出一种胸有成竹的神气，这使我相信他的脑子里已经想出了主意，计划也已经拟订了。他的声音低沉而且给人深刻的印象：

"这不是个普通案件。一切步骤都要小心周到，每一步都要站稳脚跟，然后再放胆走下一步。一定要保守秘密才行，完全地、绝对地保密。无论对什么人都不要谈起这件事，连对报馆记者也不要提。他们这些人由我来对付吧。我会谨慎，故意地让他们得到一点符合我目的消息。"他按了按铃，一个年轻人走进来。"亚拉里克，叫记者们暂时不要走。"说完后，小伙子出去了。"现在我们再继续来谈正经事吧，要清清楚楚地谈。干我这一行，要是没有严格和周密的方法，什么事也办不好。"

他拿起笔和纸来："那么，那只象姓什么？"

"哈森·本·阿里·本·塞林·阿布达拉·穆罕默德·摩伊赛·阿汉莫尔·吉姆赛觉吉布荷伊·都里普·苏丹·爱布·布德普尔。"

"好吧，叫什么名字？"

"江波。"

"好吧，出生在哪里呢？"

"暹罗京城。"

"父母还在吗？"

"不，死了。"

"除了他而外，他们还生过别的吗？"

"没有，他是独生子。"

"好吧。在这一项底下，有这几点就够了。现在请你描述一下那头象的样子，千万不要遗漏任何细节，无论多么不重要的。这就是说，照你的看法不重要的，对于我们这一行的人来说，根本就没有什么不重要的细节，这种事情根本就不存在。"

于是我一边描写，他一边记录。当我说完的时候，他说：

"好吧，我复述一遍，你听着，要是我有弄错的地方，请你更正。"

他照下面这样念：

"身高十九英尺；身长从额顶到尾根二十六英尺；鼻长十六英尺；尾长六英尺；全长，包括鼻子和尾巴，四十八英尺；牙长九英尺半；耳朵大小与这些尺寸相称；脚印像一只桶放在雪里留下的痕迹；象的颜色，灰白；每只耳朵上都有一个装饰珠宝的洞，像碟子那么大；特别喜欢给旁观的人喷水，并且爱拿鼻子作弄人，不但是那些和他相识的人，连完全陌生的人也是一样；他的右后腿有点跛，左腋下因从前生过疮，有一个小疤；被偷时背上有一个包括十五个座位的乘厢①，披着一张普通地毯大小的金

---

① 指的是战象背上所载的塔楼，内有座位供人乘坐。

丝缎鞍毯。"

他说完全正确。督察长按了按铃，把这份说明书交给亚拉里克，吩咐他说：

"马上把这张东西印五万份，寄到全州各地的侦缉队和当铺去。"亚拉里克出去了。"哈，说了半天，总算还不错。另外我还得要一张这个大象的相片才行。"

我给了他一张。他很认真地把它仔细看了一阵，说道：

"只好将就吧，反正找不到更好的。可是他把鼻子卷起来，塞在嘴里，这有点不太凑巧，一定会使人产生误会，因为他平常当然不会把鼻子卷成这个样子。"他又按了按铃。

"亚拉里克，把这张相片拿去印五万份，明天早上先办这件事，和那张说明书一同寄出。"

亚拉里克出去执行他的命令了。督察长说：

"这个一定要悬赏才行。那么，数目怎么样？"

"你看多少合适呢？"

"第一步，我认为，呃，先来个两万五千元钱吧。这件事情很复杂、很不好办，不知有多少逃避的路子和隐藏的机会哩。这些小偷到处都有朋友和伙伴。"

"哎呀，您知道那些人是谁吗？"

那张善于把想法和情绪隐藏在心里的谨慎的面孔使我猜不出一点端倪，他说得那样若无其事，回答也是一样："这个你不用管。我可能知道，也可能不知道。我们通常都是根据罪犯下手的方法和他所要弄到手的东西的大小，由这里去找到一点巧妙的线索，从而推测他是谁。我们现在要对付的不是一个扒手，也不是一个普通小偷，这点你可要清楚。这回被偷的东西不是一个新手随便'扒'①了去的。刚才我说过，办这个案子是要跑许多地方的，小偷儿们一路往别处跑，同时还要掩盖他们的行踪，因此查起来会很费劲，所以照这些情形看来，两万五千元也许还太少一点，不过

---

① 原文为"lifted"，这个词既可以解释为"扒窃"，也可以解释为"举起"。

我想开始先给这个数目还是可以的。"

于是我们就商定了这个数目，作为初步的悬赏。然后这位先生说道：

"在侦探史里有些案子说明某些犯人是根据他们的胃口方面的特点而破案的。那么，这只象究竟吃什么东西、吃多少分量呢？"凡是可以做线索的事情，这位先生没有不注意的。

"啊，说到他吃的东西嘛，它不管什么都吃。人也吃，《圣经》也吃，人和《圣经》之间的东西，不管什么他都吃。"

"好，真是太好了，可是太笼统了。必须说得仔细些，干我们这一行，最讲究的就是仔细。这样吧，先说人。每一顿，要不然你愿意说每一天也行，他要吃几个人呢，要是新鲜的话？"

"不管新鲜不新鲜，每一顿他都要吃五个普通的人。"

"好极了，五个人，我把这个记下来。它最爱吃哪些国家的人呢？"

"它对国籍不在乎。它特别爱吃熟人，可是对陌生人也并没有成见。"

'好极了。那么再说《圣经》吧。它每一顿要吃几部《圣经》呢？"

"它可以吃下整整一版。"

"这样说得不够清楚。你是指普通的八开本，还是家庭用的插图本呢？"

"我想他对是否有插图是不在乎的。也就是说，我觉得它并不会把插图比简单的文本看得更宝贵。"

"不，你没听懂我的意思。我说的是本子的大小。普通八开本的《圣经》大概是两磅半重，可是带插图的四开大本①有十磅到十二磅重。他每顿能吃几本多莱版②的《圣经》呢？"

"你要是认识这头象的话，就不会问这些了。人家有多少他就吃多少。"

"好吧，那么按照钱数来算算吧。这点我们总得弄清楚才行。多莱版

---

① 指家庭用《圣经》，开本较大，因为内中会留下啊空白页供记录家庭中成员的生丧婚娶等大事。
② 指保罗·古斯塔夫·多莱（1833－1883）绘制插图的《圣经》版本，多莱为法国插图画家，擅长版画。

每本要一百元钱，俄国皮子包书角的。"

"他大概要五万元钱的才够吃——就算是五百本的一版吧。"

"对，这倒是比较明确一点。我把这个记下来。好吧，他爱吃人和《圣经》，这些都说得很不错。另外他还吃什么呢？我要知道详细情形。"

"他会抛下《圣经》去吃砖头，他会抛下砖头去吃瓶子，他会抛下瓶子去吃衣服，他会抛下衣服去吃小猫，他会抛下小猫去吃牡蛎，他会抛下牡蛎去吃火腿，他会抛下火腿去吃糖，他会抛下糖去吃馅儿饼，他会抛下馅儿饼去吃洋芋，他会抛下洋芋去吃糠皮，他会抛下糠皮去吃干草，他会抛下干草去吃燕麦，他会抛下燕麦去吃大米，因为他主要是用这个喂大的。除了欧洲的奶油之外，无论什么东西它都没有不吃的，就连奶油，要是尝出了味道，他也会吃的。"

"好极了。平常每顿的食量是……大概要……"

"噢，从四分之一吨到半吨之间，随便多少都行。"

"他爱喝……"

"只要是液体的东西都可以。牛奶、水、威士忌、糖浆、蓖麻油、樟脑油、石炭酸，这样说下去是没有用处的，无论想到什么液体的东西你都记下就是了。只要是液体的东西，他什么都喝，除了欧洲的咖啡。"

"好极了。他每次喝多少呢？"

"你就写五至十五桶吧，他口渴的程度是一时一样的，别的方面，他的胃口是没有变化的。"

"这些事情都非常重要。这对于找到他应该可以提供很好的线索。"

他按了按铃。

"亚拉里克，把柏恩斯队长找来吧。"

柏恩斯来了，布伦特督察长把案情对他一五一十地详细讲述了一遍。然后用爽朗而果断的口吻说（由他的声调可以知道他的办法已经计划得很清楚，而且也可以知道他是习惯于下命令的）：

"柏恩斯队长，派琼斯、大卫、海尔赛、培兹、哈启特他们这几个侦探去追寻这头象吧。"

"是，督察长。"

"派莫西、达金、穆飞、罗杰士、达伯、希金斯和巴托罗缪他们这几个侦探去追查小偷。"

"是，督察长。"

"在那只象被偷出去的地方安排一个强有力的卫队，三十个精选的弟兄组成的卫队，还要三十个换班的，叫他们在那儿日夜严加防守，没有我的书面手令，谁也不许走进去，除了记者。"

"是，督察长。"

"派些便衣侦探到火车、轮船和码头仓库那些地方去，还有由泽西城往外面去的大路上，命令他们搜查所有形迹可疑的人。"

"是，督察长。"

"把那头象的照片和附带的说明书交给这些人，吩咐他们搜查所有的火车和往外开的渡船和其他的船。"

"是，督察长。"

"象要是找到了，就把它捉住，发电报把消息通知我。"

"是，督察长。"

"要是找到什么线索，要马上通知我，不管是这畜生的脚印，还是诸如此类的踪迹。"

"是，督察长。"

"发一道命令，叫港口警察注意巡逻河边一带。"

"是，督察长。"

"迅速派便衣侦探到所有的铁路上去，往北直到加拿大，往西直到俄亥俄，往南直到华盛顿。"

"是，督察长。"

"派一批专家到所有的电报局去，收听所有的电报，向电报局要求把所有的密码电报都译给他们看。"

"是，督察长。"

"这些事情必须要高度保密。注意，要秘密得绝对不走漏消息才行。"

"是，督察长。"

"按照往常的时刻准时向我报告。"

"是，督察长。"

"去吧！"

"是，督察长。"

他走了。

布伦特督察长沉思了一会儿，没有作声，同时他眼睛里的那股子火气渐渐冷静下来，终于消失了。然后他向我转过身来，用平静的声音说道：

"我不喜欢吹牛，那不是我的习惯。可是，我们一定能找到那头象。"

我热情地和他握手，向他道谢，心里也确实很感激他。我越看这位先生，就越喜欢他，也越对他这行职业当中那些神秘而不可思议的事情感到羡慕和惊讶。然后我们在这天晚上暂时分手了，我回寓所的时候，比到他的办公室来的时候心里快活多了。

二

第二天早上，一切都登在报上了，写得非常详细。甚至还增加了新的内容，包括侦探甲、侦探乙和侦探丙的"推测"，估计这次的盗窃案是怎么干的，盗窃犯是谁，以及他们带着赃物到什么地方去了。一共有十一种推测，把一切可能的估计都包括了，单只这一个事实就表示侦探们是些怎样的别出心裁的思想家。没有哪两种推测是相同的，甚至连大致相似的都没有。唯一相同的只有一个显著的情节，关于这一点，十一个人的见解是绝对一致的。那就是，虽然我的房子后面被人拆开了墙，而唯一的门又仍旧是锁着的，但那只象却并不是由那个口子牵出去的，而是有另外一条出路（一条还没有发现的出口）。大家一致认为盗窃犯是故意拆开一个豁口，迷惑侦探们。像我或是任何其他外行，恐怕决不会想得出这个，可是这根本骗不了侦探们。所以我所认为唯一没有什么奥妙的一桩事情实际上却正是我弄得最迷糊的一桩事情。十一种见解都指出了盗窃嫌疑犯，可是没有两个人说的盗窃犯是相同的，嫌疑犯共计三十七人。报纸上的各种记载末尾都是说的所有意见中最重要的一种，布伦特督察长的意见。这种报道有一部分是像下面这样说的：

督察长知道两个主犯是谁，即"好汉"德飞和"红毛"麦克发登。在这次盗窃事件发生前十天，他就感觉到会有人打算干这桩事，并且还暗中跟踪这两个有名的坏蛋。可是不幸在案件发生的那天晚上，这两人忽然去向不明，还没有来得及找到他们的下落，那家伙已经不见了，也就是说，那头象。

德飞和麦克发登是干这一行中最无法无天的匪徒，督察长有理由相信在去年冬天一个严寒的夜里从侦缉总队把火炉偷出去的就是他们，结果还没有到第二天早上，督察长和在场的每个侦探都归医生照料了，有些人冻坏了脚，有些人冻坏了手指头、耳朵和其他部分。

当我看到这段的头一半的时候，更加惊叹于这位奇人了不起的智慧。他不但能以犀利的眼光看透眼前的一切，就连未来的事情也瞒不住他。我不久就到了他的办公室，并且向他说，我认为他早该把那两个人逮捕起来，预先防止这桩麻烦事和一切损失才对。可是他的回答很简单，而且无可辩驳：

"预防罪行发生不在我们的责任范围以内，我们的任务是惩治罪行。在罪行发生之前，我们当然不能先行惩治。"

我说我们第一步的秘密被报纸破坏了，不但我们的一切事实，连我们所有的计划和目的通通都被泄露了，甚至所有嫌疑犯的名字也被宣布出来了。这些人现在当然就会化装起来，或是藏着不露面。

"随他们去吧。叫他们看看我的本事，我要是下了决心要抓他们的时候，我就会抓住他们，把他们从秘密的地方捉到，就像命运之神的手那么准确。至于报纸呢，我们非和他们通气不可。名誉、声望，这些经常被大家谈到的东西——就是侦探们的命根子。他必须发表他所知道的事实，否则人家还以为他根本什么都不知道。他也必须发表他的推测，因为无论什么事情也比不上一个侦探的推测那么神奇、那么惊人，而且这也足以使人对他肃然起敬。我们还必须发表我们的计划，因为报纸刊物非要这个不可，我们要是不给它们，就会得罪它们。我们必须经常让大家知道我们在干些什么，否则他们就会以为我们一直无事可做。我们与其让报纸上说些刻薄话，或许更糟一些，说些讽刺话，总赶不上让它说：'布伦特督察长的聪明和非凡的推测如下所示'，那要痛快得多了。"

"我知道您的话是很有道理的。可是我看到今天早上报纸上发表了您的谈话，里面有一段提到您对某一个小小的问题不肯吐露您的意见。"

"是呀，我们常来这一手，这是很有作用的。而且我对那个问题根本还没有把握呢。"

我交了一笔数目相当大的钱款给督察长，作为临时开支，然后坐下来等待消息。现在我们随时都准备着电报的陆续发来。我再次看了一遍报纸，又看了看那份说明的传单，结果发现那两万五千元的悬赏似乎是只给侦探们的。我说我认为这笔奖金应该给任何捉到那头象的人。督察长却说：

"将来找到象的总是侦探们，所以奖金总会归应得的人。要是别人找到这只大象，那也无非是靠着注意侦探们的举动，利用从他们那儿偷来的线索和踪迹才办得到，所以归根结底，奖金也还是应该给侦探们才对。奖金的真正作用是要鼓励那些贡献他们的时间和独特智慧来办案的人，而不是要把好处送给那些幸运儿，他们不过是碰巧找到一件悬赏的东西而已，而并不是靠他们的智慧和辛苦来获得这些奖金的。"

不用说，这当然是很有道理的。而正在此时，角落上的电报机开始嗒嗒地响起来了，结果收到下面这份急电：

纽约州，花站，上午7点半，侦探达莱

找到了线索。附近农场上发现很深的足迹。向东边跟踪了两英里，没有结果；想来大象已西去。正准备向该方向追踪……

"达莱是我们队里最得力的侦探之一，"督察长说，"我们不久就可以再收到他的消息。"

第二封电报又来了：

新泽西，巴克镇，上午7点40分

刚到此地。玻璃工厂夜间被闯入，被盗瓶子八百只。所盗系空瓶。象必渴。附近唯一水源处在五英里外。必向该地前进。

侦探贝克

"这也表示很有希望。"督察长说，"我给你说过这家伙的胃口可以作为很好的线索吧。"

第三封电报的内容是：

长岛，台洛维尔，上午 8 点 15 分
附近一干草堆夜间失踪。料被象吞下。已有线索，再追查。

侦探赫巴德

"你看它这么东奔西跑的！"督察长说，"我早就知道这事情很麻烦，可是我们终归还是能够抓到他的。"

纽约州，花站，上午 9 点
向西跟踪三英里。足迹大而深，不整齐。遇一农民，后知并非象脚印，是冬寒地冻时挖出的树坑。请指示机宜。

侦探达莱

"啊哈！居然有小偷的同党！这事情越来越热闹了。"督察长说。

他口授了下面这份电报给达莱：

逮捕此人，逼供同伙。继续跟踪，必要时直抵太平洋岸。

督察长布伦特

另外一封电报是：

宾夕法尼亚州，康尼点，上午 8 点 45 分煤气公司营业部夜间被闯入，吃掉三个月未付款煤气账单。已获线索，继续前进。

侦探穆飞

"天哪！"督察长说，"它连煤气账单也吃吗？"

"它大概不知道，当然吃啰，可是这不能填饱它的肚子。至少没有别的东西一起吃下去是不行的。"

这时候又来了一封令人兴奋的电报：

纽约州，爱昂维尔，上午9点半

刚抵此。全村惊惶万状。象于今晨五时过此村。有说象已西去，有说东行，有说北行，有说南行，但众人均称，彼等未及细察。象击毙一马，已割取小块供线索。马系象鼻击毙，由打击方式推断，似系自左方袭击。由此马卧姿判断，料象已沿柏克莱铁路北去。先行四小时半，拟立即跟踪追捕。

侦探郝威士

我不禁发出了欢呼。督察长还是像一尊雕像似的不动声色，他镇静地按了按铃。

"亚拉里克，请柏恩斯队长到这儿来。"

柏恩斯过来了。

"有多少人可以马上派去出勤？"

"九十六个，督察长。"

"立刻派他们往北去。命令他们集中在柏克莱铁路沿线爱昂维尔以北一带。"

"是，督察长。"

"叫他们极端秘密地行动。另外，如果还有其他人下班，叫他们马上准备出勤。"

"是，督察长。"

"去吧。"

"是，督察长。"

马上又来了另外一封电报：

纽约州，赛治康诺尔，10点半

初抵此。8点15分象过此地。全镇人已逃空，仅剩一警察。象显然未向警察袭击，而欲击灯柱。但击中二者。已自警察尸体割肉一块供线索。

侦探斯达谟

"看来象已经逃向西边去了，"督察长说，"可是它是逃不掉的，因为我派出的人已经在那一带布下天罗地网了。"

然后又一封电报说：

格洛华村，11点15分

初抵此。全村人已逃空，仅剩老弱病残。三刻钟前象由此经过。正值反禁酒群众大会开会，象由窗中伸入其鼻，自蓄水池吸水将大会冲散，有人遭水灌入，旋即死去，数人溺毙。侦探克洛斯与奥少夫纳西曾过此镇，但向南行，故与象相左。周围数英里地区均大为惊恐，居民均由家中逃出，逃往各处，均遇此象，丧命者较多。

侦探布朗特

我简直要流泪，因为这场灾难太使我难受了。可是督察长却说：

"你看，我们正在一步步把他包围起来。他察觉出我们的到来，又往东逃了。"

可是还有很多让我们伤脑筋的消息在后面。电报又带来这个消息：

荷根波，12点19分

初抵此。半小时前象行经此地，引起极度惊恐与兴奋。象在各街横行，两水管工路过，一人丧命，一人逃脱。众皆悲恸。

侦探欧弗拉赫第

"这下子它可是让我的弟兄们包围住了，"督察长说，"怎么也逃不掉了。"

分布到新泽西和宾夕法尼亚各地的侦探们又拍来了一连串的电报，他们都在追踪各种线索，其中包括被蹂躏的粮仓、工厂和主日学校的图书馆，大家都怀着很大的希望，实际上这些希望简直成了确有把握的事。督察长说：

"我很想和他们通消息，告诉他们往北去，可是这办不到。侦探只到电报局去发电报向我报告，马上他又走了，你简直不知在哪儿能找得到他。"

接着又来了这个电报：

康涅狄克州，桥港，12 点 15 分

巴南①愿以每年四千元的代价，以获得使用此象张贴流动广告之特权，由目前至侦探寻获此象时为止。拟在象身贴马戏团招贴画。盼即复。

侦探波格斯

"这太荒谬了！"我吃惊地说。

"当然是啰，"督察长说，"巴南先生自以为非常精明，可是他显然还看不透我，我可看透了他。"

于是他给这个急电口授回电：

谢绝巴南所提条件。需七千元，否则作罢。

督察长布伦特

---

① 指菲尼亚斯·泰勒·巴南（1810－1891），美国著名娱乐主持人和马戏团老板，1841 年在纽约建立了一个专门展示骗人的畸形人和怪物的博物馆，还曾到欧洲巡回展览。

"看吧。要不了多久就会有回电。巴南先生不在家，他在电报局，他在交涉生意的时候有这个习惯。不消三分钟……"

同意。巴南

督察长的话被电报机嗒嗒嗒的声音打断了。我对这个非常离奇的插曲还没来得及发表意见，下面这个急电就把我本已烦躁的心情弄得更加郁闷：

纽约州，波利维亚，12 点 50 分

象由南方抵此，11 点 50 分过此向森林前进。途中驱散出殡人群，送葬者二人遇难。居民放小炮击象后逃散。侦探柏克与我于十分钟后由北方赶到，但因误认若干地下土坑为象踪，致延误甚久。但终获象踪，追至森林。然后伏地爬行，继续监视象踪，尾随至丛林中。柏克先行。不料象已停步休息。柏克因低头察看象踪，尚未发觉象在眼前，头已触其后腿。柏克立刻起立，手握象尾欢呼"奖金应归……"但出言未毕，象鼻一击已使此勇士粉身碎骨而死。我向后逃，象转身穷追，直至林边，速度惊人，我本非丧命不可，幸因上帝保佑，送葬人群所余数人又与象遭遇，使其转移目标。现闻送葬者无一人生还。但此种损失不足惜，因死者众多，将举行另一葬礼。象已再次失踪。

侦探慕尔隆尼

分派到新泽西、宾夕法尼亚、得拉维尔和弗吉尼亚等地的那些苦干和自信的侦探们，都在跟着有希望的新线索继续追查，除了从他们那里获得的消息以外，我们始终没有得到其他任何有用的消息，直到下午两点过后，才接到这封电报：

巴克斯特中心，2 点 15 分

象曾到此地，周身贴马戏团广告，驱散一自救会，将改过自新者毙伤甚多。居民将象囚于栏中，派人守卫。侦探布郎与我到此，即持照片与说明书入栏对此象进行鉴定。各种特征一概相符，仅有一项不得见，即腋下疮疤。布郎为查明起见，匍匐至象体下细察，结果立即丧命，头部被击碎，但碎脑中一无所有。众皆奔逃，象亦匿去，横冲直撞，伤亡多人。象虽逃去，但因炮伤，沿途均留显著之血迹。定能再度寻获。现象已穿越茂林向南逃去。

侦探布朗特

这是最后一封电报。晚上起了非常浓的大雾，以致三英尺外的东西都看不见。浓雾整夜都没有散。渡船不得不停开，甚至连公共汽车都不能行驶。

三

第二天早晨，报纸上还是像从前一样，登满了侦探们的各种推测。那些关于侦探们的惨剧也通通登出来了，另外还登了许多其他消息，都是报馆从各地电报通信员方面得来的。篇幅占了一栏又一栏，一直占到一版三分之一的地位，还加上一些显眼的标题，使我看了更加烦躁。这些标题的语调大都是这样：

白象尚未捕获！仍在继续前进，到处闯祸！各村庄居民惊骇欲狂！逃避一空！白色恐怖在他前面传播，死亡与糜烂跟踪而来！侦探尾随其后，粮仓被毁，工厂被劫一空，收成被吃光，公众集会被驱散，酿成惨剧无法形容！侦缉队中三十四位最出色的侦探的推测！督察长布伦特的推测！

"啊哈！"督察长布伦特几乎露出兴奋的神色，说道，"这可真是了不起！这是任何侦探机关从来没有碰到过的好运气。这个案件的名声会传到天涯海角，永垂不朽，我的名声也会跟着传出去的。"

　　但是，我却没有什么可高兴的。我觉得所有那些血案似乎都是我干的，那头象只不过是不负责任的代理人而已。受害的人数增加得多么快呀！在一个地方，它"干涉了一次选举，弄死了五个投重票的违法选民"。在这个举动之后，他又杀害了两个不幸的人，他们名叫奥当诺林和迈克弗兰尼干，"他们前一天才来到全世界被压迫者的家乡来避难，正要第一次行使美国公民投票选举的光荣权利，却不幸遭到这个暹罗煞星的毒手而丧命了。"

　　在另一处，他"发现了一个疯狂的兴风作浪的传教士，他正在准备对跳舞、戏剧和其他不应该抨击的事物进行英勇地攻击时，却被它一脚踩死了"。另外，他"杀害了一个避雷针经纪人"。遇难的人数越来越多，血腥气越来越重，惨不忍睹的事件越来越严重。丧命的总共六十人，受伤的二百四十人，一切记载都证明了侦探们的活动和热心，而且结尾都说"有三十万老百姓和四个侦探看见过这个可怕的畜生，而这四个侦探之中有两个被他弄死了"。

　　电报机又嗒嗒嗒地响起来，我简直听了就害怕。随即消息就一条条传过来，可是这些消息的内容却使我感到失望。不久明白了，象已不知去向。浓雾使它得以找到一个很好的藏身之所，没有被人发觉。从一些极荒谬的遥远地方打来的电报说，在某时某刻有人在雾里瞥见过一个隐隐约约的庞然大物，那"无疑是象"。这个隐隐约约的庞然大物曾出现在新港、新泽西、宾夕法尼亚、纽约州内地、布鲁克林，甚至纽约市区，处处都曾有人瞥见过！但是处处都是这个隐隐约约的庞然大物很快就消失不见了，没有留下丝毫痕迹。强大的侦缉队分派到广大地区的许多侦探，每人都按时来电报告，各个都有线索，而且都在追踪，拼命往前追踪。

　　但是那一天过去了，并无其他结果。

　　第二天又是一样。

　　再往后一天还是一样。

　　报纸上的消息逐渐千篇一律，其中的各种事实都毫无价值的，各种线索都没有结果，各种推测几乎都是搜尽枯肠想出来故意使人惊讶、兴奋和眼花缭乱的。

我遵照督察长的建议，把奖金加了一倍。

又过了沉闷的四天。然后那些可怜的、干得很起劲的侦探们遭到了一次严重的打击——报馆记者们谢绝发表他们的推测，只是很冷淡地说："让我们歇一歇吧。"

白象失踪两个星期之后，我遵照督察长的意见，把奖金增加到七万五千元。这个数目很大的，但是我觉得我宁肯牺牲我的全部私人财产，也不能失掉政府对我的信任。现在侦探们倒了霉，报纸转过笔锋来攻击他们，对他们加以最令人难堪的讽刺。这启发出了一些卖艺的歌手们的好主意，他们把自己打扮成侦探，在舞台上用可笑至极的方法追寻那头象。漫画家们描绘那些侦探拿着小望远镜在全国各地一处处认真地察看，而象却在他们背后从他们口袋里偷苹果吃。他们还把侦探们戴的徽章画成各式各样的可笑的漫画，就是侦探小说封底上用金色印着的那枚徽章，你一定是看到过的，那是一只睁得很大的眼睛，配上"我们永远不睡"这几个字。侦探们到酒店去喝酒的时候，那故意寻他们开心的老板就会问一句早已过时的话，说道："您喝杯醒眼酒①好吗？"空气中弥漫着浓厚的讽刺气氛。

但是有一个人在这种气氛中始终保持镇定，处之泰然，不动声色，那就是坚定不移的督察长。他那无畏的眼神永不妥协，他那沉着的信心永不动摇。他总是说：

"让他们嘲笑去吧，看谁笑到最后。"

我对这位先生的敬仰变成了一种崇拜。我经常在他身边。他的办公室对我来说已经成为一个不愉快的地方，而现在这种感觉一天比一天强烈。可是他既然受得了，我当然也要撑下去，至少是能撑多久就撑多久。所以我经常到他这里来，并且停留很久，我好像是唯一能够忍受得了的外人。大家都想知道我怎么会熬得下去。有时候，我也会不自觉地开小差，可是一到这种时候，我就看看那张沉着且显然是满不在乎的脸，于是又坚持下去了。

白象失踪以后，大约过了三个星期，有一天早上，我正想要说我不得

---

① 指早晨醒来后空腹喝的酒。

不偃旗息鼓的时候，那位大侦探却提出一个绝妙的办法来，这下子可阻止了我放弃的念头。

这个办法就是和盗窃犯们妥协。我虽然和这世界上许多最有机智的天才有过广泛的接触，可是这位先生的主意如此之多实在是我生平从来没有见过的。他说他相信出十万元可以和对方妥协，把那头象找回来。我说我觉得可以勉强凑齐这个数目。可是那些可怜的侦探们非常忠心地努力干了一场，他们怎么办呢？他说：

"按照妥协的办法，他们照例得一半。"

这就打消了我唯一反对的理由，然后督察长写了两封信，内容如下：

> 亲爱的夫人，只要你的丈夫立即和我约谈一次，就可以得到一笔巨款（而且保证完全不受法律干涉）。
>
> 督察长布伦特

他派他的亲信把这两封信分别送给"好汉"德飞"不知是真是假的妻子"以及"红毛"麦克发登的"不知真假的妻子"。

一小时之后，来了这么两封无礼的回信：

> 你这老糊涂蛋："好汉"麦克德飞已经死了两年了。
>
> 布利格·马汉尼

> 瞎子督察长："红毛"麦克发登早就被绞死了，他已经死了一年半了。除了当侦探的，随便哪个笨蛋都知道这桩事情。
>
> 玛丽·奥胡里甘

"我早就猜想到是这样了，"督察长说，"现在被证实了，足见证明我的直觉是千真万确的。"

一个办法行不通，他又想出另外一个主意来了。他很快写了一个广告送到早报上去登，我抄了一份：

子——亥戌丑卯酉。二四二辰。未丑寅卯——辰亥三二八戌酉丑卯。寅亥申寅，二巳！寅丑酉。密。

他说只要小偷还活着，见了这个广告就会到向来约会的地点去。他还说这个老地方是侦探和罪犯之间谈判的地方，这次的谈判定在第二天晚上十二点举行。

在谈判时刻到来之前，我们什么事情也不能做，所以我赶快离开了那个办公室，而且心里实在因为得到这个喘息的机会而有谢天谢地的感觉。

第二天晚上十一点，我将带来的十万元现钞交到督察长手里，没一会儿他就告辞了，眼睛里流露出那份勇往直前、一直没有消失的信心。难熬的一个钟头终于过去了，我听见他那轻快的脚步声，于是我急忙站起来，摇摇晃晃地跑过去迎接他。他那双明亮的眼睛里闪着得意的光芒！他说：

"我们谈妥了！那些开玩笑的家伙明天就要改变论调了！跟我来！"

他拿着一支点着的蜡烛大步走进一个绝大的圆顶地窖，那儿是六十个侦探睡觉的地方，这时候还有二十来个在打牌消遣。我紧跟在他后面。他飞快地往最远的阴暗的地窖的另一头走去。我正在闷得要命，简直要晕倒的时候，看见他一下子被绊倒了，倒在一个大家伙伸开的四肢上。我听见他一面倒下去，一面欢呼道：

"我们这份神圣的职业果然是名不虚传。你的象在这儿哪！"

我被人抬到上面那办公室里，他们用石炭酸使我清醒过来。整个侦缉队都拥进来了，随后便开始了一场热闹非凡的欢天喜地的庆祝，我从来没有见过那种场面。他们把记者们都邀请过来，打开一篓一篓的香槟酒来痛饮庆祝，大家握手、道贺，简直没完没了，劲头十足。当时的英雄人物当然是督察长，他高兴极了，因为这成果是靠他的耐心、品德和勇敢换来的，所以我看了也很高兴。虽然我站在那儿，已经成了一个无家可归的穷光蛋，我受托的那个无价之宝也死了，我为国家服务的职位也完蛋了，一切都是因为我向来似乎有个致命的老毛病，对于一个别人交与的重大的托付老是粗心大意地去执行。一双双传神的眼睛对督察长表示深深的敬佩，还有许多侦探悄悄地说："您瞧瞧人家，实在是这一行的状元，他所需要的只是一点线索，他就只需要这个，不管什么东西藏起来了，他没有找不着的。"大家瓜分那五万元奖金的时候，真是兴高采烈。分完之后，督察长一面把他那一份塞进腰包，一面发表了一篇简短的谈话，他在这篇谈话里说道："高高兴兴地享受这笔奖金吧，伙计们，因为这是你们赚来的，并且还不只这些，你们还给侦探这份职业赢得了不朽的名声。"

这时又来了一封电报，内容是：

密西根，孟禄，上午10点

三星期来，初遇一电报局。随象踪骑马穿过森林，抵此地时已奔波一千英里，脚印日见其重，日见其大，且日益显明。望勿急躁，至多再一星期，定能将象寻获。万无一失①。

侦探达莱

督察长叫大家向达莱三呼喝彩，为"侦缉队里这位能手"欢呼，然后吩咐手下给他打电报去，叫他回来领取他那一份奖金。

被偷的白象这场惊人的风波就这样结束了。第二天报纸上又是满篇好听的恭维话，只有一个无聊的例外。这份报纸说："侦探真是伟大！像一只失踪的象这么个渺小的东西，他找起来可能有点慢，尽管白天他整天寻找，夜里就跟象的尸体睡在一起，一直拖了三个星期，可是他终归还是会把他找着，只要把象错放在那里的人给他说明地点就行了！"

（我永远失去了可怜的哈森。炮弹给他造成了致命伤，他在雾里悄悄地走到那个倒霉的地方，在敌人的包围之中，随时都有被抓捕的危险，他又累又饿，很快瘦下来，最后死神才给了他安息）

---

① 原文为 This is dead sure. 是一句双关语，既可以解释为万无一失、万分确定，也可以解释为"这肯定是死了的"。

　　最后的协议花掉我十万元。侦探的费用又花掉四万两千元。我再也没有向政府申请另一个职位，我成了个倾家荡产的人，成了个落魄的流浪汉。可是我始终觉得那位先生是世界上空前的大侦探，我对他的敬仰至今还是没有减退，而且一辈子都不会改变。

1882 年

加利福尼亚人的故事

　　三十五年前，我曾到斯达尼斯劳斯河寻找金矿。我整天拿着鹤嘴锄，带着淘盘，背着号角，到处跋涉。我走遍了各处，淘洗了不少金沙，总想找到一个大的矿藏发笔大财，却总是一无所获。这是一个风景秀丽的地方，树木葱茏，气候温和，景色宜人。很多年前，这儿人烟稠密，而现在，绝大部分人早已消失殆尽了，富有魅力的乐园成了一个荒凉冷僻的地方。淘金者把地层表面给挖了个遍，然后离开了这里。有一处，一度是个繁华热闹的小城，有过几家银行、几家报社和几支消防队，甚至还有过一位市长和众多的市政参议员。可是现在，除了广袤无垠的绿色草皮之外，一无所有，甚至看不见人类生命曾在这里出现过的最微小的迹象。这片荒原一直延伸到塔特尔镇。在那一带附近的乡间，沿着那些满是尘土的道路，常常可以看到一些极为漂亮的小村舍，外表整洁舒适。像蛛网一样密密麻麻的藤蔓，像雪一样浓厚茂密的玫瑰遮掩了小屋的门窗。这些荒废的住宅，是很多年前那些遭到失败、灰心丧气的家庭遗弃的，因为这些房屋既卖不出去也送不出去。走上半小时的路程，偶尔会发现一些用圆木搭建起来的孤独的小木屋，这是在最早的淘金时代由第一批淘金人修建的，他们是建造小村舍的那些人的前辈。有些时候，你会发现这些小木屋仍然有人居住。那么，你就可以断定这居住者就是当初建造这个小木屋的拓荒人。你还能断定他之所以住在那儿的原因，虽然他曾有机会回到家乡，回到州里去过好日子，但是他不愿回去，而宁愿舍弃财产，因为他感到羞耻，于是决定与所有的亲人朋友断绝往来，好像他已经死去似的。那时候，加利福尼亚附近散居着许许多多这样的活死人，这些可怜的人，自尊心受到严重打击，四十岁就白发斑斑，未老先衰，隐藏在他们内心深处的只有悔恨和渴望，悔恨自己虚度的年华，渴望远离尘器，彻底与世隔绝。

这是一片孤寂荒芜的土地！除了使人昏昏欲睡的昆虫的嗡嗡声，辽阔的草地和树林寂静安宁，悄无声息。这里杳无人烟，兽类绝迹，没什么能使你打起精神，使你感受到生活的乐趣。因此，有一天过了正午不久，当我终于发现一个人的时候，我油然而生出一种感激之情，精神也为之振奋。这是一个大概四十五岁的男人，他正站在一间覆盖着玫瑰花的小巧舒适的村舍旁。这是那种我已提到过的村舍，不过，这一间小屋可没有被遗弃的样子。它的外观说明有人住在里面，而且它还受到主人的宠爱、关心和照料。屋子的前院也同样受到如此厚待，这是一个花园，繁茂的鲜花正盛开着，五彩缤纷，绚丽多姿。当然，我受到了主人的邀请，并受到主人的热情款待，这是乡下的惯例。

走进这样一个房间真使人身心愉快。好几个星期以来，我日日夜夜和矿工们的小木屋打交道，熟悉了屋里的一切，肮脏的地板，被子凌乱的床铺，碎盘破杯，咸猪肉，蚕豆和浓咖啡，屋内别无装饰，只有一些从东部带插图的出版物中撕下来的描绘战争的图片钉在木头墙上。那是一种艰苦的、凄凉的生活，没有欢乐，每个人都只考虑自己的利益。而这里，却是一个温暖舒适的栖息之地，它能让人疲倦的双眼得到休息，能使人的某种天性得以重现。在长时间的"禁食"以后，当艺术品呈现在眼前，即使这些艺术品可能是如此低劣，如此朴素，这种天性一直处于无意识的饥饿之中，而现在找到了营养滋补品。我无法相信一块残缺的地毯能使我的身心得到如此愉快的享受，如此心满意足。或者说，我没有想到，房间里的一切会给我的灵魂以这样的慰藉：那糊墙的纸，那些带框的版画，铺在沙发上的扶手和靠背上的色彩鲜艳的小垫布以及台灯座下的衬垫，几把温莎时代的细骨靠椅，还有陈列着海贝、书籍和瓷花瓶的锃光透亮的古董架，以及那种随意搁置物品的细巧方法和风格，它们是女人的手治理的痕迹。你见了不会经意，而一旦拿走，你立刻就会怀念不已。我内心的喜悦溢于言表，那男人见了非常高兴，因为这快乐是这样显而易见，以致他就像我们已经谈到过这个话题似的答道：

"都是她整理的，"他温柔地说，"都是她的功劳，全都是。"他向屋子瞥了一眼，眼里充满了深情的崇拜。画框上方，悬挂着一种柔软的日本织物，女人们看似随意，实为精心地用它来装饰。那男人注意到它不太整齐，于是小心翼翼地把它重新整理好，然后退后几步观察整理的效果，这样反复了好几次，直到他完全满意。最后他用手掌轻轻地拍打了它两下，说："她总是这样整理的。你说不出它正好差点儿什么，可是它的确是差点儿什么，直到你把它弄好。弄好以后也只有你自己知道，但是也仅此而已，你找不出它的规律。我觉得这就好比母亲给孩子梳完头后温柔地拍拍一样。我经常看她摆弄这些玩意儿，所以我也能完全照着她的样子做了，尽管我不知其中的规律。可是她知道。她知道摆弄它们的理由和方法；我却不知道理由，我只知道方法。"

他把我带进一间卧室让我洗手。这样的卧室我是好久不曾见过了：白色的床罩，白色的枕头，铺了地毯的地板，裱了糊墙纸的墙壁，墙上有好些画，还有一个梳妆台，上面放着镜子、针插和轻巧精致的化妆用品。墙角放着一个脸盆架，上面放一个真瓷的钵子和一个带嘴的有柄大水罐，瓷盘里放着肥皂，在一个搁物架上放了不止一打的毛巾。对于一个很久不用这种毛巾的人来说，它们真是太干净、太洁白了，没有点朦胧的亵渎神灵的意识还不敢用呢。我的脸又一次说出了心里的话，于是他心满意足地答道：

"都是她整理的，都是她亲手整理的，全都是。这儿没一样东西不是她亲手摸过的。好啦，你会想到的，我不必说那么多啦。"

这时候，我一面擦着手，一面仔细地扫视屋里的物品，就像到了新地方的人都爱做的那样，这儿的一切都让人赏心悦目。接着，你知道，我以一种无法解释的方式意识到那男人很希望我能在这屋里的某个地方发现什么。我的感觉非常准确，我看出他正试着用眼角偷偷地暗示来帮我的忙，我也急于使他满意，于是就很卖劲地按恰当的途径寻找起来。我失败了好几次，因为我是眼角往外看，而他并没有什么反应。最后我终于明白了我应该直视前方的那个东西，因为他的喜悦像一股无形的浪潮向我袭来。他发出一阵幸福的笑声，搓着两手，叫道：

"就是它！你终于发现了。我就知道你会找到的。那是她的相片。"

　　前面墙上有一个黑色胡桃木的小托架，我走到跟前，在那儿发现了我先前还不曾注意到的一个相框，相片是早期的照相术拍的。相片上的女人表情温柔甜蜜，在我看来，似乎是我所见过的最为美丽的女人。那男人将我流露在脸上的赞叹看在眼里，满意极了。

　　"她过了十九岁的生日，"他说着把相片放回原处，"我们就是在她生日那天结的婚。现在你已经看到她的照片了——哦，只有等一等你才能见到她！"

　　"她现在哪儿呢？什么时候回家？"

　　"哦，她现在不在家。她看望亲戚去了。他们住在离这儿四五十英里远的地方。算上今天，她已经走了两个星期了。"

　　"你估计她什么时候回来？"

　　"今天是星期三。她星期六晚上回来，可能在九点钟左右。"

　　我感到一阵强烈的失望。

　　"很遗憾，因为那时候我已经走了。"我惋惜地说。

　　"走了？不，你为什么要走呢？请别走吧，否则她会非常失望的。"

　　她会失望，那美丽的女人！如果是她亲口对我说这番话，那我就是最最幸福的人了。我感觉到一种深沉的、强烈的渴望想见到她，这渴望带着那样的祈求，是那样的执着，使得我害怕起来。我告诫自己说："我要立刻离开这里，为了我的灵魂得到安宁。"

　　"你知道，她喜欢有人来和我们待在一起，那些见多识广，言谈风趣的人，就像你这样的人。她会感到高兴的。因为她知道，啊，她几乎没有不知道，而且也很健谈，嗯，就像一只小鸟，她还读很多书，噢，你会吃惊的。请不要走吧，不会耽搁你很久。如果你走了，她会非常失望的。"

　　我听着这些话，深陷在内心的思索和矛盾之中，完全没有留意他的举动，以至于他离开了我也不知道。很快他回来了，手里拿着那个相框，把它拿到我面前说：

　　"喏，这会儿你当着她的面告诉她，你本来是可以留下来见她的，可是你不愿意。"

　　第二次看见她的照片，使我本来坚定不移的决心彻底瓦解了，我愿意留下来冒冒险。那天晚上我们安安静静地抽着烟斗聊天，一直聊到深夜。我们聊了各种话题，不过主要都和她有关。很久以来，我确实没有过这么愉快、这么悠闲的时光了。星期四来了，又轻松自在地溜走了。黄昏时分，一个大个子矿工从三英里外来到这儿。他是那种头发灰白、无依无靠的拓荒者。他用沉着、庄重的口气同我们热情地打过招呼，然后说：

"我只是顺便来问问小大人的情况，她什么时候回来？她有信来吗？"

"哦，是的，有一封信，你愿意听听吗，汤姆森？"

"呃，如果你不介意的话，我很想听听的，亨利！"

亨利从皮夹子里把信拿出来，说如果我们不反对的话，一些私人话语就不读了，然后他读了起来。他读了来信的大部分，这是一件她亲手完成的妖媚优雅的作品，充满着爱恋安详的感情。在信的附言中，还满怀深情地问候和祝福汤姆森、乔、查理以及其他的好友和邻居们。当亨利读完时，他瞥了一眼汤姆森，叫道：

"啊哈，你又是这样！把你手放下来，让我看看你的眼睛。每当我读她的信时你总是这样，我要写信告诉她。"

"啊不，你千万别这样，亨利。我年纪大了，你知道，任何一点小小的失望都会使我流泪。我以为她已经回来了，可现在你只收到一封信。"

"咦，你这是怎么啦？我以为大家都知道她要到星期六才回来的呀。"

"星期六！哈，想起来啦，我的确是知道的。我怀疑我的脑子是不是有点毛病？我当然知道啦。我们为什么不为她做好一切准备呢？好了，老伙计！我现在得走了，不过她回来时我会再来的。"

星期五傍晚，又来了一个头发灰白的老淘金人，他住的小木屋离这儿差不多一英里。他说小伙子们想在星期六晚上过来热闹热闹，痛痛快快地玩一玩，如果亨利认为她在旅行之后不至于疲倦得支持不住的话。

"疲倦？她会感到疲倦？哼，听谁说的！乔，你知道，只要你们高兴，不管你们当中的谁，她愿意一连六个星期不睡觉的！"

当乔听说有封信时，就请求亨利读给他听。信里对他亲切的问候使这个老伙伴再也无法控制自己的感情。但是他说，他老得不中用啦，尽管她只是提到他的名字，那也使他受不了。"上帝，我们多么想念她呀！"

星期六下午，我发现自己不停地看表。这点被亨利注意到了，他带着惊讶的神情说道：

"你认为她不会很快就回来，是吗？"

我像被人发现了内心秘密似的感到有些尴尬。不过我笑着说，我等人的时候就是这个习惯。但是他似乎不太满意，从那一刻起，他开始有点心神不安。他四次拉着我沿着大路走到一处，从那儿我们可以看到很远的地方，他总是站在那儿，手搭凉棚，向远方眺望着。好几次他都这么说：

"我有些担心了，真的担心。我知道她在九点以后才会到的，可是好像老是有什么使我感觉她出了什么事儿。你说不会出什么事儿的，是吧？"

他就这样反反复复地念叨了好几遍。我开始为他的幼稚可笑感到害臊。终于，在他又一次乞求似的问我时，我失去了耐性。我跟他讲话时态度很粗鲁。这一举动似乎让他完全萎缩了，也把他吓唬住了。这以后他看起来受了伤害，态度是这样的谦卑，以致我痛恨自己干了这件残酷的而不必要的事情。因此，当夜幕开始降临时，另一个老淘金人查理到来时，我非常高兴。他紧挨着亨利听他读信，同他商量欢迎她的准备工作。查理不停地说出热情亲切的话语，尽力驱散他朋友的不祥和恐惧之感。

"她出过什么事吗？亨利，那简直是胡说八道。什么事也不会发生在她身上的。你就放宽心吧。信上是怎么说来着？说她很好不是吗？说她九点到家，不是吗？你见过她说话不算话吗？唔，你从来没见过。好啦，那就别再烦恼啦。她会回来的，那是肯定的，就像你的存在一样确定无疑。来吧，让我们来布置屋子吧，没有多少时间啦。"

汤姆森和乔很快也来了。于是大家就动手用鲜花把屋子装饰起来。快到九点时，三个矿工拿出带来的乐器，说待会儿用它们演奏，因为小伙子们和姑娘们很快就要到了，他们都非常想跳一跳传统而美妙的"布雷克道恩"舞。一把小提琴，一把班卓琴，还有一支单簧管，这些就是乐器。他们一起奏起了三重奏，演奏一些轻快的舞曲，还一面用大靴子踏着节拍。

时间快到九点了。亨利站在门口，眼睛直盯着大路，内心的焦虑与痛苦折磨得他有些站立不稳。伙伴们几次让他举起杯来为他妻子的健康和平安干杯。这时汤姆森高声喊道：

"请大家举杯！再喝一杯，她就到家啦！"

乔用托盘端来了酒，分给大家，最后剩下两杯，我拿起其中一杯，但乔压低了嗓子说道：

"别拿这一杯！拿那一杯。"

我照他说的做了。亨利接过了剩下的那杯。他刚喝完这杯酒，九点的钟声响起来了。他听着钟敲完，脸色变得越来越苍白，说道：

"伙伴们，我很害怕，帮帮我，我要躺下！"

他们扶他到沙发上，躺下去不一会儿他就进入了梦乡。过了一会儿，像人在睡梦中说话一样，他说："我听见马蹄声了，是她们回来了吗？"

一个老淘金人凑在他耳边说："那是吉米·帕里什，他说她们在路上耽搁了，不过她们已经上路了，正往这里赶呢。她的马瘸了，再过半小时她就到家了。"

"啊，谢天谢地，她没出什么事儿！"

话还没说完他就几乎睡着了。这些人马上利落地帮他脱了衣服，把他抱到我洗手的那间卧室的床上，给他盖好了被子。他们关上门，走了回来，于是他们好像就这样准备动身离开了。我说："先生们，别走呀，她不认识我呀，对她来说我是个陌生人。"

两位老人面面相觑，然后乔说：

"她？可怜的人儿，她死了十九年啦！"

"死了？"

"或许比这还惨呢。她结婚半年后回家探望她的亲人。在回来的路上，就在星期六的晚上，在离这儿五英里的地方被印第安人抓去了。后来，再也没有人见过她。"

"结果他就神经失常了吗？"

"从那时起他就一直没再清醒过。不过他只是每年到这个时候才会更糟。在她要回来的前三天，我们就开始到这儿来，鼓励他振作起来，问问他是否接到她的来信。星期六我们都到这儿来，用鲜花装点屋子，为舞会做好一切准备。十九年来，我们年年都这样做。第一年的星期六来了二十七个人，还不算姑娘们，现在只有我们三人了，姑娘们都走了。我们在他酒里放了催眠药让他睡觉，要不然他会发疯的。这样他又会乖乖地等着来年——梦想着她和他在一起，直到这最后的三四天，他又开始寻找她，拿出那封可怜的旧信，我们就来请求他读给我们听。上帝啊，她是一个可爱的人啊！"

1893 年

与移风易俗者同行

去年春天，我打算去芝加哥参观博览会①，虽然结果没有成功，但是在那次旅程中我并不是毫无收获。可以说，这次的旅行给了我一些补偿。在纽约，我经过介绍认识了一位正规军队的少校，他说他也要去看博览会，于是我们约好一起上路。因为我有其他事情必须先去波士顿，他说这并不碍事，愿意一起去，多花上一些时间也没有关系。他这人仪表堂堂，体格魁梧得像一位斗士，但举止优雅，谈话娓娓动听。他平易近人，但又显得很沉着。即使这样，他也并不是全无幽默感。他对四周的事都深感兴趣，然而他那宁静的神态却始终不受外界的影响，任何事物都不能干扰到他，任何人都不能激怒他。

但是，过了还不到一天时间，我发现，尽管他外表是如此的冷静，但在他内心深处什么地方却蕴藏着一股热情，热衷于破除那些在琐细行为中表现出的种种陋习。他要维护公民的权利，这是他的癖好。他的理念是，共和国的每个公民都必须把自己看作是一个非官方的警察，不计任何报酬，经常监督并维护着守法与执法情况。他认为，要维护和保障公众的权利，唯一有效的途径就是要求每个公民都尽自己的一份力量，去防止或惩罚他本人看到的各种违法乱纪行为。

这本是一个很好的设想，但是我认为如果一个人经常这样做会卷入麻烦之中。我觉得一个人这样做，无异于试图开除一个犯了过错的小公务员，而结果往往会招来别人的嘲笑。但是他说事实并非如此，说我的想法是错误的。说那样做从来也不会使任何人被开除，而且你也绝不可以让任

---

① 指 1892 年在芝加哥举办的万国博览会。

何人被开除，因为你倘若那样做了，这件事本身就成为一次失败。相反，我们必须改造那个人，要把他改造过来，要使他变成一个称职有用的人。

"是不是我们必须先去告发那犯了过失的人，再请求他的上级不要辞退他，只要训斥他一顿，然后仍然任用他吗?"

"不，我不是那个意思。你根本就不需要去告发他，因为如果那样做，他就会有丢掉工作的危险。你可以做得像是要去告发他，这也只是到了其他任何方法都不起作用的时候。那是极端的例子。那样做就是使用威慑，而威慑本身是有害的。而有效的方法是运用权术，嗻，如果一个人富有机智，如果一个人肯运用权术……"

我们在电报局的一个窗口足足站了两分钟，这期间少校一直试图引起一个年轻报务员的注意，可是那几个报务员都只顾相互逗乐取笑。这时候少校发话了，他叫其中一个报务员接收他的电报。可是他得到的答复是:

"我想您可以等待一会儿，行吗?"说完这句话，他们又开始逗乐取笑。

少校说他可以等待，并不着急。然后，他又拟了一份电报，内容是:

西联电报公司经理:

今晚请过来和我共餐。我可以把你某分局如何经营业务的情况告诉你。

不一会儿，那个刚才说话傲慢无礼的年轻人伸出手来接过了电报稿，刚一读完电文，他的脸色就变了，他开始又是道歉又是解释。他说，如果这份害人的电报发了出去，他就会被辞退，也许永远也找不到另一个这样的职位。如果能饶恕他这一次，他以后就再也不做客户会提意见的事情了。于是少校接受了这一表示让步的请求。

我们从电报局离开后，少校说:

"嗻，您看见了吗? 那就是我运用的权术。同时，您也明白它是怎样发挥作用的。一般人总是爱进行恫吓，那种做法没有好处，因为那小伙子总是会唇枪舌剑，跟你针锋相对地来上一套，结果常常是你输给他，让自己出丑。可是，您看，权术这东西可是他们对付不了的。温和的语言加上有效的权术，这就是我们应当使用的方法。"

"嗯，我明白了，然而并不是每个人都有您那样的机会呀。并不是每个人都和西联电报公司经理有那样的交情呀。"

"哦，您误解了我的意思。其实我并不认识那位经理——我只是为了要使用权术而利用了他一下。这是为了他好，也是为公众好。所以这样做是没害处的。"

我不肯随声附和，只吞吞吐吐地说：

"可是，说谎也会是正当的，或者高尚的吗？"

他并不在意这句问话中那些委婉含蓄的、自以为是的意味，他只是不动声色、稳重而简单地回答说：

"是呀，有时候是的。为损害他人利益，或者为了一己之私而说谎，这是不正当的。然而，为了帮助别人而说谎，或者为了大众的利益而说谎。那么，说谎就完全是另一回事了。这是一条谁都知道的道理。不必计较所采用的手段怎样，你只要看收到的效果如何。经过刚才那一幕，那小伙子就会成为一个称职的人，就会变得循规蹈矩。他是一个要面子的人。像他那样的人是值得挽救的。当然，即使不是为了他本人，单是为了他母亲，我也应该帮助他。他的母亲肯定还健在，还有姐妹们。可惜的是有些人总是忘记这一点！您可知道，我这辈子从来没参加过决斗，一次也没有，虽然和其他人一样，我也曾遇到过挑衅。每当这时候，我会看到对方无辜的老婆和孩子站在我和他之间。他们并没有招惹谁，正因为这样，我可不能伤了他们的心。"

就是在那一天，他纠正了许多人日常行为中所表现的陋习，但始终没引起摩擦，总是运用巧妙而漂亮的"权术"。事后别人并没感到难堪，而他本人却从那些行动中得到了很大的快乐与满足，我不禁羡慕他所做的这一切，心想，需要时我也能够很有把握地用巧妙的语言来揭露事实，就像我相信经过训练后能够在印刷品的掩护下用笔墨所做到的那样，或许我也要采用这种办法了。

那天夜晚，我们很晚才离开，乘铁路马车①去市区，途中三个喧闹粗暴的家伙上了车，开始在一群胆小怕事的乘客中（他们有的是妇女和儿童）左顾右盼，任意地嘲笑，说的都是些污秽轻薄的语言。没一个人敢反抗或者劝阻他们，列车员好言相劝，晓之以理，却遭到了那些恶棍的辱骂和嘲笑。我很快就意识到，少校已经觉得这是属于他所管的事情了。显然，他是在盘点自己脑子里储存的权术，正在进行准备。我想，在这个场合，只要是一句玩弄权术的话说出了口，他就会招来劈头盖脸的一大堆嘲笑，甚至导致比这更加难堪的后果。然而，为时已晚，我还没来得及悄声劝阻他，他已经开口了。他用平缓而冷静的口气说：

"列车员，您必须把这些猪赶下去。让我来帮助您。"

这可是我没料到的。一眨眼的工夫，三个恶棍已经向少校扑过来。但是他们一个也没能碰到他。他飞快挥出了三拳，你很难在拳击场外看到如此迅猛的攻击，直打得那三个人没有一个有力气再从倒下的地方站起来。少校拖着他们，把他们赶下了车，我们的车又继续前进。

刚才那一幕使我惊奇，惊奇的是看到一个温顺得像头羔羊的人竟然会做出这样的事情；还有他显示出那样强大的力量，取得了全面彻底的胜利；以及他把整个事情做得如此干净利落而又有条不紊。想到整天都听到这个"打字机"不停地谈应当怎样进行委婉地劝导和使用温和的权术，我就觉得现在的情形具有它幽默的一面，于是我想提醒他注意到这一点，并且就此说上几句嘲笑的话。然而，我再向他一打量，就知道那样做将是徒劳的，因为他那副怡然自得的神情并不含有丝毫幽默感。他是不会理解我的话的。我们下车后，我说：

"刚才那可是一套精彩的权术呀，实际上是三套精彩的权术。"

"刚才那个吗？那不是什么权术，您根本没弄懂，权术完全是另一回事。对那种人你不能运用权术，因为他们对权术不会理解的。不，那不是权术，那是暴力。"

"看您提到了它，我……当然，我认为您这次可能说对了。"

---

① 当时一种马匹拉动的有轨车。

"说对了？我当然说对了，那就是暴力。"

"我也认为，从外表上看来它是暴力。您常常需要利用那种方式改造人吗？"

"绝对不是，那种情形极少发生，半年里最多也只会发生一次。"

"那几个人受了伤会恢复吗？"

"会恢复？这还用说，他们肯定会恢复的。他们绝对不会有生命危险的。我知道应该怎样揍，应该揍哪儿。您也看到了，我并没击中他们的颚骨底下。因为那样会要他们命的。"

我相信这是实话。我说（我认为自己说得挺俏皮），他平日里就像只羊羔，可是刚才那会儿突然变成一只公羊，一只撞角的公羊。但是他却显得那么诚恳可爱，一本正经地说我讲得不对，说什么撞角羊完全是另一样东西，现在人们已经不再使用它了①。他这话叫人听了生气，我差点儿脱口而出，说他像个傻子，一点儿也不会欣赏玩笑话。说真的，这句话已经到了嘴边儿，但我还是没说出口，因为我知道现在不必急，还是等以后有机会在电话里说吧。

第二天下午，我们出发去波士顿。特等车厢吸烟室里已经客满，于是我们来到普通吸烟室。过道旁边的临近座位上坐着一个态度谦和、样子像农民的老人，他面色苍白，正用一只脚勾住那扇开着的门，想要使车厢里透点新鲜空气。过了不一会儿，一个身材高大的制动手冲进车厢，走到门前停下，恶狠狠地瞪了老人一眼，然后猛地把门一拉，差点儿把老人的皮靴都给带走。然后，他又匆匆地赶着忙他的事情去了。有几个目睹的乘客笑起来，老人露出了一副又羞又恼的可怜神情。

过了一会儿，列车员从我们面前走过，少校拦住他，用一贯的客气态度提出这个问题：

"列车员，如果制动手的举动有不对的地方，乘客该去哪儿投诉？是向您投诉吗？"

①　英文中"撞角公羊""battering ram"，还有一个意思是古代使用的一种攻城工具，所以说现在人们已经不再使用了。

"如果要投诉他，您可以到纽黑文站。他有什么做错了吗?"

少校把事情的经过说了一遍。列车员似乎乐了，他温和的语气中微含讥讽地说：

"您的意思好像是说，整个过程中那个制动手并没说什么。"

"是的，他没说什么。"

"可是您说，他向老人恶狠狠地瞪了一眼。"

"是的。"

"后来就粗鲁地拉开了那扇门。"

"是的。"

"全部经过就是这些，对吗?"

"对，这就是全部经过。"

列车员轻轻地笑了，说道：

"好吧，如果您要去投诉他，那是可以的，可是我不大明白，这究竟算得了什么呢。您可能会说，当然，我是根据您的话猜测的，那个制动手侮辱了这位老先生。那么，受理您投诉的人会问您，他说了一些什么。您说，他根本什么也没说。那么，我估计他们就会说，既然您自己承认他一句话也没说，那您又怎么能断定那是对老先生的侮辱呢?"

列车员这一番无懈可击的说理，引起了周围乘客的一片赞许之声，这使他感到很得意，这你可以从他脸上看出来。但是少校并不介意。他说：

"看，刚才您正好指出了现行的投诉制度中存在的一个明显的缺陷。铁路公司的职员们，不但公众有这种想法，而且看来您也有这种想法，都没注意到：除了语言上的侮辱以外，还有其他方式的侮辱。所以，也就没人到总办事处去投诉他受到人家在态度上表示的侮辱，包括使用手势、表情等方式进行的侮辱。然而，这样的侮辱有时候会比任何语言的侮辱更使人难以忍受。它会使你感到非常难堪，因为它并不会留下任何实质的东西，可以让你抓住它的把柄。那些侮辱了别人的人，即使被叫到铁路公司的职员面前，也大可以说他连做梦也没想到他的态度会得罪别人。我认为，铁路公司的职员们必须特别重视，必须迫切要求乘客报告那些非语言类的侮辱态度和傲慢举动。"

列车员大笑起来，他说：

"哎呀，说真的，您这样严苛的要求，未免太过认真了吧！"

"可是在我看来这并不是过分的要求。我到了纽黑文站，一定会去报告这件事，而且我相信我会由于这样做了而受到感谢。"

听完这话，列车员好像有点不大自在了。的确，他离开的时候，神情显得很严肃。我说：

"您总不至于真的为了这件小事去费神吧？"

"这可不是一件小事。像这样的事必须随时报告。这是公民的责任，凡是公民，谁都不应该逃避责任。但是，这件事无须我投诉。"

"为什么？"

"我没必要这样做嘛，运用权术就可以解决问题了，您瞧着吧。"

没过一会儿，列车员又来巡视了。他走到少校跟前时，俯身凑近他说：

"得啦，您不必去投诉他了。他是我的下属，如果下次他再敢那样，我会教训他的。"

少校很诚恳地答道：

"是呀，这正合我意！您可别认为我是出于什么报复的心理，事实并非如此。我只是出于责任心，纯粹是一种责任感，完全是这么一回事。我的妻舅是铁路公司的董事，如果他知道：您手下的制动手下次再野蛮地侮辱一位根本没招惹他的老先生，您就要劝告那制动手，那我的妻舅会感到高兴的，这一点您大可以相信。"

列车员并没像一般人所预料的那样表示高兴，反而显得犹豫不安了。他在一旁站了一会儿，接着说：

"我认为有必要现在就对他进行惩处。我要辞退他。"

"辞退他？那样能带来什么好处？难道您不认为更聪明的办法还是教他如何更好地服务乘客，好让他将功补过吗？"

"对，这话有道理。您认为应该怎么办？"

"他当着这么多人侮辱了那位老先生。是不是应该叫他来，当着大家的面给那位老先生赔礼道歉呢？"

"我这就叫他来。而且，我要在这儿声明：如果所有的人都肯像您这样及时向我报告这类事件，而不是一声不响地走开，而事后又在背后说铁路公司的坏话，那么，不久情况就会改善。我非常感谢您。"

很快制动手就来道歉了。他走后，少校说：

"喏，您瞧这件事解决起来多么简单容易。普通老百姓什么事都办不到，而董事的舅子要怎么做都行。"

"可是，您真有一位当董事的舅子吗？"

"永远都有这么一位。当公众的利益需要的时候，我永远会说有这么一位。在所有的董事会里，在任何地方，我都有一位舅子。这样就省了我一大堆麻烦。"

"这可是十分广泛的亲戚关系。"

"是呀。像他们这样的人我有三百多个。"

"难道列车员就不会怀疑这种关系吗？"

"这种情形我还没遇到过。真的，到目前为止我从来没遇到过。"

"为什么您不随他去处理，让他去把那个制动手开除了，反而采用那怀柔的办法呢？您瞧，他这样的人是罪有应得呀。"

少校回答时，那口气里的确稍许含有一些不耐烦的意味：

"如果您能冷静下来，稍微思考一下，您就不会提出这样的问题了。难道制动手是条狗，只能用对待狗的方法去对待他吗？他是一个人，需要像人那样去谋生。再说，他总有姐妹，或者母亲，或者妻子儿女，要靠他去养活。永远是这样的情形，不会有例外。如果你剥夺了他的生计，那你也剥夺了那些人的生计。可是，他们哪点招惹你了？根本没有呀。开除了一个粗鲁无礼的制动手，再去雇另一个跟他完全相同的，又有什么好处呢？这种做法是不明智的。难道您没意识到，对这个制动手进行改造后继续留用，这才是一个合理的办法吗？肯定是的。"

接着他就用赞赏的语气讲述了统一铁路公司某区段一位监督的故事，说有一个已有两年经验的扳闸工一次疏忽大意，导致一列火车出了轨，死伤了几个人。群众十分愤怒，要求开除那个板闸工，但是监督说：

"不，诸位错了。他已经得到了教训，以后再不会让车出轨了。因此他变得更加有用了。我要留用他。"

此后，在那次旅游中，我们只遇到了一件不寻常的事。在哈特福德站和斯普林菲尔德站之间，火车上的侍应生抱着许多广告印刷品，高声吆喝着跑进来，不小心把一册样本掉在了一个正在熟睡的先生膝盖上，他一下子被惊醒了。那人十分愤怒，和他两个朋友一起愤愤不平地诉说这件冒犯了他的事。他们把特等车厢里的列车员叫来，向他投诉这件事，要求必须开除那个侍应生。那三个投诉的乘客都是霍利奥克的富商。显然，列车员对他们望而生畏。他试图平息他们的怒火，向他们解释说，那孩子并不归他管，而是属于一家报刊公司的。然而，他怎么劝解都没用。

这时候少校自告奋勇地提出证明，为那个孩子辩护。他说：

"事情的经过我都看见了。诸位并没存心夸大，但是你们的反应却太过激烈了，那孩子刚才所做的只不过是火车上的侍应生所做的，如果你们想要他此后举动更稳重，态度更和蔼，那我也同意你们的做法，并且准备站在你们这一边，但是，如果连一个改过的机会都不给他，就要把他开除，那对他来说是不公平的。"

但是他们很气愤，听不进任何妥协的办法。他们说熟识波士顿－奥尔巴尼铁路公司的总经理，明天宁可暂时放下其他的事，也一定要先到波士顿解决侍应生的问题。

少校说他也会去那里，要尽自己的一切力量来帮助那个侍应生。其中一位先生向他打量了一下，说：

"看来，这件事要取决于谁能对总经理施加最大的影响了。您跟布利斯先生有私交吗？"

少校不动声色地说：

"是的。他是我舅舅。"

这个回答取得了令人满意的效果。尴尬的沉默持续了一两分钟。接着几位当事人就开始在谈话中找台阶下，含糊其辞地承认自己刚才过于偏激，不久一切趋于平静友好，彼此间显得相当融洽，终于决定抛开这件事不谈，从而使那个侍应生保住了他的工作。

结果不出我所料，铁路公司总经理根本不是少校的舅舅，这一天少校只是在火车上利用了他一次。

在归途中，我们没遇到什么值得记述的事。也许那是因为我们乘的是夜车，一路上我们都在睡觉。

星期六晚上我们离开纽约，坐火车去宾夕法尼亚州。第二天清晨用过早餐后，我们走进特等车厢，但是发现那儿冷清沉闷。车厢里只有很少几个人，没有任何活动。于是我们进入那节车厢的小吸烟室，看见那儿坐着三位绅士。其中两个人正在抱怨铁路公司所定的一条规章制度：星期日禁止在车上玩牌。原来他们刚才在玩那种无须禁忌的"大小杰克"纸牌游戏，但后来却被列车员阻止了。少校对此表示关切。他对第三位绅士说：

"是您反对他们玩牌吗？"

"根本不是。我是耶鲁大学的教授，虽然相信宗教，但不是对任何事物都有偏见。"

接着少校就对其他两个人说：

"你们尽可以继续玩下去嘛，先生们，既然这里没人反对。"

其中一个人不肯冒险，但是另一个人说，如果少校愿意加入，他很想再玩一次。于是他们俩把一件大衣铺在膝上，开始玩起来。过了不久，特等车厢的列车员来了，他蛮横地说：

"喂，喂，先生们，这是不允许的。把纸牌收起来，玩牌是不允许的。"

此时，少校正在洗牌。他一面洗着，一面说：

"禁止玩牌，这是奉了谁的命令？"

"是我的命令。我禁止玩牌。"

这时候开始发牌了，少校问：

"这主意是您想出来的吗？"

"什么主意？"

"星期天禁止玩牌这个主意呀。"

"不，当然不是。"

"那是谁想出来的呢？"

"是公司。"

"那么，这根本不是您的命令，而是公司的命令。对吗？"

"对。可是，如果你们继续玩牌，那么我必须强迫你们立刻停止。"

"急躁办事不会带来什么好处，它常常只会造成很大的损失。是谁授权给公司颁布这样一项规定的？"

"我的先生，那和我没关系，再说……"

"可是您不要忘了，它关系到的不只是您，它可能是一件对我关系重大的事。事实上，这件事对我确实十分重要。我不能破坏了我国的任何一条法规，但同时也不能让自己蒙上耻辱。我也不能允许任何人或者公司利用非法的规章来妨碍我的自由（这一点也是铁路公司一向试图做到的），同时不玷污我作为公民的权利，所以，现在我再回到刚才那个问题上：究竟是谁授权你们公司颁布这道命令的？"

"这我可不知道，这是公司的事。"

"但它也是我的事。我怀疑公司有什么权利颁布这样一条规章。这条铁路途中要经过好几个州，您知道我们现在是在哪一个州吗？这个州在这方面制订的又是什么法律吗？"

"它的法律和我不相干，可是公司的规定我必须执行，我的职责就是禁止玩牌，先生们，它必须受到禁止。"

"事实也许是这样的，然而，办事情还是不要急躁的好。在很多旅馆里，他们都会把一些规定张贴在屋子里，但是照例要援引该州相关的法律条文，作为那些规定的根据。但我看这里并没有张贴类似的文告。请您出示您的凭证，然后可以让我们做出决定，因为您也看到了，我们玩牌的兴致都叫您给破坏了。"

"我没这一类的凭证，但是我奉了公司命令，单凭这一点就够了。公司的命令必须服从。"

"咱们还是别轻易做出结论。我们最好都心平气和地仔细探讨下这个事情，看咱们究竟坚持的是什么原则，以免任何一方犯了错误。因为剥夺美国公民的自由，这件事看来远比您和铁路公司想象的更为严重，在剥夺他人自由者能证明他有权这样做之前，我不允许他在我面前如此肆无忌惮，再说……"

"先生，您到底放不放下纸牌？"

"这件事也许不会耽搁多久。但也要看情形而定。您说这命令必须遵守。'必须，'这是一个语气强硬的措辞。您自己也可以意会，它的语气有多么强硬。当然，一个明白事理的公司，不会在授权您执行这样严厉的命令的同时，又不制订一个处罚违规者的办法。那样它就会变成一纸空文，只会惹得别人的嘲笑。那么，对于违规者的处罚是什么？"

"处罚？我从来没听说过什么处罚。"

"不用说，您肯定是弄错了。您为执行公司的规定而来，很粗鲁地打断一场无须禁忌的娱乐游戏，但您却未被教授在执行这道命令时应该对违规者采取的手段吗？难道您不认为这种做法是荒谬可笑的吗？如果乘客拒绝遵守这条命令，那您又打算怎样惩罚他们？您打算抢走他们的纸牌吗？"

"不。"

"打算在下一站把违反规章的人赶下车吗？"

"这个，不，我们当然不能这样做，如果他有车票。"

"那您会把他送去法院吗？"

列车员无言以对，显然感到为难了。少校又开始发牌，他接着说：

"您瞧，您毫无办法，公司让您陷入很狼狈的境地。您执行一项荒谬的规定，尽管在执行时，你虚张声势。可是，把这件事仔细一分析，您就会发现自己根本没办法强迫人家服从。"

列车员端着架子说：

"先生们，规定已经告诉你们了，我已经尽了自己的责任。至于你们是否遵守它，那你们就看着办把。"说完这话，他转身要走。

"对不起，请等一等，这件事还没完。您刚才说已经尽了自己的责任，我认为您这话说错了。即使您真的已经尽了自己的责任，那我还未尽到我的责任呢。"

"您这是什么意思？"

"您是不是准备等列车到了匹兹堡站，去总办事处投诉我违反了规章？"

"不。那样会有什么好处呢？"

"您必须去告我，否则我就会去告您。"

"告我什么呀？"

"告您没有禁止我们玩牌，没有遵守公司的规章制度。作为一个公民，我有责任协助铁路公司监督它的职工按规定办事。"

"您这话是认真的吗？"

"当然，是认真的。我觉得您做人并没有错，可是我认为，作为工作人员，您这样做事做得不对，您没严格执行公司的规章制度。如果您不去告我，我一定去告您。我一定会去。"

听完这话，列车员显得有些迷惑不解，他沉思了一会儿，后来突然激动地说：

"这倒像是我在找麻烦！完全是一篇糊涂账，瞧我也昏了头了，这可是从来没遇到的事情，大家一直都只是一味地执行公司的规定，从来没有疑问，所以我也就没注意到，那项没有处罚办法的愚蠢的规定有多么荒谬可笑！我不会告任何人，我也没要被任何人告。你想想，那样会给我招来无穷的麻烦！现在你们就继续玩牌吧，如果高兴的话，你们就玩一整天吧，咱们别再为这件事情找麻烦了！"

"不，我只是为了要维护这位先生的权利，才坐在这儿的，现在他可以回到自己的位子上来了。但是，在您离开之前，可不可以告诉我，您认为公司制订这条规章是为了什么？您能为这件事想出一个理由。我意思是说，一个合理的理由，一个至少表面上听起来不愚蠢，一个不像是白痴想出来的理由吗？"

"这个，我当然能够想到。问到为什么要制订这条规定，道理很简单。那是为了不伤害其他乘客的感情，我意思是说乘客中那些虔诚的宗教徒。星期天在车上玩牌会亵渎他们的安息日，那会使他们不高兴的。"

"我本来也有同样的想法。可是，他们愿意自己在星期日旅行，亵渎安息日，却不允许别人……"

"我的天呀，您这可说到了点子上！以前我可从来没想到这一点。事实上，如果冷静下来仔细分析一下，就知道这是一条愚蠢的规定。"

正在这个时候，另一节车上的列车员走过来，打算很专横地禁止玩牌，可是特等客车的列车员拦住他，把他拉到一边，向他解释。此后再听不到他们提到这件事了。

我在芝加哥时生病了，在床上躺了十一天，结果没能看到博览会。因为我刚刚能够活动，就必须立即起程回去了。在我们出发的前一天，为了让我有个宽敞的地方休息，可以睡得舒服一些，少校已经订了一间卧车特别包厢。可是当我们到达车站时才知道由于调配员一时疏忽，我们预订的那节车没被挂上。列车员给我们留下了一对卧铺，他说，这已经是他尽最大努力能做的了。可是少校说，我们并不着急，完全可以等着把那节车给挂上再走。列车员和颜悦色，但是含嘲带讽地说：

"也许，正如您所说，你们并不着急，可是我们却非赶快不可啊。来，快上车吧，先生们，上车去吧。别让我们等着啦。"

可是少校非但不肯上车，也不许我上去。他坚持要乘坐他所订的车，他说非那样不行。这一来那个急得直冒汗的列车员可不耐烦了，他说：

"我们这样做，已经尽了最大的努力。我们没法做那不可能做到的事。你们要么就用这套卧铺，要么就索性不用它吧。由于出了一个差错，现在时间太晚，已经来不及纠正，只好将就点儿，你们就这样凑合一下吧。别的乘客都是这样。"

"咳，对了，事情就坏在这里。如果他们也都要维护自己的权利，并且坚持到底，现在你们就不会这样满不在乎地试图践踏我的权利了。我根本不想给你们带来不必要的麻烦，但是我有责任保护下面一位乘客不再这样受骗。所以我一定要乘坐我订的车。否则我就在芝加哥待下去，控告你们公司破坏了合同。"

"控告我们的公司？就为了这样一件事！"

"当然。"

"您真的要这样做吗？"

"当然，我就是要这样做。"

列车员用怀疑的目光打量了少校一会儿，然后说：

"你可把我闹糊涂了，这可是新鲜花样，我以前从来没碰到过这样的事儿。但是，我完全相信，这样的事您会做出来的，这样吧，我找站长去。"

站长刚来的时候十分恼怒，恼的是少校，而不是那个造成差错的人。他态度相当蛮横，也像刚才那个列车员起初那样。但是他怎么也没办法说服这位谈吐优雅的炮手，后者依然坚持要乘他所订的车。但是，事情很明显，在这种情形下只有一方能占上风，而结果当然是少校。站长只好收起恼怒的表情，装出一副和蔼可亲的样子，甚至多少还表示了歉意。这给双方和解创造了一个良好的开端，于是少校作出妥协。他说可以放弃已订的特别包厢，但必须用另一间包厢作为补偿。经过一番寻找，终于找到一间特别包厢，那包厢的主人是个善良的绅士，肯用他的包厢调换我们的卧铺，我们终于出发。那天晚上列车员来看我们，他态度友好，十分殷勤，我们聊了很久，最后成了好朋友。他说希望公众以后常常给他们多添一些麻烦，因为那样只会产生有益的影响。他说，乘客不能指望铁路公司尽他们的一切责任，除非他们自己也多少关心自己的权益。

我希望我们已经结束了这次旅程中移风易俗的工作，然而事实并非如此。第二天早晨，少校在餐车里点了一份烤鸡。侍者说：

"菜单上没这道菜，先生，我们只供应菜单上有的。"

"可那位先生在吃烤鸡。"

"对，可是那情形不同呀。他是一位铁路公司的监督。"

"那我就非要烤鸡不可了。我不喜欢这种有区别的待遇。请您马上去，马上给我上一份烤鸡。"

侍者把负责人找来了，负责人低声婉言解释，说这件事是不可能办到的，因为这违反规定，公司的规章是很严格的。

"那么，好吧，您必须一视同仁地执行这条规定，或者一律取消这条规定。您要么拿走那位先生的鸡，要么就给我也来一份。"

负责人惶惑无主，甚至有点儿不知所措了。他开始费劲地解释，可就在这时候，那个列车员走过来，问发生了什么事情。负责人说，这里的一位先生一定要点一份烤鸡，可这是违反规定的，而且菜单上也没这道菜。列车员说：

"那你照章办事嘛，没其他办法。等一等，是这位先生吗？"接着他就大笑起来，说："别去管你们的那些规章吧，这是我给你的忠告，听我的话没错。他要什么就给他什么，别让他又在权利问题上大发议论啦。他点什么就给他什么吧。如果你们现在没有鸡，那么就停了车去买吧。"

少校吃完鸡，然后说，他之所以这样做，只是出于责任感，为的是要维护一条原则，其实他是不爱吃鸡的。

因此，这次旅行虽然我没看到博览会，但是我学到了一些怎样运用权术的手段，将来这些手段也许对我和读者都是方便有用的。

他是否还在人间

1892 年 3 月，我去里维埃拉①区的门多涅尔游玩。那是个安静的地方，你可以单独享受几英里外蒙特卡洛及尼斯所能和大家共同享受的一切好处。这就是说，那儿有灿烂的阳光，茂密的森林，清新的空气和碧波荡漾的大海，却没有那煞风景的喧嚣和嘈杂，以及各种奇装异服和浮华的炫耀。门多涅尔是个清静、淳朴、悠闲而不讲究排场的地方，有钱人和浮华的人物都不到那儿去。我是说，一般情况下，有钱人是不会到那儿去的。不过偶尔也会有有钱人来，不久前我就结识了其中的一位。我姑且叫他史密斯吧，这多少是有些替他保守秘密的意思。有一天，在英格兰旅馆里，我们正在用早餐的时候，史密斯忽然大声喊道：

"快看！注意看门里出去的那个人，你仔细看清楚。"

"为什么？"

"你知道他是谁吗？"

"知道。你还没有来之前，他就在这儿住了好几天了。听说他是里昂一个很阔的绸缎厂大老板，现在年老退休了。我看他肯定非常孤单，因为他总是一副苦闷的样子，无精打采，从不与人交谈。他的名字叫西奥斐尔·麦格南。"

我以为接下来史密斯会继续说下去，告诉我他为什么会对这位麦格南先生如此感兴趣。但是他却什么也没说，反而转入沉思，不久居然把我和其他一切都完全抛到九霄云外了。他偶尔伸手抓一抓他那轻柔的白发，以便帮助他思考，而早餐冷掉他也没有在意。后来他才说：

---

① 位于法国东南部、临地中海的一个区，是度假胜地，门多涅尔为当地一个小镇。

"哎，忘了，我怎么也想不起来了。"

"想不起什么呀？"

"我想说的是安徒生的一篇很好的小故事。可是我把它给忘了。但故事大概是这样的：有个小孩，他有一只养在笼子里的小鸟，他很爱它，可是又不知道怎样照顾它。这鸟儿唱歌，可是没有人听，没有人理会。后来这个小鸟肚子饿了，口也渴了，于是此时它的歌声就变得凄凉而微弱，最后终于停止了，鸟儿死了。小孩过来一看，非常伤心，后悔莫及。他只好含着眼泪，伤心地把他的朋友们叫来，大家怀着极为深切的悲恸，为这小鸟儿举行了隆重的葬礼。小家伙让小鸟饿死就如同世人让诗人饿死一样，大家在他们死后花许多钱举行葬礼和立纪念碑，但是如果把这些钱用到他们生前，那是足够养活他们的，甚至还可以让他们过舒服日子呢。那么……"

我们的谈话在这时候被打断了。那天晚上 10 点钟左右，我又碰到史密斯，他邀我上楼去，到他的会客室里陪他抽烟，喝热的苏格兰威士忌。他的房间是个很惬意的地方，里面摆着舒适的椅子，装着喜气洋洋的灯，壁炉里让人温暖的火，燃烧着干硬的橄榄木。再加上外面低沉的海涛澎湃声，更使一切达到了美满的境界。我们已经喝完了两杯威士忌，谈了许多随意称心的闲话，史密斯说：

"现在我们兴致正高，我正好趁此给你讲一个离奇的故事，这件事是个保守了多年的秘密，这秘密只有我和另外三个人知道。现在我可要拆穿这个西洋镜了。你有兴趣听吗？"

"当然了。你尽管说吧。"

下面就是他讲给我听的故事：

"多年以前，我还是个年轻的画家，实在是个非常年轻的画家，我在法国的乡村随意漫游，到处写生。在这期间我遇到了两个可爱的法国青年，他们也是画画的。那时候我们那股快活劲儿就像那股穷劲儿一样，也可以说，那股穷劲儿就像那股快活劲儿一样，你爱怎么想就怎么想吧。那两个小伙子的名字是：克劳德·弗雷尔和卡尔·包兰日尔，真是两个可爱的小伙子，太可爱了，总是朝气蓬勃，简直就和贫穷开玩笑，无论风霜雨雪，日子总是过得有滋有味。

"后来我们来到布勒敦的一个乡村，当时我们简直穷得走投无路。幸运的是一个和我们一样穷的画家收留了我们，这就等于救了我们的命，他就是法朗斯瓦·米勒①。"

"什么！法朗斯瓦·米勒！就是那伟大的画家吗？"

"伟大？那时候的他也并不见得比我们伟大到哪儿去。就算在他自己住的村子里，他也没有什么名气。他简直穷得不像话，除了萝卜，他就没有什么可以给我们吃的，甚至有时连萝卜也是上顿不接下顿。我们四个人成了忠实可靠、互相疼爱的朋友，可以说是难以分开。我们在一起拼命地画呀画的，作品是越堆越多，可就是很难卖掉一件。我们在一起的日子非常美好。可是，也实在可怜极了！有时候我们简直是活受罪！"

"我们就这样熬过了两年多的时光。突然有一天，克劳德说：

"'伙计们，我们已经山穷水尽了。你们明白不明白？彻底山穷水尽。村里的人都不再赊东西给我们了，简直是联合起来跟我们过不去，我跑遍了整个村子，结果还是一样。他们根本不肯再赊给我们一分钱的东西了，除非我们能先还清旧账。'

"这可真叫我们沮丧，每个人都脸色发白，一副狼狈相。这下子我们可知道自己的处境是多么糟糕了。大家沉默了许久。最后米勒叹了一口气说道：

"'我也想不出什么主意来，真的一筹莫展。伙计们，谁想个办法吧。'

"没有回答，如果凄惨的沉默也可以叫作回答的话。卡尔站起来，紧张地来回踱着步，然后说道：

"'真是丢人！你看这些画，一堆一堆的，都是些好画，它们比得上欧洲任何一位画家的作品，不管他是谁，而且许多闲逛的陌生人都这么说，反正意思总差不多是这样。'

"'可就是没有人愿意买。'米勒说。

"'那倒没关系，反正他们这么说了，而且说的是真话。就说你那幅

---

① 让·法朗斯瓦·米勒（1814－1875），是法国著名画家，代表作为《晚祷》。

《晚祷》吧！难道会有人跟我说……'

"'别提了，卡尔，我那幅《晚祷》，有人要出五法郎买它。'"

"'什么时候?'"

"'谁出这个价钱?'"

"'那人现在哪儿?'"

"'你怎么没答应他?'"

"'得了，别这么大伙儿一齐说话呀。我本以为他会多出几个钱，我很有把握，看他那神气是要多出的，所以我就开价八法郎。'"

"'得，那么后来呢?'"

"'他说他会再来找我的。'"

"'真是糟糕透顶！唉，法朗斯瓦！'

"'啊，我知道，我知道！我不该那样，我简直是个大傻瓜。伙计们，我本意是好的，你们也承认这一点，我……'

"'那还用说，我们当然明白，愿上帝保佑你这善良的人吧。可是下次你可千万别再这么傻呀。'

"'我？我但愿有人用一棵大白菜跟我换就好了，你瞧着吧!'

"'大白菜吗！啊，别提这个，一提起来我就直流口水。说点儿别的不那么叫人难受的事情吧。'

"'伙计们，'卡尔说，'难道这些画真的没有价值吗？你们说呀。'

"'谁说没价值!'

"'难道不是价值连城吗？你们说呢?'

"'是呀。'

"'确实是价值连城，如果能给它们安上一个大名鼎鼎的作者，那一定能卖个好价钱。是不是这么回事?'

"'当然是这样的。谁也不会怀疑你这个说法。'

"'可是，我没有开玩笑，我这话究竟对不对呀?'

"'噢，那当然是不会错的，我们也并不是在开玩笑。可是那又怎么样？那又怎么样？那与我们有什么相干?'

"'我想这么办，伙计们，我们就给这些画硬安上一个鼎鼎大名的画家的名字!'"

刚才还活跃的气氛消失了。大家满脸疑惑地望着卡尔。他葫芦里究竟卖的什么药呢?上哪儿去借一个鼎鼎大名的画家的名字呢?叫谁去借呢?

卡尔坐下来,说道:

"'现在我就要想出一个切实可行的办法来。我认为我们要想不进游民收容所,那这就是我们唯一的出路,并且我对这个办法有绝对的把握。我这个意见是以人类历史上各种各样,早已是大家公认的事实为根据的,我相信这个计划一定能使大伙儿都发财。'

"'发财!你简直是发神经。'

"'不,我可没发神经。'

"'哼,还说没有!你明明是发神经了。你说怎么才算发财?'

"'每人十万法郎吧。'

"'看来他的确是害神经病了,我早就知道了。'

"'是呀,他是有神经病。卡尔,你是不是穷疯了,所以就……'

"'卡尔,你应该吃药了,吃完药马上到床上去休息。'

"'先拿绷带把他捆上吧。捆上他的头,然后……

"'不对,捆上他的脚跟才行,这几个星期,他的脑子总是开小差,异想天开哩,我已经看出来了。'

"'住嘴!'米勒摆出一副严肃的样子说,'先让这孩子把他的话说完嘛。那么,好吧,卡尔,把你的计划说出来吧。究竟是什么好办法?'

"'好吧,那么我先来个开场白,请大家注意人类历史上有这样一个事实:那就是许多艺术家的才华都是一直到他们饿死了之后才被人欣赏的。这种例子不计其数,我都可以根据它总结出一条定律来。这个定律就是:每个默默无闻的、无人理会的艺术家在他死后总会被人赏识,而且一定是在他死后才行,到那时候他的画就会身价百倍了。我的计划是这样:我们先进行抽签,几个人当中有一个要死去才行。'

"他说得满不在乎,却完全出人意料,所以我们几乎同时惊跳起来。然后,大家又议论纷纷,要想出办法,治病的办法,帮卡尔治他的脑子;可是他耐心地等着大家平静下来,然后才继续说他的计划:

"'是呀，我们反正得死一个人，目的是救剩下的几个，当然也救他自己。我们抽签决定。抽中的那个就会一举成名，而剩下的都会发财。喂，好好听着嘛，别插嘴——我敢说我并不是在这儿胡说八道。我的主意是这样的：在今后这三个月里，被选定要死的那一位就拼命地画，尽量积存画稿，并不需要正式的画，不用！只要画些写生的草稿就行，随便画些习作，没有画完的习作，随便勾几笔的习作都行，每张上面用彩色画笔涂几下，当然是毫无意义的，反正总是他画的，画完以后要题上作者的名字。每天画它五十来张，让每张上面都带上点儿特点或是派头，让人一看就知道是他的作品……你们都知道，这些东西才最值钱。在这位伟大画家去世之后，大家就会出不可思议的价钱来为世界各地的博物馆搜购这些杰作。而我们就为他们准备一大堆这样的作品，一大堆！在这段时间里，其余的人就要给这位将死的画家拼命吹捧，并且在巴黎和那些商人身上下一番工夫，这是给以后的成功作准备，明白吧？等到一切都布置就绪，趁着热火朝天的时候，我们突然就向他们宣布画家的死讯，并且举行一个热闹的葬礼。你们明白这个主意了吗？'

'不明白，至少还不是十分……'

'还不十分明白？这都不懂？那个人并不是要真的死去。他只要从此改名换姓，销声匿迹就行了。我们弄个假人一埋，大家假装哭一场，叫全世界的人也陪着哭吧。我……'

可是大家根本没有让他把话说完。每个人都爆发出一阵欢呼，连声称妙。大家都跳起来，在屋子里蹦来蹦去，彼此互相拥抱，欢天喜地地表示感激和愉快。我们把这个伟大的计划一连谈了好几个小时，似乎连肚子都不觉得饿了。最后，一切详细办法都安排好了以后，照原订计划，我们开始抽签，结果选定了米勒，他会假死。然后我们把那些非到最后关头舍不得拿出来的作纪念的小装饰品凑到一起，这些东西，对于我们来说只有到了无可奈何的时候，才肯拿来做赌注，企图一本万利地发个财。我们把它们当掉，当来的钱除了留下几个法郎作为出门的费用和为米勒接下来几天的生活购买萝卜外，只够勉强凑出一顿告别的晚餐和早餐。

"第二天一大早，我们三个人吃完早饭就分别出发了，当然是靠两条腿喽。每人都带着十几张米勒的小画，打算把它们卖掉。卡尔准备去巴黎，他要到那儿去尽自己所能地吹捧米勒，为以后伟大日子的到来做准备。克劳德和我决定各走另一条路，随意到法国各地走走。

"这以后，我们的遭遇之顺利和痛快，真要叫你听了会大吃一惊的。我走了两天，开始着手我们的计划。我在一个大城市的郊外开始给一座别墅写生，因为我看见别墅的主人站在楼上的阳台上。于是他下来看我画，我早料到了他会来。我画得很快，故意吸引他的兴趣。他偶尔不由自主地赞美我两句，后来就越说越带劲了，他说我简直就是一位大画家！

"我把画笔搁下，从皮包里取出一张米勒的作品来，指着角上的签名，装作很得意地说：

"'我想你当然认识这个喽？嗨，他就是我的老师！所以你是应该懂得这一行的！'

"这位先生好像犯了什么罪似的，显得局促不安，没有作声。我故作惋惜地说：

"'你不会连法朗斯瓦·米勒的签名都认不出来吧！'

"他当然不会认得那个签名。但是不管怎么样，他处在那样尴尬的境地，居然让我这么轻轻放过，他是感激不尽的。他说：

"'怎么会认不出来！嗨，的确是米勒的嘛，一点也不错！我刚才也不知道想什么来着。现在我当然认出来了。'

"随后他表示他想买这张画。可是我说我虽然没什么钱，可也并没有穷到那个地步。不过后来我还是让他用八百法郎将那幅画买去了。"

"八百法郎?!"

"是呀。米勒本来是打算拿它换一块猪排的。不错，我用那张小小的画换来了八百法郎。现在假如能用八万法郎把它买回来，那我真是求之不得。可是这个时期早已过去了。我给那位先生的房子画了一张很漂亮的画，本想以十法郎卖给他，可是想到我是一位大画家的学生，这么贱卖又不大像话，所以我就让他用一百法郎买走了它。我马上到城里把八百法郎汇给米勒，第二天又往别处出发了。

可是我不用再走路了，不用。因为我买了马。从此以后，我一直都骑马。我每天只卖一张画，决不会卖两张。我总是对买主说：

"'我现在把米勒的画卖掉，根本就是个大傻瓜，因为这位画家恐怕活不过三个月了，他死了之后，就算你出天价也别想再买到他的画了。'"

"我想方设法把这个消息尽量传播出去，预先做好准备工作，好让大家重视那场大事。

"这个卖画的计划是应该归功于我的，那是我出的主意。那天晚上我们商量我们的宣传计划的时候，我就提出了这个办法，三个人都同意先试一试，如果实在不行，再想其他办法。结果我们三个人都做得很成功。我只走了两天路，克劳德也走了两天，我们俩都知道不能在离家太近的地方使米勒出名，这样会露馅儿的。可是卡尔只走了半天的路程，这个狡猾的家伙，没良心的坏蛋！从那以后，他到各处旅行的派头简直就像个公爵一样。

我们随时和各地的地方报纸记者搭上关系，让他们在报纸上发表消息。但是我们所散布的新闻并不是发现了一位新的天才画家，而是故意装成人人都知道法朗斯瓦·米勒的样子。我们根本不提称赞他的话，只是简单报道一些关于这位'著名画家'的近况，有时候说他病况有所好转，有时又说希望渺茫，不过总的来说是凶多吉少。我们每次都把这类消息圈出来，寄给那些买过画的人。

卡尔很快就到了巴黎，他大摆排场地干起来了。他结交了各种报纸的记者，把米勒的情况报道散播到英国和整个欧洲去，最后连美国甚至世界其他地方也都报道了。

六个星期之后，我们三个在巴黎见了面，经过商量后决定停止宣传，同时也不再写信叫米勒寄画来了。这时候他的名字已经轰动一时，时机已经成熟。所以我们觉得应该在这时候马上行动，以免错过时机。于是我们就写信给米勒，叫他到床上躺下，赶快饿瘦一点，因为我们希望他在十天之内'死去'，如果来得及的话。

我们计算了一下，成绩很不错，三个人一共卖了八十五张画和习作，一共卖了六万九千法郎。最后一张画是卡尔卖出去的，价钱卖得最高。他把《晚祷》卖了两千两百法郎。我们将他狠狠地夸奖了一番，可从没想到后来会有一天，整个法国都抢着要把这张画据为己有，最后居然还会有一位无名人士花了五十五万法郎的现款把它抢购去了。

那天晚上我们准备了香槟酒，举行了庆祝胜利结束的晚餐。第二天克劳德和我就收拾行李，回去陪伴米勒度过他临终的几天，一面谢绝那些打听消息的闲人，同时每天按时发出病况报告，寄到巴黎给卡尔拿去在几大洲的报上发表，把消息报道给全世界关心他的人们。最后终丁到了宣布噩耗的时刻，卡尔也及时赶回来帮忙料理最后的葬礼。

"你想必还记得吧，那次的出殡真是空前绝后，轰动世界，新旧世界的上流人物都来参加了，大家都悲痛地为米勒哀悼。我们四个抬着棺材，不让别人帮忙。我们这么做是有原因的，因为棺材里只装着一个蜡做的假人。如果让别人去抬，棺材的重量就出了问题，难免要露马脚。因此，我们当初曾经相亲相爱地在一起共过患难的四个老朋友抬着棺材……"

"哪四个人？"

"我们四个嘛，米勒也帮忙抬着他自己的棺材哩。不用说，是化装的，化装成一位米勒的亲戚，一位远房的亲戚。"

"真是太妙了！"

"我说的可是真话，那还不是一样嘛。啊，你还记得他画的价格是怎么飞涨的吧。至于卖画的钱吗？我们简直不知如何处理才好，现在巴黎还有一个人收藏着七十张米勒的画。这是他花了二百万法郎从我们这儿买去的。至于当初我们在路上那六个星期里米勒赶出来的许许多多的写生和习作呢，哈，你听听我们现在卖的价钱一定会大吃一惊，并且那还得在我们愿意卖的时候才行！"

"这真是个离奇的故事，简直太让人吃惊了！"

"是呀，可以这么说。"

"那米勒后来怎么样了呢？"

"你能保守秘密吗？"

"我会的。"

"你还记得今天在餐厅里我叫你注意看的那个人吗？那就是法朗斯瓦·米勒。"

"我的天哪，原来……"

"如此！是呀，这一次人们总算没有让一个天才饿死，然后将他应得的报酬装到别人的皮包里。这只能唱的鸟儿终于没有白唱，也没有落得死后才有一场迟到的盛大葬礼的下场了。我们原来是等着遭这种命运的哩。"

1893 年

迈克威廉士太太和闪电

是的，先生，迈克威廉士先生继续说，因为这并不是他谈话的起点，对闪电的恐惧心理是一个人所能遭到的最恼人的毛病之一。这种恐惧大多数发生在女人身上。当然，小狗偶尔也会有这种毛病，有时候男人也有。这是个让人恼怒的毛病，因为它把一个人的勇气完全吓跑了，再没有抵抗的能力。这真是个不可理喻的毛病，你根本不可能让一个人去掉这个毛病。一个碰到魔鬼或是老鼠都不会害怕的女人，但在闪电面前她就沉不住气，吓得魂不附体了。她所遭受的恐惧真叫人可怜。

噢，我刚才说过，我惊醒过来，耳朵里只听见那一阵令人窒息的、不知从哪儿发出来的"摩尔第！摩尔第！"的哭喊声。我稍稍定了定神，马上起床在黑暗中摸索着走过去，随后说道：

"伊凡吉琳，是你在叫我吗？怎么回事？你在哪儿？"

"鞋柜①里哪。外面大风大雨的，你居然躺在那儿，睡得那么香，你知不知道害羞呀？"

"唉，一个人睡着了，哪里知道什么害羞？这真是不近情理，一个人睡着的时候，他是不会害羞的，伊凡吉琳。"

"你连试都不试一下，摩尔第，你自己明白，你从来都不肯试一试。"

我听到了那沉闷的哭声。

这个声音把我到嘴边的刻薄话一下子打断了，只好换了句话。

"对不起，亲爱的，我很抱歉。我不是有意那么做的。回来吧，我们接着……"

---

① 指当时用来存放鞋帽和其他家用器具的小房间。

"摩尔第！"

"天哪！怎么回事，亲爱的？"

"难道你还在那床上吗？"

"噢，当然啦。"

"马上下来吧。我看你要对你的生命稍加注意点才行，为了我，为了孩子们，哪怕你不为你自己着想。"

"可是，亲爱的……"

"别跟我说话，摩尔第。你也知道，在这么大的雷雨天，没有哪个地方会比床上更危险，所有的书上都这么说。可是你偏要躺在那儿，当心要把你的命丢掉。你到底想些什么，难道是为了搬出你那套道理来和我吵、吵、吵？"

"可是，天啊，伊凡吉琳，我已经下床了。我……"

（这句话忽然被一道闪电打断了，随后就是我太太刺耳的小声尖叫和一声可怕的响雷）

"哎呀！你看这就是报应。啊，摩尔第，你怎么嘴里不干不净的，居然在这种时候咒骂起来？"

"我没有。而且那也不是什么咒骂惹来的。无论如何，哪怕我一声不响，它还是照样会来。你也清楚啊，伊凡吉琳，至少你应该知道，当空气中充满了电的时候，那就会……"

"啊，是呀，你接着说你那套歪理，说，说呀！你明明知道房顶上没有装避雷针，你可怜的老婆、孩子都完全在听天由命，可是你却这么满不在乎，真不知你是怎么想的。你在干什么？在这种时候擦火柴？你疯透了吗？"

"岂有此理，这有什么关系吗？这地方黑得就像邪教徒的肚子里面一样，而且……"

"快把它吹灭了！马上吹灭它！你是不是打定了主意要把我们统统牺牲掉？你明知道什么东西都不能像火光那样能招雷电。（嗖！哗啦！砰砰砰砰！）啊，你听！现在你知道你闯祸了吧！"

"不，我不明白我闯了什么祸了。据我所知，火柴可以吸引闪电，但是它绝不可能产生电光，我愿意和你打赌。而且这次就算吸引了，也毫无影响。即使那一阵雷是冲着我这根火柴来的，那它的瞄准本领也不高明。这一百万次里也许一次都打不中。如果在多利蒙，呵呵，这样瞄准的本领……"

"不要脸的摩尔第！现在死神就站在我们面前，可是在这种严重的时候，你居然还敢说出这样的话。要是你不打算……摩尔第！"

"怎么了？"

"你今晚上做过祷告了吗？"

"我……我……本打算祷告，可是我后来想要算出12乘13是多少，所以就……"

（唑！砰砰砰哗啦啦轰隆！）

"啊，我们完蛋了，无可挽救了！在这种时候，你怎么忘了这么神圣的事情呢？"

"可是之前还不是'这种时候'呀。那会儿天上一点儿云都没有。我怎么会知道这么一点儿大意就会惹得上帝这么大发雷霆呢？而且你明明知道我很少有这种疏忽，偏要这么大惊小怪的，真是一点道理也没有。自从四年前我招来那次地震之后，我一直都没有忘记祷告。"

"摩尔第！你怎么这么说！你忘了那次黄热病了吗？"

"亲爱的，你老是把那次黄热病怪到我身上，我觉得那是完全不近情理的。即使你要打个电报到孟斐斯那么远的地方去，也得转站才行，我在祷告上面这一点小小的疏忽怎么会影响那么远呢？我承认我惹来了地震，因为那是发生在附近一带的事情。可是不能把每一桩坏事都赖在我头上……"

（唑！砰砰！砰哗啦啦！）

"啊，哎呀，哎呀，哎呀！我肯定刚才这一下打中什么东西了。我们活不到明天天亮了。我们死了以后，你应该记住你说的那些不干不净的话，要是这对你有好处的话，摩尔第！"

"啊！又是怎么回事？"

"你的声音好像是……摩尔第，你当真是站在了敞开的壁炉那儿吗？"

"我正在犯这个罪。"

"赶快离开那儿！你好像是打定了主意要把我们通通毁掉。你难道不知道敞开的烟囱是传电最厉害的地方吗？现在你又跑到哪儿去了？"

"我站在窗户这儿。"

"啊，你积积德吧！你发神经病了吗？赶快离开那儿，马上走！连抱在怀里的小娃娃都知道雷雨天的时候站在窗户跟前是非常危险的。哎，哎，我知道我决不能活到天亮了！摩尔第！"

"唉。"

"是什么东西在那儿沙沙地响？"

"是我。"

"你在干什么？"

"在找我的裤腰哪。"

"快！快把那东西丢掉！我知道你会故意在这种时候把这种衣服穿上，所有的大学者都说毛料会吸引雷电的，你又不是不知道。啊，天哪，天哪，现在一个人遭受天灾还不够，你还要想方设法增加这种危险！啊，别唱了！你在想些什么？"

"那有什么关系呢？"

"摩尔第，我要是跟你说过，那就跟你说过一百遍了：唱歌会引起空气的震动，而空气的震动妨碍电流的流动，结果就……你把那扇门打开究竟是干什么？"

"哎呀，你这婆娘，那有什么关系？"

"什么关系？性命攸关。稍微有点常识的人都知道让风吹进来就等于把雷电引进来。门还没关上一半呢，快关紧吧，赶快，否则我们全都完蛋了。啊，在这种时候和一个疯子关在一个屋子里真是倒霉透了。摩尔第，你又在干什么？"

"没干什么。这屋子里实在闷热得难受。我开下水龙头，洗洗脸和手。"

"你简直是一点儿脑筋都没有了！雷电打到别的东西上的概率是一，那它打到水上的概率就是五十。求你把它拧上吧。啊，天哪，我知道绝对没有什么办法可以挽救我们。我好像觉得……摩尔第，那是什么?"

"这是一张照片。把它碰下来了。"

"你是紧靠着墙了! 我从来没听说过有你这么粗心的! 你难道不知道墙是传电传得最快的吗? 快离开那儿! 你还想骂人了。啊,你怎么可以坏到这样不可救药呢? 你一家人都被危险包围着呀! 摩尔第,你是不是照我给你说的,订了一副鸭绒床垫?"

"没有,忘了。"

"忘了! 说不定这会要了你的命。如果我们有鸭绒床垫的话,就可以把它铺在屋子中间,躺在上面,那就高枕无忧了。进来吧,赶快进来,免得你再有机会干出胡闹的事情。"

我试了一试,可是小柜子关上门就容不下我们两个,除非我们情愿闷死。我喘了一阵,然后挣扎着出来了。我老婆大声喊道:

"摩尔第,一定要找个办法让你保持安全。你把壁炉架上放着的那本德文书拿给我,还有一支蜡烛。可是你别点着它,给我一根火柴,我在这里面来点。那本书里好像有些办法。"

我找着了书,代价是牺牲了一只花瓶和几件容易打碎的东西。我太太就点着蜡烛把自己关起来了。我获得了片刻的安宁。然后她又开始了:

"摩尔第,那是什么声音?"

"没什么,是只猫。"

"猫! 啊,天啊! 快抓住它,把它关在脸盆柜里面。一定要快,亲爱的,猫浑身可都是电。经过这一夜可怕的危险,我的头发一定都得吓白了。"

我又听见了那闷住的低沉哭声。要不为了这个,我绝不会在黑暗中动手动脚地乱闯一气。

我只能去执行这项任务,爬过椅子,碰到各种障碍物,都是硬的,而且大多数边上都是很锋利的。我终于抓住了小猫咪,把它关在脸盆柜①里。结果碰坏了许多家具,小腿也碰肿了,估计损失有四百多元。然后鞋柜里

---

① 上面放有面盆,旁置水罐的小柜。

传出这么几句闷声的话：

"这上面说最安全的办法是站在屋子里的一把椅子上，摩尔第。椅子腿必须用绝缘体包住才行。这样吧，你必须吧椅子腿都放在大玻璃杯里。（哐！砰哗啦啦！轰隆！）啊，又来了！赶快吧，摩尔第，别叫它打中了。"

我设法找到了大玻璃杯。我拿到手的是最后四个，其余的通通打破了。我把椅子的腿垫好，再请求下一步的指示。

"摩尔第，这上面说，'雷雨时，不可将一些金属物，如指环、钟表、钥匙等物件带在身上，也不可将其随意放置：如将很多金属物放在一起，或将它们与其他物体连接起来，不论是在灶上，火炉，铁架上或其他同类的物体上。① 这是什么意思，摩尔第？这是说你应该弄些金属在身边呢，还是应该与金属隔离呢？"

"啊，我也不大明白。这句话好像有点含糊。德文书里所说的方法好像也有些含糊。不过我想那句话是属于语格的，有些地方为了对称，掺进了一点儿属格和对格。所以我猜这是说你必须弄些金属在身边。"

"对呀，一定是这个意思。这么讲才有道理。你知道避雷针就是金属做的。快把消防队的钢盔戴上，摩尔第，那差不多全是金属的。"

我找到了钢盔，并把它戴上。在炎热的夜里，屋子有关的很严，那实在是一个很笨重、很不舒服的东西。连穿着睡衣都似乎超过了我的实际需要。

"摩尔第，你的腰部也应该保护一下。把你在民兵队用的马刀带在身上，好吗？"
我遵命照办了。

"还有，摩尔第，你应该想个办法保护你的脚。把马扎子带上吧。"
我一声不响，尽量地忍住气照办了。

"摩尔第，书上说，'雷电交作时十分危险，因为钟本身由于空气流动而发出的震鸣，以及图尔姆山（德国北部土高山）的高度，可能吸引雷

---

① 原文为德文。

电。'① 摩尔第，这是不是说在有雷雨天的时候敲教堂的钟，就不会有危险呢？"

"对了，似乎就是这个意思，而且这句话里用的是单数、主格、过去分词，我猜就是这个意思。是呀，你看这句话说教堂的钟楼太高，里面又没有风②，所以遇到暴风雨的时候要是不敲钟，那就十分危险③。并且还有，你看，这句话的措词就……"

"别管它那么多，摩尔第！别用宝贵的时间来说废话了。快把那吃饭打的铃拿来，就放在门道里。赶快，摩尔第，亲爱的，这样我们就安全了。啊，亲爱的，我的确相信我们终于可以得救了。"

我们那所避暑的小别墅在一座高山的顶上，向下看可以俯视整个山谷。在我们附近有几个农庄，最近的相隔只有三四百码的距离。

我站在椅子上，使劲把那只铃摇得当当地响，七八分钟之后，我们的百叶窗突然从外面被人拉开了，有人把一盏晃眼的牛眼灯④在窗口伸进来，随即有人粗声问道："这儿究竟出什么事了？"

窗口挤满了人头，那些头上尽是眼睛，睁得大大地盯着我的睡衣和我那副雄赳赳的装备。

我扔掉手里的铃，慌慌张张地从椅子上跳下来，说道：

"并没出什么事，朋友们，不过是因为外面的雷雨，有点担心罢了。我正在躲避闪电哩。"

"雷雨？闪电？哈，迈克威廉士先生，你发神经病了吗？今晚上天气多好，满天星斗。根本就没有风雨呀。"

我往外面望了一下，惊讶得说不出一句话来。随后我说：

"我不懂这是怎么回事。我们明明从窗帘和百叶窗缝里看见一道道闪电的光，也听见了雷响。"

那些人一个个笑得倒在了地上，其中有两个人笑死了。活着的人当中

---

① 原文为德文。

② 德文：不通风。此处先生在此词前使用否定，是错误的。

③ 德文。

④ 当时夜间在外巡逻时常用的上面镶嵌凸透镜的提灯。

有一个说道：

"可惜你没想到打开窗户往对面那座高山顶上望一望，你们听见的是炮声。看见的是放炮的火光。你知道吗？半夜里的电报传来一个消息，加飞尔①被提名为总统候选人了，原来是这么回事！"

"呵呵，吐温先生，开头我就在说，"迈克威廉士先生说道，"预防雷电的办法有很多，好的也不少，所以在我看来，世界上最不可思议的事情就是居然还会有人能够让雷打着。"

他一面说着，一面拿起他的小皮包和雨伞走了，因为火车已经开到了他所住的镇上。

---

① 美国第二十届总统，1881 年上任，四个月后便被刺杀。

谈撒谎艺术的没落

这篇供探讨的学术论文，曾在哈特福德历史博古俱乐部的一次会议上被宣读，被推荐为"三十元奖"的应征论文。现在第一次刊出。

诸位请注意：这里我的意思并不是说撒谎之风已经衰退，或者受到阻挠。不，作为一种美德，一种主义，撒谎是永久存在的；而作为一项娱乐，一种安慰，一件在迫切需要时可以救急解围的法宝，作为第四位仙女、第十位女神，作为对人类最有益、最可靠的朋友，谎言是永世不朽的；只要这个俱乐部存在，谎言就会在人世间永远存在。我之所以在这里抱怨，无非是惋惜撒谎艺术正在没落而已。

没有一位高风亮节的人士，没有一位大义凛然的人士，看到当今这种迟钝笨拙、破绽百出的谎言，能不发出哀叹，哀叹一门高贵的艺术竟然被这样蹂躏。现在要叫我在精于此道的诸位先生面前班门弄斧，我当然感到有些羞愧，这就像是一个老姑娘试图教导以色列的母亲怎样养育孩子一样。诸位先生，你们几乎全都是我的前辈，在这个问题上全都是我的师长，我是没有资格向你们提出任何批评的，所以，如果看来我竟然像是在某一点上不小心触及到了你们的缺点，那么，请相信我，在多数情况之下，实际上我更可能是在赞扬你们的优点，而不是在找你们的错误。坦率地说，如果这一门最最优美的艺术能够在所有的地方都受到重视，获得鼓励，被大家认真地训练，加以发扬，正像这俱乐部里的会员们一心要做到的那样，那我也就不必再这样为它伤心落泪了。

我说这一番话，并不是向谁阿谀奉承，而是出于对这门艺术衷心的欣赏（我原来打算谈到这里的时候，要提到某某几位的大名，举出一些示范的例子，但是，后来注意到了四周的某些迹象，我认为最好还是避免谈那些细节，还是将讨论的内容仅限于一般范围内吧）。

以下这一点是毋庸置疑的：在我们的生活环境中，撒谎已成为一件必不可少的事，至少我认为它是一件美德，这一结论也是不容置疑的。没有一种美德能够不经过认真、刻苦的修炼而达到它最富有裨益的至高境界。所以，这种美德必须在公立中学里进行教导，在炉边展开讨论，甚至在报纸上加以宣传。这一点也是毋庸置疑的。那些冥顽不灵、未经训练的撒谎者，一旦遇到了另一些刻苦钻研的专家，这叫他们怎么会有取胜的机会呢？如果我遇到了作伪……遇到了一位律师，叫我怎能有占上风的机会呢？这世界就是需要那种说来头头是道的撒谎者。我有时候这样想，我们与其违情背理地撒谎，还不如索性不撒谎更为适当，也更为安全。一套前言不搭后语、语无伦次的谎言，常常会和真话同样地不起作用。

现在让我们再来看看几位哲学家说些什么吧。请注意这一句令人钦佩的格言："儿童和傻子永远说实话。"由此得出的结论很明显，成年人和聪明人都会撒谎。历史学家帕克曼说："真理的原则，本身就可能发展成为谬论。"他又在同一章内的另一个地方说："这是一句古训：不应当把真话挂在嘴上。那些由于内疚作祟而惯于违反这条准则的人，只能说明他们不但自己愚蠢，而且还给他人招来麻烦。"这句话措辞虽然有些过激，但说的却是实情。我们谁也不会和一个习惯说真话的人一起生活。感谢上帝，我们谁也不必这样做。习惯说真话的绅士，实在是令人无法想象的绅士；如今他已不复存在，过去他也不曾有过。当然，有一些人自以为从来不撒谎，然而事实并非如此，正是这种没有自知之明的人，使我们所谓的文明蒙受了耻辱。每一个人都在撒谎，每一天，每一小时，每一分钟；清醒的时候，熟睡的时候，做梦的时候；快乐的时候，悲伤的时候；即使他的舌头没动，他的手、他的脚、他的眼睛、他的神态也都在进行撒谎，而且是存心撒谎。即使是在讲道的时候……当然，我这话早已是陈词滥调了。

从前我住在一个遥远的地方，那地方的小姐太太们常常到处串门，互相拜访与回访，在"想要彼此会面"这一富有人情与表示亲切的幌子下；但每次一回到家里，她们就欢呼道："瞧，我们走了十六家，其中有十四家都没被我们撞见。"这里并不是说，她们没撞见那十四家人是什么不好的事情。不，那只是一句口头禅，意思是说那些人都不在家，只从她们这种说话的口吻中就可以听出，这一情形正和她们的心意。这里她们自称要去看望那十四位，以及不幸真的碰见了的那另外两位，就是一种最平常的、最斯文的撒谎，我们尽可以将其形容为"对真实话的歪曲"。

你问这件事做得对吗？当然对。而且这种行事风格是美好的，是高尚的。因为它的目的并不是要让自己得到什么好处，而是要使那十六位感到高兴。一个铁石心肠说实话的人，会明白地表示，或者甚至直率地说破，他并不想要拜访那些人。但如果那样说话，他就成了一头笨驴，他会给别人招来完全不必要的麻烦。再说，那个遥远地方的小姐太太们，得啦，我就别去提她们啦，反正她们有着无数种讨人欢心的撒谎方法，而那些方法都是出自良好的目的，应当将这一切归功于她们的智慧，应当为这一切嘉奖她们的善意。这里我也就不再一一加以列举了。

再说，那个遥远地方的男士也是习惯于撒谎的。他们所有人都是的。只听他们说那句"您好吗"就知道是在撒谎。因为他们，除了做殡仪馆生意的，并不把你的健康放在心上。对一般提出这一问题的人，你的回答也是在撒谎，因为你并没认真检查自己的身体，而只是信口答复一句，所以那句话往往是与事实大相径庭的。如果你向做殡仪馆生意的人撒谎，说你的健康日益衰退，那倒是一句完全值得推荐的谎言，因为你说这话时自己并未遭到损失，而对方听了这话却会感到高兴。

如果有一天陌生人来看望你，打扰了你，你就会一边嘴里热情地说："我真高兴见到您。"一边心里却更热情地说："希望你会遇到食人族，而且是在他们要吃饭的时候。"到了他临走的时候，你又依依不舍地说："这就要走了吗？"接着还要补上一句："下次再过来呀。"但是，你的这种做法也并没有错，因为你并没有在欺骗谁，也没有要伤害谁，如果这时候一切都照直说，那就会使你们双方都感到不愉快了。

我认为，凡是这一类礼节性的谎言，都是属于一门美妙的、仁慈的艺术，人们都应当具有这种艺术修养。最完美的礼貌，完全像一座壮观的大厦，它从基底直到圆顶，都是利用公正无私的谎言，以优美文饰的形式建造而成的。

使我觉得悲哀的倒是那越来越风靡的令人厌恶的实话。现在就让我们尽最大的努力去消灭它吧。一句伤害人的实话，并不比一句伤害人的谎话更好。这两种话都是我们不应该说的。那些由于担心不说出伤害人的真话就不能让自己的灵魂安心的人应当想到，像他那样的灵魂，实在是不值得一救的。对那由于要让一个可怜人摆脱困境而撒了句谎的人，天使肯定会说："瞧呀，这里有一个英勇的灵魂，他为了帮助邻居，竟然不顾自己的利益。让我们一起来赞美这位崇高伟大的撒谎者吧。"

说伤害人的谎话，是一件不足效法的事；说伤害人的真话，同样是一件不足效法的事，法律之所以禁止破坏名誉，就是认识到了这一点。

在其他经常使用的谎话当中，还有一种无声的谎话，用这种谎话进行欺骗时，我们只需保持缄默，不将真情透露就行了。许多坚持说实话的人，都尽量在这方面下工夫。根据他们的想象，只要没把谎话明说出口，他们就根本算不上是在撒谎。

在那个我曾经住过的遥远的地方，有一个善良的太太，她的动机一向是善意的、纯洁的，而她的品德也是非常高尚的。有一天，我在她家里吃晚饭的时候，随便地谈到了我们都是撒谎者。她大为惊讶，说："不都是的吧？"那还是在《皇家军舰"平纳福"号》时代以前，所以我没像现在这样回答她，但仍直言不讳地说："是的，都是的，我们都是撒谎者，没一个例外。"她露出几乎恼怒的神情，说："那么，您连我也给包括在内吗？""当然，"我说，"我认为，您甚至是一位精于此道的专家。"她说："嘘嘘！孩子们！"于是，由于孩子们在旁边的缘故，我们就换了一个话题，而是去谈一些其他的事情。可是，等到孩子们一走开，那位太太就迫切地重新谈到那件事，说："我定了一条生活准则，绝对不说一句谎话，我从来也没有背离过那条准则。"我说："我根本无意冒犯您，或者侮辱您，可是，说真的，自从我在这儿坐下的时候起，您就一直在无中生有地撒谎。这使我感到很不舒服，因为我不习惯于这一套。"她要我举出一个例子，只要举出一个例子。于是我说：

"那么，好吧，上次您小外甥的病势很危险，您请了一位护士来照顾他，瞧这儿还有一份没填的调查表副本，是奥克兰医院里的管事叫那位护士带来的。表格上提出了所有与护士服务相关的问题：'她守夜的时候睡觉了吗？她忘记给病人喂药了吗？'等等，等等。表格上还提醒您：回答这些问题的时候，请您务必非常慎重、非常明确。因为为了保证服务质量，对凡是失职的护士都要毫不留情地处以罚款，或者予以其他处分。您曾经对我说过，您非常喜欢那位护士，说她有无数个优点，但只有一个缺点，那就是，您发现她在这方面很不可靠：她根本没把约翰尼的身体裹好，她只顾整理温暖的被子，而让孩子在冰冷的椅子上等着。您填好了表格的另一份副本，由护士亲自带回医院。表格上有这样一条：'护士可曾因为一次疏忽大意而导致病人着凉吗？'您是怎样回答这个问题的呢？这么着，现在就让咱们在加州这儿打一次赌：一角赔十块，我保证您回答那个问题的时候撒了谎。"她说："我没撒谎，我只是让那一条空着没填！"

"是呀，您那样就是撒了一个无声的谎，您那样在表格上空着不填，就会让对方推想到您在那个问题上没发现任何缺点。"她说："啊呀，难道那是撒谎不成？她是那样一个好人，叫我怎么忍心挑出她一个缺点呢？那样做未免太狠心了。"我说："一个人遇到可以用谎话做好事的时候，照例必须说谎。您的动机是善意的，然而您还有点缺乏判断是非的能力。这是由于您缺少智力练习的缘故。现在就请注意由于您这样笨拙地歪曲事实而造成的后果吧，您知道，琼斯先生的威利患猩红热，病情很重。哎，由于您那次热心推荐，那位小姐就到他家照顾威利去了，筋疲力尽的一家人都放宽了心，于是呼呼大睡了十四个小时，很信赖地把他们的小宝贝托付给了那个会上演一幕悲剧的人，而这只是因为您像小乔治·华盛顿，是一位著名……可是，如果您再不去想点儿补救的办法，那我明天就要来这儿，和您一同去参加一次葬礼了，因为无须多说，您对威利的事一定特别关心，真的，就像做殡仪馆生意的人一样把那件事看成是自己切身的事。"

但是，这样一来，就糟糕了。我的话还没说完一半，她已经登上马车，以每小时三十英里的速度奔向琼斯公馆，去抢救那一息尚存的威利，根据自己所知道的一切，揭发了那个不负责任的护士。其实这都是不必要的，其实威利并没生病，是我撒了一个谎。然而，就在那一天，她还是写了一封短信给那家医院，补填了那条空白，并尽可能一丝不苟地说明了事实。

现在诸位可以看到，这位夫人所犯的错并不在于撒谎，而是在于不会撒谎。她应当是先说出真话，然后再在表格上添一句虚伪的赞美话，敷衍一下那位护士。她可以这样写："在某些方面，这位护士的服务态度好到了极点，她护理病人的时候，是从来不打鼾的。"只要加上一点儿委婉动听的谎话，就可以使那令人讨厌、不必要的真话不再刺痛人家。

撒谎一事是举世通行的，我们全都撒谎；我们全都必须撒谎。所以，最聪明的办法就是让我们勤奋地训练自己，把谎话说得振振有词、头头是道。撒谎时所抱的目的必须是善良的，而不是邪恶的；撒谎是要为了他人的受益，而不是为了私人的利益；撒谎是要给人安慰、显示仁慈、存心忠厚，而不是要对人狠毒、造成伤害、蓄意中伤；谎话要说得优美大方、委婉动听，而不是听起来别扭、显得笨拙；撒谎时要坚定、坦率、光明磊落、怡然自得，而不要结结巴巴、转弯抹角，带着一副羞怯自卑的神气，好像对我们这份高尚的职业感到惭愧。只有这样，我们才能消除那些讨厌的、害人的、腐蚀着整个国家的真话。只有这样，我们才能变得伟大、善良、美好，不愧为这个世界的主人，在这个世界上，除了讲述天气好坏，连仁慈的造物主也是善于撒谎的，再说……我可是刚开始学这门高贵的艺术，只不过是一个后辈。我没有资格指导这个俱乐部里的各位成员。

笑话就说到这儿为止，我认为，既然我们所有的人都必须撒谎，而且事实上所有的人都经常撒谎，那我们就很必要用心思考一下，想想哪几种谎话是最好的，是善意的，是可以尽情地说个痛快的，哪几种谎话又最好是应当力求避免的。而这件事，正是我认为可以放心大胆托付给这个俱乐部里经验丰富的会员们，这里的所有人是一个艺术造诣达到炉火纯青的团体。说这话我毫无过分奉承之意，因为在这方面，诸位应当被称为老一辈的大师呀。

1882 年

迈克威廉士夫妇对膜性喉炎的经验

（一位有趣的纽约绅士迈克威廉士先生在旅途中告诉作者的故事。以下是他的口述）

啊，我跑题了，给你说了半天膜性喉炎这种可怕的不治之症在城里到处传染，把所有的母亲吓得要命的情形，现在再回到本题来谈吧。我叫我太太当心我的女儿小皮奈罗比。我说：

"亲爱的，我是你的话，我就不让那孩子嚼那根松枝。"

"亲爱的，这有什么坏处吗？"她说，可是同时她却准备把那根松枝拿开。你知道的，结了婚的女人，哪怕是听到非常有道理的意见，也非要和你强辩不可。

我回答说：

"宝贝，谁都知道，松树是最没有营养的木头，小孩子最好不要吃。"

我老婆手正要伸着去拿那根松枝，听了我这话偏偏把手缩了回来，放到膝盖上。她显然愤怒地抬起头来说：

"老伴，你怎么这么糊涂。你明知不是那么回事。医生们都说松木里的松脂精对背痛和肾脏都有好处呀。"

"啊，原来是我弄错了。我不知道这孩子的肾脏和背脊骨出了毛病，我们的家庭医师主张用……"

"谁说我们孩子的背脊骨和肾脏出了毛病？"

"亲爱的，你的话里有这个意思呀。"

"胡说！我根本没有这个意思"

"啊，亲爱的，两分钟前你才说的，你说……"

"你管我说什么！你别管我是怎么说的。孩子嚼松枝根本没有妨碍，只要她高兴嚼，那就让她嚼呗。哼！偏让她嚼，怎么样？"

"行，别说了，亲爱的。我现在明白你这番道理的说服力了，我现在就去买两三捆最好的松枝来。只要我活着，可不能叫我的孩子缺少……"

"啊，拜托你快去上班吧，让我安静一会儿。我随便说句什么话，你都非要抬扛不可，老在那儿吵呀吵的，你简直就不知道你说的是什么，你老是这样。"

"好吧，就算你说得对。可是你最后那句话不大合逻辑，你说……"

但是还没有等我说完，她一转身就走了，把孩子也带了去。等到吃晚饭的时候，她脸色发白地对我说：

"啊，摩尔第，又是一个！小乔吉·戈登也染上了。"

"膜性喉炎吗？"

"是啊。"

"他还有希望吗？"

"绝对没救了。天啊，我们怎么得了呀！"

过了一会儿，一个保姆领着我们的皮奈罗比来和我们道晚安，并且让她按照惯例伏在母亲怀里做祷告。正说到"现在我就去躺下来睡觉"时，她轻轻地咳嗽了一声！我的老婆把身子往后一靠，好像突然得了死症的人那样。不过她马上就站起来，手忙脚乱地干着一些由恐怖引起的事情。

她吩咐保姆把孩子的小床从育儿室搬到我们的卧房里，而且她亲自跑去监督保姆执行这道命令。当然她是把我带去的。我们很快就把一切安排好了。还在我老婆的梳妆室里给保姆搭了一张临时铺。可是这下子她又说现在我们离另外那个孩子太远了，万一他在夜里也有什么发病的迹象怎么办呢？说着说着她的脸色又发白了。

我们只好又把小孩的床和保姆的床搬回到育儿室里去，在靠近的房间里给我们自己搭了一张床。

可是我太太马上又说，万一小娃娃又染上皮奈罗比的病怎么办？这个想法又使她心里多了一种新的恐慌，于是我们大家一齐动手又把孩子的小床从育儿室里再搬出来。老婆嫌不够迅速，不能叫我老婆满意，虽然她还亲自帮忙，而且在她那急得要命的动作中，几乎把那小床扯得粉碎。

我们搬到了楼下，可是那儿没有地方安顿保姆，而我太太又说保姆的经验对孩子是有非常大的帮助的。于是我们又往回搬，连捆带包的，再搬到我们自己的卧室里。尽管疲惫不堪，我们还是感到很高兴，就像饱受风吹雨打的鸟儿回到了它们的巢那样。

我太太又飞快地跑到育儿室里，看看那儿的情形怎样。她一会儿就回来了，心里又有了一种新的恐惧。她说：

"今天孩子怎么睡得这么酣呢？"

我说：

"噢，亲爱的，我们的孩子睡觉向来都是像个雕像一样。"

"我知道，我知道。可是今天他睡觉的神气确实有点特别。好像是……好像……他好像是呼吸得太正常了。啊，这可有些可怕。"

"可是，亲爱的，他向来呼吸得很正常啊。"

"啊，我知道，可是今天的情形却有些可怕。他的保姆太年轻了，经验不够。叫玛丽亚去和她在一起才行，出了什么事她正好随时帮忙。"

"这个主意倒不错，可是谁帮你的忙呢？"

"我有什么事可以叫你帮忙，像现在这种时候，我才不会叫别人干什么，我全都自己来。"

我说我去睡觉，让她一个人守着孩子熬一整夜，未免过意不去。不过最终她还是说服我了。于是年老的玛丽亚走了，回到育儿室里她的老地方去了。

皮奈罗比睡着之后又咳嗽了两次。

"啊，医生为什么还不来！摩尔第，这屋子太热了。这屋子一定是太热了。把火炉的风门关上吧，快点！"

我把它关上了，同时看了看寒暑表，心里只是纳闷儿，不知七十度对于一个有病的孩子来说怎么会太暖了。

这时候马车夫从城里回来了，他带来的消息是我们的医生也病了，躺在床上起不来。我太太用阴沉的眼神望着我，用低沉的声调说：

"这真是天意。难道是命中注定了？他从来没有病过。从来没有。摩尔第，我们的生活过得很不得法。我告诉过你很多次。现在你看到结果了吧。我们的孩子不可能好了。你要是能够原谅你自己，那就算你有福气。这辈子我都不会原谅自己了。"

我说我不明白我们过的生活竟然是那么胡闹，我说这话并不是故意和她过不去，而是她的措词确实有失考虑。

"摩尔第！你想要娃娃也遭到报应吗？"

于是她哭起来了，可是忽然又喊道：

"医生一定捎了点药来吧！"

我说：

"当然。在这儿呢。我就等着机会跟你说呢。"

"好吧，快拿来给我！你不知道现在每一分钟对于孩子来说都是无比宝贵的吗？但是既然这个病没法儿治，那又拿些药来干什么？"

我说只要孩子还活着，我们就有希望。

"希望！摩尔第，你简直不知道你在说什么梦话，真不比一个没出娘胎的孩子强。你要是……唉，活见鬼，药瓶上写着每小时服一茶匙！每小时服一次！好像我们还有一整年的时间来挽救这孩子似的！摩尔第，请你赶快！给小家伙一汤匙，千万要快！"

"唉，亲爱的，一汤匙恐怕会……"

"别把我急疯了吧！……唉，唉，唉，亲爱的，我的好人，我知道这药很苦，可是对奈莉有好处，能治我们的宝贝孩子的病，她吃了就会好的。好了，好了，好了，把她的小脑袋放到我的怀里，快去睡觉，过一会儿……啊，我知道她活不到明天早上了！摩尔第，每隔半小时喂她吃一汤匙，那就……啊，这孩子还需要吃点莨菪，对了，她还应该吃附子。拿来吧，摩尔第。你让我爱怎么办就怎么办吧，你对这些东西一点都也不懂。"

好不容易弄完这些，我们才上床去睡觉，孩子的小床靠着我老婆的枕头放着。这一阵乱糟糟的事情把我弄得筋疲力尽，不到两分钟，我就迷迷糊糊进入半睡的状态。可是我太太又把我叫醒了：

"亲爱的，火炉的风门打开了吗？"

"没有。"

"我早就料到了，马上把它打开，这屋子里太冷了。"

我把它打开，马上又睡着了。可是我又被叫醒过来：

"亲爱的，你把小床搬到靠你那边点行不行？那儿离风门近一点，暖和一些。"

我只好把它搬了过来，可是不小心碰了一下地毯，把孩子惊醒了。我又迷迷糊糊睡着了，我老婆把受罪的孩子哄住。可是只过了一会儿，我又在云里雾里的非常困倦之中隐隐约约地听到这么一句话：

"摩尔第，我们要是有点儿鹅脂油才好呢，你按下铃好吗？"

我半睡半醒地爬起来，一下子踩到了一只猫，它哇的一声提出抗议。我想教训它一下，于是猛踢了一脚，可是一把椅子替它受了委屈。

"喂，摩尔第，你为什么拧开煤气灯，这样会把孩子弄醒的。"

"因为我要看看我的脚伤得怎么样，卡罗琳。"

"唉，那你也看看那把椅子吧，我相信它肯定被你踢坏了。可怜的猫儿，要是你……"

"我可完全不打算替猫设想。要是玛丽亚留在这儿，由她来做这些事情，那根本就不会出这种岔子，这些事她干才在行，本不该轮到我头上。"

"唉，摩尔第，我觉得你说这种话未免太难为情。在这种倒霉的时候，我叫你做几桩小事，你居然还觉得不应该，那真是不像话？你看看我们的孩子……"

"好了，好了，随便你叫我干什么我都干。可是他们都睡觉了，我不能按铃把他们吵醒。鹅脂油在哪儿？"

"在育儿室的壁炉架上。你上那儿去给玛丽亚说一声……"

我把鹅脂油拿来，躺下睡着了。可是我又一次被叫醒：

"摩尔第，实在不愿意再打搅你，可是屋子里还是太冷，我不能给孩子敷这东西。你把壁炉点着了吧？什么都准备好了，只要点一根火柴就行了。"

我精疲力竭地爬起来把壁炉点着，然后坐下来，心里很不痛快。

"摩尔第，别坐在那儿，着了凉可是要命的，快上床来吧。"

我正往床边走，她又说：

"可是等一会儿，你再给孩子吃点药吧。"

我照办了。孩子吃了这种药精神多少有些旺盛，所以我老婆就趁着她醒的时候脱光了她的衣服，给她浑身涂上鹅油。我刚睡着不久了，可是又不得不起来。

"摩尔第，我觉得有风。我清清楚楚觉得，的确是有风。这种病一着风，那可是最糟糕不过。请你把小床搬到壁炉前面吧。"

我遵命去办，结果又碰到了地毯，我就干脆把它丢到了火里。我太太连忙从床上爬起来，把地毯从火里救了出来，还和我拌了几句嘴。我再次获得了一段极短时间的睡眠，然后又奉命起来，找来了一副亚麻子敷药。这副敷药敷在孩子的胸前，让它在那儿担任治疗的职务。

木头生的火是不经久的。每过二十分钟我就要起来添木柴，这就使我太太有了机会，把喂药的时间缩短到十分钟，对此她感到非常满意。有时候我还需要把亚麻子敷药重新弄一下，再弄些芥子泥之类的药膏在孩子身上还没有涂药的空地方给她敷上。唉，天快亮的时候，该死的木柴又用完了，我老婆叫我下楼到地窖里再取一些上来。我说：

"亲爱的，这是件很吃力的事情，况且孩子已经加了衣服，足够暖和了。你看我们是不是可以再给她加上一层敷药，再……"

我的话没有说完就被打断了。我费了不少时间，费了老大的劲把木柴从下面搬上来，然后又上床躺下，打起鼾来，这是只有一个气力用尽和精神疲乏到极点的人才有的现象。天刚刚大亮的时候，我觉得有人在我肩膀上捏了一下，这使我突然神志清醒了。我老婆瞪着眼睛望着我直喘气。等她能开口说话的时候，她说道：

"一切都完蛋了！完蛋了！孩子在出汗！怎么办呀？"

"哎呀，你简直把我吓坏了！我怎么知道怎么办！她是不是太热了？我们把她身上的药膏刮掉，再把她放到通风的地方。"

"啊，你这个白痴！一分钟也不能再耽误了！快去请医生来。你亲自去。告诉他非来不可，不管死活。"

那可怜的医生被我从床上拽下来，拉到了我们家。他诊断了一下，说她不会死。我高兴得无法形容，可是我老婆简直气疯了，好像是医生的话侮辱了她的智商。然后医生说孩子的咳嗽只不过是嗓子有点儿痒或是什么不舒服引起的。我老婆听了这话，有了想撵他出去的冲动。但是医生说只有孩子咳得凶一点，好把那毛病咳出来。所以医生给孩子吃了一点什么药，结果她大咳特咳了一阵，一会儿之后从她嘴里咳出了一小块木屑样的东西。

"这孩子并没有害膜性喉炎，"他说，"她就是拿一小块松木板之类的东西在嘴里嚼，弄了点碎片在嗓子里了。这不会对她有什么妨碍的。"

"是呀，"我说，"我很相信你的话。根据我太太的理论，碎片里面所含的松脂精对于孩子们很有好处哩。让我太太给你说明一下吧。"

这次她没有作声。她带着轻蔑的神气转过身去，离开了孩子的房间。从此以后，我们的生活中有了一段我们永远都不敢提起的插曲。于是我们的日子就在深沉和相安无事的平静气氛中一天天很顺利地过去了。

1878 年

卡拉维拉斯县驰名的跳蛙

一位朋友从东部给我寄来了信，让我去拜访和蔼健谈的西蒙·威勒，向威勒打听他的朋友里昂尼达斯·万·斯迈雷的下落。这件受人之托的事究竟结果如何，我来作个交代。事后我琢磨着，这位里昂尼达斯·万·斯迈雷恐怕是瞎编出来的，我朋友根本就不认识这么一个人。我的朋友准是策划着：只要向老威勒一打听，他马上就会联想起那个无聊的吉姆·斯迈利来，之后他就会打开话匣子，把那些又臭又长、和我毫不相干的陈年旧事抖搂出来，足以把我烦得要命。如果这是我的朋友存心这么干的，那他就如愿以偿了。

在破破烂烂的矿山屯子安吉尔那儿有一座歪歪斜斜的酒馆，像个慵懒的乞丐。我见到西蒙·威勒的时候，他正靠着吧台旁边的炉子舒服地打盹儿。他是一个胖子，秃脑门，一脸安详，透着和气与朴实。看到我进门，他站起来，问了声好。我告诉他，是我朋友托我来打听一位儿时的一位密友，这个人的名字叫里昂尼达斯·万·斯迈雷，听说这位年轻的传教士曾在安吉尔屯子里住过。我又加了一句："如果威勒先生能把里昂尼达斯·万·斯迈雷牧师的消息告诉我，我将感激不尽。"我被西蒙·威勒逼到墙角，他用椅子挡住了我的去路，然后向我讲了一大通枯燥无味的事情。他脸上既不露一丝笑容，也不皱一皱眉头，从第一句开始，他用的就是四平八稳的腔调，没有变过。他绝不是生性就爱唠叨的人，因为在他收不住的话头里透着认真和诚恳的感人情绪。按他的想法，别管这故事本身是不是荒唐可笑，他都把讲故事当作一件重要事来办，而且对故事里的主人公推崇备至，认为他们都是智谋超群有勇有谋的大人物。我听凭他按照自己的思路讲下去，一直没有打断他。

　　"里昂尼达斯牧师，嗯，里牧师，嗯，这里从前确实有过一个叫吉姆·斯迈雷的，那是在 1849 年冬天，也许是 1850 年春天，不知道怎么了，我已经记不太清楚了，总归不是 1849 年就是 1850 年，因为他刚到这市镇的时候，那个大渡槽还没有修好呢。可是不管怎么样，你在这儿再也找不到一个比他更奇怪的人了。只要有人愿意和他打赌，他就绝对奉陪，碰上什么就赌什么。要是找不到，他就换到另外一边来也行。不管怎么样，别人想怎么赌，他都奉陪。不管什么情况，只要能赌得起来，他就很高兴了。即使是这样，他一直有好运气，出乎寻常的好运气，十有八九总是他赢。他老惦记着找机会打赌；无论大事小事，只要有人提出来，而且随便你挑哪一边，他都照赌不误。赛马的话，收场的时候如果他不是赢得满满当当，就是输得一干二净；如果斗狗，他赌；斗猫，他也赌；斗鸡，他还是赌；嘿，就是有两只鸟停在篱笆上，他也要跟你赌哪一只先飞起来。要是举行野外的布道会，他每次必到，到了就拿华克尔牧师打赌。他打赌说，华克尔牧师是这一带地方讲道讲得最好的。这是不用讨论的，他天性就是一位好人。要是他看见一只屎壳郎正在往前走，他就跟你赌它几天才能到一个什么地方。只要你答应和他赌，哪怕要去遥远的墨西哥，他也会跟着那只屎壳郎，看看它到底是不是去那儿了，路上得花几天时间。这儿的小伙子基本都见过斯迈雷，都可以给你讲讲这个人的故事。嘿，他的故事绝对不会重了样，不管什么他都赌，那家伙特有意思。有一回，华克尔牧师的太太病得不轻，有好几天的工夫，我们都认为她没救了。可一天早晨牧师来酒馆了，斯迈雷站起来问他太太怎么样，他说，全凭主的大恩大德，她好多了。看这势头，有主保佑，她还可以恢复健康。还没等他讲完，斯迈雷就冲旁边的人来了一句：'这样吧，我押两块五，赌她决不会好。'

　　"斯迈雷有一匹母马，小伙子们都管它叫'一刻钟老太太'。可是那不过是孩子们的玩笑话，它跑得肯定比这个快一点儿，而且他还经常靠这匹马赢钱呢。虽然它慢慢吞吞的，不是得气喘，生瘟热，就是有痨病，或者这一类乱七八糟的病。比赛中他们老是让它先跑两三百码，然后一下撵上它。可快要到终点的时候，它就抖起精神，拼出老命，拼命尥蹶子。四只蹄子四处乱甩，有的甩到空中，有的甩偏了踢到篱笆上，弄得尘土飞扬，再加上咳嗽、打喷嚏和喷鼻息的声音越来越响，场面闹闹哄哄的，结果每次跑到裁判席前头的时候，它都比别的马早一个头，刚好可以让人看得清楚。

"他还有一只小斗狗，光看外表你准以为它一文不值，只会坐在那儿闲着，一副贼溜溜的样子，光等着机会偷东西吃。可是，只要被他押上了赌注，转眼它就变了。它的下巴颏向前伸着，就像火轮船的前甲板，下槽牙都露了出来，牙齿像火炉一样放着光，似乎充满异样的感情。别的狗抓它、欺负它、咬它，接二连三地爬到它背上咬它的耳朵，可是安德鲁·杰克逊，这是那条狗的名字，老是觉得没什么大不了的，好像它情愿被欺负。那么押另一边的赌注一翻再翻，直到再没钱往上押的时候，它就一口咬住另一条狗的后腿，一直不松口，你明白吗，只咬住不松嘴，哪怕等上一年也不要紧，直到那狗认输。斯迈雷老是靠这条狗赢钱，直到遇上一条没后腿的狗，在它身上碰了钉子，那只狗的后腿被锯片给锯掉了。那一次，两条狗斗了很长时间，两边的钱都押完了，安德鲁·杰克逊扑上去咬它最爱咬的地方，立刻就发现自个儿上当了。怎么说呢，他当时好像是大吃了一惊，跟着就有点儿泄气的样子，再也没有努力去赢下那一场比赛，它让人骗惨了。它朝斯迈雷瞥了一眼，好像是说它伤心透了，这都是斯迈雷的错，不应该弄一只没有后腿的狗来让它咬，它斗狗本来就是靠咬后腿的嘛。后来，他一瘸一拐地走到了旁边，躺到地上就死了。那是一条好狗，安德鲁·杰克逊要是还活着，准能出名，因为他有一套本事，又聪明，我敢担保安德鲁·杰克逊有真本事，他什么场面没经过啊？一想起它最后斗的那一场，想到它的下场，我心里就难受。

"唉，这个斯迈雷呀，他还曾经养过捉耗子的狗、小公鸡、公猫，全是这一类乱七八糟的东西，不论你和他赌什么，他准和你做对手，跟你赌个没完没了。有一天，他逮到了一只蛤蟆，说是要带回家好好训一训。足足三个月，他什么事也不干，只待在后院里教那只蛤蟆跳高。你别不相信，他还真把蛤蟆给教会了。只要他从后头推蛤蟆一下，那蛤蟆就会像翻煎饼一样在空中打个转，也就是翻一个筋斗，要是劲头使对了，也许能翻两个，然后稳稳当当地四爪着地，就像一只猫那样。他还训练那只蛤蟆逮苍蝇，通过勤学苦练，练得那蛤蟆不论苍蝇飞出去多远，只要它能看得见，且在力所能及的范围内，它回回都能逮得着。斯迈雷说蛤蟆只要教一教就行，学什么会什么，这话我信。嘿，我就瞧见过他把丹尼尔·韦伯斯特放在那块地板上，那蛤蟆叫丹尼尔·韦伯斯特，大喊一声：'苍蝇，丹尼尔，苍蝇！'你简直来不及眨眼，蛤蟆就噌地照直跳起来，把一只停在那边柜台上的苍蝇吞下去了，然后像一摊泥一样'扑嗒'一下落在地上，还拿后腿抓耳挠腮，神态自若，简直就跟没有那回事一样，好像觉得自个儿也不比别的蛤蟆本事大。虽然它很有能耐，你还真找不着比它更谦虚、更爽直的蛤蟆了。从平地上规规矩矩地往上跳，它是你见过的所有蛤蟆中跳得最高的。从平地往上跳是它的看家本领，你明白吗？如果比这一项，斯迈雷就会拼命在他这一边押赌注。蛤蟆是斯迈雷的宝贝；要说也是，即使是那些见多识广的人也从来没见过这么棒的蛤蟆。

"斯迈雷把这小家伙放在一只小笼子里，时不时地带着它在大街上闲逛，设赌局。有一天，一个外乡的汉子，第一次到屯子里来，正碰上提着蛤蟆笼子的斯迈雷，就问：

"'你那笼子里头装的是什么东西呀？'

"斯迈雷爱理不理地说：'按照常理它该是个鹦鹉，也许呢，该是只金丝雀；可惜它偏不是，它是一只蛤蟆。'

"那汉子拿过笼子，把它转来转去，细细地瞅了一会儿，说：'嗯，还真是个蛤蟆，它有什么用处呀？'

"'噢，'斯迈雷满不在乎地说，'它有一个本事很了不起，它比这卡县地界里的任何一只蛤蟆蹦得都高。'

"那汉子又拿过笼子，仔仔细细地看了好半天，才还给斯迈雷，从从容容地说：'是吗？'他说，'我可看不出它有什么了不起，还不是和别的蛤蟆一样嘛。'

"'也许你没瞧出来，'斯迈雷说，'对蛤蟆，你也许是个内行，也许是个外行；也许你有经验，也或者什么都不是；这么说吧，或者只是个看热闹的。不管你怎么看，我有我的看法，我赌四十块钱，敢说这蛤蟆比卡县

随便哪一只蛤蟆都跳得高。'

"那个人想了一会儿，有些为难：'呃，在这儿我人生地不熟的，也没带着蛤蟆。要是我有一只的话，肯定跟你赌。'

"这时候斯迈雷就说：'好办，那不要紧，只要你替我拿着这笼子一小会儿，我就去给你逮一只来。'就这样，那汉子替他拿着笼子，把他的四十块钱和斯迈雷的四十块钱放在一起，坐在原地等着斯迈雷。

"这汉子坐在那儿很久，心里翻来覆去地想，后来他就把蛤蟆从笼子里头拿出来，把它的嘴撬开，掏出把小勺来给蛤蟆灌了一肚子的火枪铁沙子，直到蛤蟆的下巴颏都满是铁沙，这才把蛤蟆放到地上。斯迈雷呢，他到泥塘的烂泥里稀里哗啦地乱抓了一气，还真逮住了一个蛤蟆。他把蛤蟆带回来，交给那个人说：

"'好了，要是你准备好了的话，就把它跟丹尼尔并排放着，把它的前爪跟丹尼尔的放齐了，我来喊开始。'然后他就喊：'一二三跳！'他和那汉子都从后面轻轻地推那两只蛤蟆的背，那只新抓来的蛤蟆蹦得很有劲头，可是丹尼尔一直喘粗气，耸肩膀，就这样，像一个法国人似的，可是没有用，它就像生了根一样，一动也不能动，连挪挪地方都办不到。斯迈雷简直莫名其妙，又觉得上火，当然啦，他怎么也没想通这到底是怎么一回事。

"那汉子拿起钱就走，临出门时，他还拿大拇指在肩膀上头指指丹尼尔，就像这样，慢吞吞地说：'我也没看出来这蛤蟆比别的蛤蟆有什么了不起的。'

"斯迈雷呢，他站在那儿抓耳挠腮，低着头端详了丹尼尔好一会儿，最后说：'这蛤蟆怎么就这么栽了，到底它犯了什么毛病？看起来，它肚子胀得厉害。'他揪着丹尼尔脖子上的皮，把蛤蟆抓起来，说：'它至少五磅重啊！'他就把它倒起来提着，它一下子吐出两大把铁沙子来。这时候斯迈雷才反应过来，他气得发疯，放下蛤蟆就去追那汉子，可惜没有追上。"

（这时候，前院有人喊西蒙·威勒的名字，他就站起来看找他有什么事）他一边往外走，一边回头对我说："在这儿坐着，先生，等会儿，我马上就回来。"

可是对不起，我想即使听完那个有赌癖的流氓吉姆・斯迈雷的故事，也不可能打听到里昂尼达斯・万・斯迈雷牧师的消息，于是我拔腿就走。

走到门口，威勒回来了，他拽着我又打开了话匣子："哎，我跟你说这个斯迈雷有一头只有一只眼睛的母黄牛，而且尾巴没了，只剩一个尾巴撅子，就像一根香蕉，并且——"

可我没有工夫，也没有这个兴致。还没等他开始讲那头倒霉的牛的故事，我就走了。

1865 年

案中案

1

这个故事开始于 1880 年，弗吉尼亚州的乡下。一个英俊潇洒但家境贫寒的小生和一位年轻漂亮的富家女孩正在举行婚礼，这是一桩一见钟情、马上结合的婚姻，一桩受到新娘的鳏夫爸爸强烈反对的婚事。

年方 26 岁的新郎雅各布·福勒出身于一个名不见经传的老家族，当初是为了给詹姆士国王创收，被逼着从塞奇莫尔迁来的。大家都是这么说的，有的人是故意的，其他人则是相信这是事实。19 岁的新娘不仅人长得漂亮，而且热情洋溢，天性冲动，对生活充满幻想，对自己保王党人的血统无比自豪，对她年轻的新郎倾心相爱。也正因这种禀性，她才不惜触犯父颜，表面对父亲雷霆震怒和谆谆告诫洗耳恭听，实际却不为所动，没有得到父亲的祝福就离开了家。如此可见，爱情在她的心里占有多么重要的位置，也就不言而喻了，她并为此感到由衷的幸福和自豪。

谁也没想到，新婚的第二天早上，新娘就伤了心。丈夫挣脱了她一往情深的爱抚，说：

"坐下，我有话对你说，我爱你，但那是在我求你父亲把你嫁给我之前。他不同意，我并不怨恨，这我能忍。但是，他对你说的那些关于我的话，可就是另外一回事儿了。你听着，不用解释！他说的那些话，我相当清楚；这些我都有真凭实据。比如他说什么，从面相就可以看到我骨头里；说我是一个靠不住的伪君子、胆小鬼，一个没有怜悯和同情心的畜生，是"塞奇莫尔土产""白套袖胚子"，他就是这么叫的。不管换了谁，都会闯进他家，把他像条狗一样干掉。我想这样做，也考虑过，可是我又想到一个更绝妙的办法：丢他的人，碎他的心；一点一点慢慢地折磨他。这件事怎么做呢？通过整治你，他的心肝宝贝！我首先得和你结婚，然后，别着急，你很快就知道了。"

从这时起，接连三个月，丈夫发挥聪明才智、绞尽脑汁设计出来各种方式，让这位年轻的妻子饱受羞辱、欺侮和痛苦，只差没受肉体折磨了。凭借强烈的自尊心支撑着，她把痛苦深深地埋在心里。丈夫还时不时问她："你为什么不去你父亲那儿，告诉他？"然后又发明出新招数来折磨她，折磨完了再问。她总是回答："他永远不会从我嘴里知道。"并且拿丈夫的出身来讽刺他，说自己是一个奴才小子的合法奴隶，只能选择服从，不过也仅此而已，他休想得寸进尺；如果高兴，他可以杀了她，可就是无法打垮她；这一点塞奇莫尔出身的人办不到。等到三个月结束的时候，丈夫郑重其事地说"我试过了所有的办法，只剩下一样还没试"，然后等着她回答。"你可以试试看。"她撇了撇嘴唇，以示嘲弄。

当晚半夜，丈夫起来穿好衣服，对她说：

"起来，把衣服穿上！"

像以往一样，她什么也没说，照办了。丈夫带着她离家走了半里远，然后把她绑在大路旁的一棵树上。她大声地喊叫，用尽力气挣扎，却无济于事。他堵住她的嘴，用牛皮鞭子抽打她的脸，放那些嗜血成性的大狗扑到她身上撕咬，很快她的衣服就所剩无几。丈夫制止住那些狗，说：

"会有人发现你，那些过路的行人。从现在起，大约再过三个小时，他们就会路过这儿，这条新闻也会被传出去。你听见了？永别了，亲爱的！"

丈夫走了。她悲切地自言自语：

"我怀着孩子哪，是他的呀！上帝保佑我，让我生个男孩！"

后来，农夫们救了她，这个消息也自然而然地被传开了。居然有人动私刑的消息在乡间引起了震动，可动刑的家伙却不知所踪。年轻的妻子将自己反锁在父亲的家里，父亲也和她一道把自己反锁起来，从此闭门不出。父亲的自尊心被摧毁了，肝肠寸断，生命也一天天耗干了，最后连他的女儿也为死神解救了他而感到欣慰。

后来，她变卖家产，消失了。

2

时间到了 1886 年，在新英格兰偏僻村庄一所不起眼的房子里住着一位年轻女子；她孤零零的，身边仅有一个 5 岁左右的男孩。她什么事也不求人，没有一个亲人或朋友。即便卖肉的、面包房师傅以及其他同她有过来往的人也只知道她姓斯蒂尔曼，她管那个男孩叫阿其。他们不清楚她从哪里搬来的，只是感觉她似乎有南方口音。那孩子没有伴儿，也没人跟他玩，除了他母亲，也没人教他。她竭尽全力地教育孩子，对自己的成果感到欣慰，甚至稍稍有点骄傲。有一天，阿其问：

"妈妈，我和别的孩子不一样吗？"

"嗯，我没觉得有什么不一样啊，怎么啦？"

"有个小孩在这儿路过的时候，问我邮差来过没有，我说来过。她问我看到邮差多长时间了，我说，我压根儿就没见到邮差。她问，那我怎么知道他来过呢？我说是因为我在便道上闻出他的气味来了。她笑我是个大傻瓜，还冲我扮鬼脸。她为什么要那样呢？"

年轻女人的脸唰地白了，她喃喃自语道："这是娘胎里带来的，是那些嗜血犬留给他的本事啊！"她将孩子搂到怀里，动情地抱着他说："上帝给我们指路了！"她激动不已，目光灼灼，呼吸急促。她自言自语："谜团到底解开了；这孩子在黑暗里做了那么多不可思议的事，让我百思不解，现在终于明白了。"

她让孩子坐在他的小椅子上，说：

"等一下，亲爱的，我马上就回来，跟你说说那件事。"

她回到自己的房间，从梳妆台上拿了几件小物件藏到看不见的地方：床下的地板上放了一把指甲挫；写字台底下放了一把指甲刀；大衣柜下面放了一把象牙小裁纸刀。然后，她出来说：

"好了！可几件小东西我忘记拿下来了。"她把是什么东西告诉孩子，然后说："亲爱的，快上去给我拿来。"

那孩子听完飞快地跑去了，很快把那几件东西拿了过来。

"亲爱的，难吗？"

"妈妈，不难；你去过哪儿，我就去哪儿。"

趁孩子不在时，她又到书架的下层取了几本书，依次翻开，用手擦过翻开的页面，看一下页码默默记住，然后把这几本书放回原处。她说：

"阿其，你不在的时候，我做了一件事。你能发觉是什么事吗？"

那孩子走到书架跟前，将动过的书抽出，并翻到碰过的那一页。

母亲将他抱在膝上，说：

"亲爱的，现在我来回答你的问题。我发现你有一件事和别人不一样。你可以在黑暗里看见东西，可以闻出别人闻不到的气味，你有嗜血犬的本领。这种本领很好，很有用，但是你必须要保密。假如别人发现了，就会说你是个怪孩子，其他孩子也会讨厌你，给你起绰号。在这个世界上，一个人要想不被别人看不起，不招别人嫉恨，就得和大家一样。这是你与生俱来的特点，了不起，不错，我很高兴；可是，为了妈妈，你要保密，好吗？"

尽管孩子不明白，但还是答应了。

这一天剩下的时间里，母亲激动得心潮澎湃；各种各样的计划、方案和主意浮现在脑海，全部都离奇、阴险而又邪恶。不过，这些念头让她神采焕发，在她脸上映出残忍的光辉，泛起暧昧的如同地狱之火的颜色。她极度狂热，坐卧不宁，没有心思看书、缝补衣服，只有不停地走来走去才能让她稍稍放松一点儿。她用了二十种方式来检测孩子的特异功能。她沉浸在往事里，不停地自言自语："他把我父亲的心伤透了，这些年来我夜以继日地尝试，要一报还一报，都白费了。现在我有办法了，现在我有办法了。"

夜幕来临，她仍然被躁动的邪恶的念头所控制。她不断地测试：手拿一支蜡烛穿过整栋房子，从阁楼到地下室，把别针、缝衣针、顶针、线轴分别藏到枕头和地毯下面或者墙缝里和煤箱里的煤块底下；然后让小家伙摸黑去寻找；找到之后，她夸奖孩子，搂得孩子几乎喘不过气来，自己也享受着那种独特的快乐和自豪。

从这时候开始，她的生活翻开了新的一页。她说："今后的日子有了保证，我能等，我要高高兴兴地等着。"她重新拾起了她的爱好，如音乐、语言、素描、绘画，以及其他她放弃已久的少女时代的赏心乐事。她又开始快乐，再一次体味到生活的情趣。一年又一年，她看着自己的孩子渐渐长大，很知足。尽管不能说极为满意，倒也差不多。在孩子的心里，善良的一面压倒了其他方面。在她眼里，这是孩子唯一的缺陷。不过，她相信孩子对她的热爱和孝顺会弥补这个缺陷。他的仇恨不掩盖善良自然是好事。然而，他的仇恨是否能像他的友善一样执着且长久，还是一个未知数，这就不妙了。

光阴如梭，阿其长成了一个小伙子，不但相貌英俊、体格匀称、臂力过人，而且彬彬有礼、气质高雅、性情随和、讨人喜欢，尽管只有 16 岁，却比同龄人更为老成。一天晚上，他的母亲说有些十分重要的事情要跟他谈，还说他长大了，该知道这些事情了；长到这么大，他的性格已经成型并足够稳定，可以完成一个她经过多年深思熟虑而制订的果敢计划了。这时，她向儿子讲述了自己凄惨的过往，包括一切可怕的细节。孩子听罢，呆了一阵，说：

"我懂得了。我们是南方人，以血还血是我们的规矩和天性。我一定找到他，杀了他。"

"杀了他？不！死亡是宽恕，是解脱；死亡是送人情。莫非我还欠他的人情不成？你连一丝头发也不能伤他。"

孩子绞尽脑汁想了一会儿，说：

"您是我的整个世界，您的愿望是我乐意恪守的天条。告诉我该怎做，我一定照办。"

母亲的眼里露出满意的神情，她说：

"你先去找到他。他的藏身之处 11 年前我就知道了；在这之前，我花了 5 年的时间、大量的金钱去打听，寻找。他在科罗拉多开石英矿，生意还行。他住在丹佛。他的名字叫雅各布·福勒。听着，这是自那个永世难忘的黑夜以来，我第一次提到他的名字。想想吧！我为了避免让你蒙受耻辱，给你取了一个清白的名字，不然你也会姓这个姓的。你要把他从那里赶走，折磨他一通，再赶他走；再折磨，再赶；再折磨，再赶；不要心软，也不要手软；毁掉他的生活，让他活在莫名的恐怖气氛里，让他精疲力竭，叫苦不迭，逼得他只求一死，情愿自裁。你要把他变成又一个流离失所的犹大。让他觉得天无宁日，心无宁日，寝不安枕。你要逼着他，缠着他，摧残他，让他肝肠寸断，如同他对我父亲和我做的事情一样。

"我听您的，母亲。"

"我相信你，孩子。一切的事情我都安排好了，需要的东西也都打点好了。这是一张信用卡，你随便去花，钱有得是。有时候，你得乔装打扮。这些东西，还有其他给你提供方便的物件，我也全准备好了。"她从写字台的抽屉里拿出一沓纸，上面全都打好了以下内容：

10000 元悬赏

据信在东部某州被通缉的某男正逗留此地。1880 年，此人将年轻的妻子绑在大道旁的树上，用牛皮鞭抽打其面部，且纵狗撕扯其衣裳，让其全身赤裸。随后，此人弃妻逃往外地。她的一个血亲十七年来一直寻找此人。联系地址：某某邮局。但凡向追寻者提供罪犯地址者，上述赏金将以现金方式当面付清。

"等你找到他并掌握他的行踪之后，就趁夜在他住的房子外面贴一张悬赏启事，再贴一张到邮局或其他显眼的场所。这一定会引起广泛议论。一开始，你要给他几天时间，逼他按相近的价钱变卖家产。我们要慢慢毁了他，只是得一步一步来；我们不能一下子让他变成穷光蛋，那会让他心灰意冷，有损健康，或许会弄死他。"

她接着从抽屉里取出三四张一模一样的打印信件，念道：

18××年×月×日

致雅各布·福勒：

你还剩某某天处理你的事务。此期限到某月某日上午某时为止；在此时间内，你不会受到干扰，但逾期必须搬走。如果过了期限仍居此地，我将到处张贴启事，再次揭露你的罪行，包括时间、地点以及连你在内的有关者姓名。你不必担心你的身体会受到伤害，在任何情况下都不会发生此事。你把苦难施加给一位老人；毁掉了他的生活，摧残了他的心灵。他曾遭受的，你也无法幸免。

"你任何签名不要加。要让他在得知悬赏启事以前收到这张通牒，赶在他早晨起床之前，以免他失了方寸，不带一分钱就跑掉。"

"我一定记住。"

"你只在开始时用得着这封信，也许用一次就行了。以后，当你确定他要从一个地方逃走时，让他收到一封只有这几个字的通牒就可以了：

搬走。你还有某某天。

"他会照办，一定。"

3

给母亲的信件摘录

丹佛，1897 年 4 月 3 日

我和雅各布·福勒住在同一家旅馆里好几天了。他的行踪我已掌握。即使他藏于千军万马中，我也能找到他。我时常靠近他，听他交谈。他拥有一座富矿并从中获得可观的收益，但是他并不富有。他学习矿业知识的方法对头，是为挣薪水干出来的。他性格开朗，尽管已经43岁，然而岁月并没有在他身上留下太多痕迹。他看上去还很年轻，也不过三十六七岁吧。他过着单身生活，一直没有再婚。他过得不错，讨人喜欢，有人缘，交游很广。连我都感觉被他吸引了，生父的血正在我体内召唤。自然规律是如此的盲目专横、不近情理。实际上，多数自然规律都是如此！我的使命现在越来越困难了，您觉察了吗？您会理解我吗？能允许我有这种情绪吗？复仇的火焰已经转弱，比我愿承认的还要微弱。不过，我会继续履行我的使命。尽管我不再有热情，但是还有责任，我不会饶恕他。

我一想到他曾犯下那样可恨的罪恶，却又是唯一没有因此遭受苦难的人，我就无法压抑内心的熊熊怒火，这种感情给了我帮助。那罪行的教训让他的性格有了明显的转变，他从这种转变中得到了快乐。他是罪人，却无忧无虑；无辜的您，却忍辱负重。不过，请您放心，他会自食恶果的。

西尔沃·古其，5月19日

4月3号半夜，我张贴了第一号启事；过了一个小时，我从他房间的门缝底下将第二号通牒塞了进去，限令他在14日夜里11点50分之前从丹佛离开。

不知道哪个夜猫子记者揭走了我的启事，然后满城寻找发现了另外一张，也把它揭走了。这样，照他们的行话说，他掌握了一条"独家新闻"，意思就是，他得到了一条有价值的消息，别的报馆却不知道。于是，早上城里的一家大报在社评版的显著位置刊登了启事，同时还配发了一整栏义愤填膺的文章，文章结尾说，这家报纸要在我们的赏金之外，再悬赏1000元！当有生意经可念的时候，这里的报馆都知道怎样仗义执言。

早上用餐的时候，我坐在常坐的座位上，我选择这个座位原因是从这里能看清爸爸福勒的面孔，而且距离近得能够听到他那张桌子上的谈话。餐厅里大约有七十五个到一百来人，所有人都在谈论那条新闻，大家说他们希望追寻者能找到那个罪人，将害群之马从城里清除出去，无论是用文，还是动武，怎样都行。

福勒进门时，一只手里拿着折起来的通牒，另一只手里拿着那份报纸；这时，我真有些不忍心看他。他的开朗已经不在，看上去老了很多；脸色憔悴，面如死灰。后来，想一想他都听到人们谈些什么！妈妈，他听着自己那些不会察言观色的朋友引经据典，将有关恶魔撒旦的称号和特点用来描述他本人。而且他还不得不对这些正义之声点头称是，随声附和。从他口中说出的这些赞同的话格外苦涩。他自然瞒不住我；很显然，他已经一点胃口都没有了，只嚼不咽。后来有个男人说：

"那个受害者的亲属很可能就在这个屋子里，听大家对这件难以启齿的事情到底有什么看法呢。希望如此。"

啊，我的天，这时候福勒畏畏缩缩的样子实在可怜！他胆战心惊地扫视着四周，再也坐不下去，起身离开。

在之后的几天里，他放出消息，说他已经在墨西哥买下了一座矿山，并打算卖掉这儿的产业，赶快到墨西哥去，亲自管理那里的产业。他老谋深算，声称这里的产业要价四万，四分之一付现款，其余的要坚挺的证券；但是，因为他为购买新产业急等用钱，只要付现款，他就以优惠价出手。他只卖三万块。然后，您猜他怎么做？他要美元现金，拿钱的时候，他说墨西哥的卖主是新英格兰地方的的人，脾气很怪，只肯收美元，不要黄金和汇票。大家觉得这事可疑，因为在纽约，拿汇票可以很方便地兑成美元。这件蹊跷事也有人议论过，不过只议论了一天；在丹佛，任何话题都不会过夜。

我无时无刻不在注视着他的行踪。那笔生意一成交，钱一过手，这是11号的事情，我就开始寸步不离地死死盯住福勒的动向。当晚，不，是12号，因为那时已经过了午夜，我跟着他，直到他进了房间。我们住在同一座旅馆，房间仅隔四扇门。然后，我回到自己的房间，换上了我的那套满是泥污的工作服行头，将脸抹得黑黑的，门虚掩着，手里拿着一个装零钱的小旅行包，摸黑在房间里坐着。因为我猜测那鸟儿就要逃之夭夭了。过了半个小时，一个老太太手提旅行包打门前走过，我闻到了熟悉的气味：那是福勒。我提起自己的旅行包跟了上去。他从偏门离开了旅馆，拐到一条僻静的街道，在蒙蒙细雨和浓浓夜色的掩护下走过三个路口，上了一辆两匹马拉的马车，不用说，那马车是打过招呼要等他的。我不请自来，在马车后面的行李平板车上占了一个座位，车马上驶走了。马车带着我们走了十英里，在一个小站停下。福勒钻出马车，在带着雨篷的候车亭远离亮光的位置坐了下来。我也进了候车亭，盯着售票处。福勒没买票，我也没有买票。一会儿，火车进站了，他登上了一节车厢，我从另一头上了同一节车厢，顺着过道走过去，坐在他身后的一个座位。当他向列车员买票，说了要去的站名，我趁着列车员找钱的时候，迅速换了相隔几排的座位。列车员走了过来，我掏钱买了和福勒去同一站的车票，这个车站在西边一百英里以外。

从这时起，他带着我兜了一个星期。他，一会儿到这儿，一会儿到那儿，大方向总是向西。只不过从第二天起他就再不伪装老太太了，而是打扮成和我一样的苦力，粘上了浓密的络腮胡子。他的伪装天衣无缝，扮演这样的角色也不需要动脑筋，因为他早年为糊口就做过这一行。他最亲密的朋友也很难识破他。最后，他在蒙大拿一个偏远的靠山的屯子落了脚。他住在一座简陋的小房子里，白天外出打探，一去就是一整天，离人远远的。我住在一处矿工组屋里，这地方十分糟糕：床铺、吃的、下流话，什么都糟透了。

在这里，我们已经住了四个星期，这期间我就见过他一次；不过每天夜里我都追寻他的踪迹，做上记号。他刚住进小房子，我就到五十英里外的镇子，打电报给我在丹佛住过的旅馆，要他们保管我的行李，需要时再寄给我。我在这里除了换洗的军队式衬衣什么也用不着，这些我已随身带来了。

西尔沃·古其，6 月 12 日

我想，在这里丹佛的场面根本无法重演。屯子里的男人我几乎都认识，可他们从未提到过这件事，至少我没有听到过。不必说，这种环境让福勒感到平安无事。他在山上远离大路的地方定了一处开采点；那里前景不错，他很勤奋地工作，可是他真变了另一个人！他一直不笑，闷声不语，不同任何人交往。仅在两个月之前，他还是个爱好交际、性格开朗的人呢。最近，我几次看到他垂头丧气地路过这里，脚步拖拖沓沓，形单影只的样子。他自称是戴维·威尔逊。

我可以担保，只要我们不去惊扰，他便会留在这儿。既然你坚持，我就再去驱逐他，不过，我感觉他已经够苦闷了。我得先回丹佛稍稍休整一段时间，吃几顿好饭，睡几个好觉；然后把我的行装带来，通知可怜的威尔逊爸爸换换地方。

丹佛，6 月 19 日

这里的人怀念他。他们都希望他在墨西哥生意兴隆，这些话不仅是在口头上讲讲，而是发自内心的。这里的情形你可以想象。我承认，我在这儿虚耗了太多的光阴。可是，假如您能设身处地，就会原谅我的。好了，我知道您会怎么说，您说得对；假如我设身处地，假如我的心底埋藏着和您一样惨痛的过去。

明天我就坐夜车回去。

丹佛，6 月 20 日

母亲，愿上帝饶恕我们：咱们追踪的人是错的！我一整夜都没有合眼。现在天快亮了，我正在等早晨的火车，就这样一分一秒地挨时间，好难熬呀！

这个雅各布·福勒是那个罪人的堂弟。咱们怎么就没想到，干了伤天害理的事情以后，他哪还会用原来的名字呢？我们真傻。丹佛的这个福勒比那一个小 4 岁；1879 年，他只身一人来到丹佛，也就是在您结婚的前一年，当时年方 21 岁；可以证明这一点的文件应有尽有。昨天晚上，我和他的一个密友交谈，他刚来此地时就认识这个人。我什么也没说，不过，过几天，我要让他再回这个城市来，他在矿山上损失的钱应该得到补偿。这里还会举办一个宴会和一场火炬游行，除了我谁也不需要花这笔钱。您是不是要将这叫作"浪费感情"？您想，我还是个孩子；我可以与众不同。渐渐地，我就不再是孩子了。

西尔沃·古其，7 月 3 日

母亲，他已经走了！不知道去了哪里。我回来的时候，他的踪迹已经消失，嗅不出来了。今天我第一次没有上床睡觉。如果我不再是一个孩子，该有多好；那样，面对打击我就可以坚强一点儿了。大家都说他往西去了。今天夜里我动身了，先坐了三四个小时的马车，后来乘上了火车。我也不知道自己要往哪儿走，但我必须要走。待在一个地方不动简直是一种折磨。

他自然又换了一个新名字和一套新伪装。这意味着为了找他我或许要走遍天涯海角。老实说，这正是我想做的事。母亲，您明白吗？现在我自己反而成流离失所的犹大了。真是自作自受！这样的下场本来是我们给另一个人准备的。

想一想这究竟有多么难呢！即便我想发通缉启事，通缉对象却不存在了；即便我要通缉，也惊动不了他。我反复思考也想不出一个好办法，想得我头昏脑胀。"最近在墨西哥购进矿山并在丹佛售出一处产业的先生如能将他的地址告知……"（告知谁呢？母亲！）"我们将向他解释：一切纯属误会；我们将请求他原谅，并赔偿他所受到的损失，以某种方式。"您看，他会认为这是一个陷阱。自然，谁都会这样想。如果我说，"目前已知被通缉者不是他，而是另外一个人，其人曾经用过同一姓名，后来出于种种原因弃之而不用。"这会有效果吗？这样做只会让丹佛人如梦初醒，说一声"啊哈！"他们会想起那笔让人生疑的美元现金交易，说，"如果他真的不是那个人，干吗要跑呢？是做贼心虚吧！"假如我找不到他，他就会在一个原本没有染上污点的地方被弄得臭名昭著。您比我更加聪明，帮帮我吧。

旧金山，1898 年 6 月 28 日

您已经知道，我如何将科罗拉多到太平洋沿岸的各州搜寻了一遍，有一回我差一点点就追上他。说起来，我还有一次与他擦肩而过。就是昨天发生在这儿的事情。我在大街上嗅到了他刚刚留下的踪迹，顺着这踪迹找到了一家低档旅馆。这是一个得不偿失的错误，连狗都不会这样做。不过我毕竟不完全像狗，在激动的时候会做和人一模一样的蠢事。他曾经在那个旅馆里住了十天；现在我了解得差不多了：在过去的六到八个月里，他没有在一处久留，而是不断地迁徙。我可以理解这种心情！我也明白这种生活的感觉。他还使用九个月前我差点儿追上他时用的那个名字："詹姆士·沃克"；他从西尔沃·古其逃走之后就用这个名字。他没有城府，没有取花哨假名字的嗜好。透过并不刻意地伪装，我很轻松就认出了他的笔迹。他是个实实在在的男人，并不擅长弄虚作假。

人家说他刚走，出去了；没有留下联系地址，要到哪儿去也没有说。人家要他留下联系地址的时候，他看起来有些惊慌失措。他随身没带什么像样的行李，只有一个廉价旅行箱；提着箱子步行离开了旅馆，"是个挺节省的老头儿，也不大恋家。""老头儿！"我想现在他是老了。我再也听不下去，仅在旅馆待了一小会儿。我循着他的踪迹紧追，一直追到码头。母亲，他乘坐的那艘汽船冒出的黑烟刚刚消失在地平线上！假如一开始我走对了方向的话，就可以节省半个钟头了。假如我搭乘一艘快艇，还有可能赶上那艘开往墨尔本的汽船。

加利福尼亚希望谷，1900 年 10 月 3 日

您的抱怨有理。"一封信管一年"是太少了；我当然承认这一点。但是，如果一个人除了倒霉无事可写的时候，他怎么能写得出来呢？没人能写得出来；我为此感到伤心。我曾经跟您说过，现在想起来似乎是很多年以前的事了，在墨尔本我没有找到他，之后的几个月里我走遍了整个澳大利亚，最终徒劳无功。

后来，我跟着他到了印度，在孟买几乎碰上他；又跟着他到了印度各地巴罗达、拉瓦尔品第、勒克瑙、拉合尔、坎普尔、阿拉哈巴德、加尔各答、马德拉斯，噢，到处都去了；一周又一周，一月又一月，风尘仆仆，汗流浃背，差不多总能够发现他的踪迹，有时候眼看就可以追上，却从来没有追上。再后来到了锡兰，又到了……先不去说它；以后我慢慢都会写给您的。

跟着他，我又回到了加利福尼亚，去了墨西哥，再回到加利福尼亚。从那时起，我跟着他跑遍了整个加州，从元旦一直跑到一个月之前。我几

乎敢肯定他在离希望谷不远的地方。我跟着他到过离这里三十英里的一个海角，可是又失掉了线索；我猜测是有人用马车将他接走了。

　　现在我正在休息，在多年追踪仍旧丢掉了线索之后放松一下。母亲，我累得要死，精神萎靡不振，有时畏难起来，几乎快要绝望。不过，这个小屯子里的矿工倒都是些好小伙子，长期以来，他们的生活方式我已经适应。他们的乐天性格让人振奋，让人忘却烦恼。我在这儿已经住了一个月，同屋是一个名叫萨姆·希里尔的小伙子，他大约25岁，是他妈妈的独生子，这点我和他一样；他爱母心切，每礼拜都给她写信，这点和我不太一样。他天生腼腆，在智力方面，怎么说呢，他没有什么独立见解；不过这并不重要，他人缘很好，人品不错，与他聊天、交朋友，是一件让人满足而又轻松惬意的事情。我多么想"詹姆士·沃克"也可以与他聊聊。当初他有那么多朋友；又喜欢交际。这让我想起最后一次看到他时的那副样子。多么可怜的场面！这场面一次又一次地浮现在我的眼前。就在那时候，我居然还在凭借道义的力量，一而再再而三地驱赶他，真的可悲呀！

　　希里尔的心肠比我好，我猜，他的心肠比这里的所有人都好，因为他是这个屯子里的害群之马弗林特·布克纳唯一的朋友，也是弗林特唯一与之交谈并且允许同他交谈的人。他说，他明白弗林特的经历，正是弗林特自己的不幸才让他成了现在这个样子，因此，人们应该尽量善待他。现在只有一个十分开阔的胸怀才能容得下弗林特·布克纳这样的人，我听外面所有的人谈起希里尔时都这么说。我想，这句话能让您了解萨姆的为人，比我絮絮叨叨地描述半天更能说明问题。有一回我们交谈时，他讲了一段话，意思是："弗林特和我对心思，他会把一肚子苦水倒给我。我猜，假如他不经常倒一倒苦水，就会发作。在这里的男人里面，阿其·斯蒂尔曼愁事最多，看上去特别老相。他一天舒心的日子都没过过。唉，多少年来都是这样！他不晓得什么是好运气，也从来没遇上过好运气；还经常说他恨不得下另外那个地狱，这个地狱让他待够了。"

4

真正的绅士只要有女士在场，绝口不谈事情的真相。

这是十月上旬的一个早晨，清新宜人。丁香花和金链花享受着秋日的艳阳，灼灼其华，在半空中显露出它们绚丽夺目的容颜，这是慷慨的大自然给那些没有翅膀的野生生灵架起的一座仙桥。这些生灵在树梢结巢，常在那里聚首。顺着布满蓁莽、一望无际的斜坡，落叶松和石榴树如同燃烧着的紫色和蓝色的火焰；落英缤纷，醉人的芳香让人目眩神迷。在虚空深处，一根孤寂的食管①安睡在静止的一侧；沉寂、宁静与和平之神主宰着四野。

致《共和党人》编辑：

贵城的一位公民询问我有关"食管"的问题，我希望能通过您来给予回答。这样做是想让这答复让更多的人知道，给我留下一点儿写作的时间，就同一问题我已经回答过很多次，为此占用了不少我应有的休假时间。

我最近发表了一个短篇，正是在这个短篇中我用了"食管"一词。说实话，我的确希望什么人为这个词绞尽脑汁。事实上，这正是我的用意所在，没想到效果超出了我的预计。"食管"受到了心中有鬼和天真无邪这两方人士的共同关注，而我原本只想吊吊天真无邪者的胃口，天真无邪与轻信的人。我预想到这些人中会有个别的人写信来问我；这倒不会给我添太多麻烦；可是，连聪慧博学之士都找上门来要求解疑释惑，这却是我始料未及的。不管怎样，这已是既成事实，如今是我出来讲清楚，结束答疑的时候了，希望我能办得到，因为写答复信对我来说不但不是一种休息方

---

① 引自斯普林菲尔德《共和党人》1902 年 4 月 12 日一期。

式，也不会让我从中体会到多少乐趣。如蒙体谅我的苦衷，我将附上两封质询信。第一封寄信者是菲律宾的一位公职人员：

亲爱的先生，我刚刚拜读了您的新作《案中案》的第一部分，我十分喜欢这篇作品。在《哈波氏》杂志一月号第 264 页第四段，这篇小说写到："在虚空深处，一根孤寂的食管安睡在静止的一侧；沉寂、宁静与和平之神主宰着四野。"这儿有一个词我无法理解，就是"食管"。我手里仅有的工具书《标准辞典》无法给出这个词的解释。如蒙在百忙之中拨冗澄清此词的含义，我会感到高兴，因为我感觉这一段写得很美，动人心弦。您或许认为这个要求愚不可及，那就请体谅一下我蛰居吕宋岛北部，资料匮乏的苦衷吧。

你真诚的读者

菲律宾南伊罗戈省圣克鲁兹

1902 年 2 月 13 日

您注意到没有？这段话只有这一个词令他感到费解，说明原来迷惑读者的意图在这一段中被包装得天衣无缝。我原想让这段话读起来看似真实，如今看来已经奏效了。我还想让这一段感情充沛，拨动人的心弦；瞧，您自己也看得出来，这段文章的确引起了这位公职人员的共鸣。啊，如果当初剔除了这个故弄玄虚的字眼，我定能大获全胜，无往不利！这段文字就会水乳交融地渗进每位读者的感性世界，而不会留下任何猜疑。

另外一封信的寄信者是新英格兰一所大学的一位教授。这封信里有一句我忍不住要删去的俗话，幸好他不在神学系任教，因此倒也无伤大雅。

亲爱的克莱门斯先生：

"在虚空深处，一根孤寂的食管安睡在静止的一侧。"

我平常不大看期刊上的文学作品，不过，我刚刚在这份过期杂志上拜读了您的大作《案中案》，不胜愉悦，受益匪浅。

但是，这个"食管"到底是什么意思呢？食管我自己倒也长着一条，可是它既不安睡在空中，也不安睡在其他地方。我的职业是与文字打交道，因此，一看到"食管"这个词，我就兴致盎然。不过，恰如我青年时代的一位友人所说，假如我能把这个词解释出来，"就会和始作俑者一起被千夫所指。"究竟是您开了个玩笑，还是我才疏学浅呢？

假如仅限于你我之间谈论的话，我对耍弄了这位先生，真有点儿不好意思；不过，出于自尊我不便明说。我写了一封信告诉他这是一个玩笑，这也是现在我对斯普林菲尔德的读者要讲的话。我告诉他细细读一读整个段落，就会发现其中任何细节都谈不上有什么意义。我建议斯普林菲尔德的读者也这样看。

我已经做了交代。我表示歉意，部分的歉意。如今我不打算再这样做了。请不要再向我提问；让那根食管休息休息，就在原来那个静止的一侧休息吧。

马克·吐温

纽约，1902 年 4 月 10 日

编辑部文章

《案中案》一月和二月在《哈泼氏》杂志上连载，是诙谐派侦探小说的精品。由于手法巧妙，其中深藏强烈的戏剧性因素，令人难以觉察奥妙所在。但是，在本刊二月号上第一次出现误解之后，就不应该继续以讹传讹了。最能完整体现克莱门斯先生让人赞叹的技巧，并体现了读者们粗心大意的那个段落如下：

"这是十月上旬的一个早晨，清新宜人。丁香花和金链花享受着秋日的艳阳，灼灼其华，在半空中显露出它们绚丽夺目的容颜，这是慷慨的大自然给那些没有翅膀的野生生灵架起的一座仙桥。这些生灵在树梢结巢，常在那里聚首。顺着布满蓁莽、一望无际的斜坡，落叶松和石榴树如同燃烧着的紫色和蓝色的火焰；落英缤纷，醉人的芳香让人目眩神迷。在虚空深处，一根孤寂的食管安睡在静止的一侧；沉寂、宁静与和平之神主宰着四野。"

马克·吐温的玩笑收到了预期的效果，不禁让人想到他写的那个让人肝肠寸断的洞穴男子的故事，他极为严谨地描写那个人物。先是描绘景色，那荒凉寂寥的景色以及所有的场面都给人留下了深刻的印象；接着，作品刻画了人物的超凡气概，不经意地提到他右手的拇指搁在鼻侧的动作；然后，作者又描写主人公的右手五指逐次伸开，表现了他风度高雅和仪表堂堂；偶尔还提及他的左手大拇指触及右手小指的动作，诸如此类等等。联系到他之前在一份当年的杰出刊物《银河》上发表的文章，马克称从来没有人识破过那个玩笑，这种说法能说是明智之举吗？假如我们记得不错的话，这个令人惊诧的陈年玩笑的根子应该到马克曾经待过的内华达去找，他在那里做过报纸编辑。毫无疑问，马克·吐温的跳蛙就比其他的青蛙身子沉了不少。

时间是1900年，地点是希望谷一个离埃斯梅拉达地区很远的银矿屯子。这个地方很偏僻，山高水远，开发的时间很短；这里居住的人都把它看作开矿发财的地方，这财到底发得成还是发不成，只需一年到两年就可见分晓。说到居民，这屯子里大约有二百个矿工，一个白人女子与她的孩子，几个开洗衣房的华人，五个印地安女人以及十来个漂泊四方的印地安男人，他们穿着兔子皮袍子，戴着旧皮帽子和罐头盒做的项圈。这儿没有磨坊，没有教堂，也看不了报纸。两年前才有了这屯子；迄今为止，这里还没有什么重大发现，外界对这儿的地名和地点一无所知。

山谷两侧是有三千英尺高的群山。狭窄的谷底，散落的七零八落的小木头房子如同一字长蛇阵，每天只有中午时分阳光才来草草地光顾一下。这屯子有两英里长；一座座小木屋互相拉开距离。酒店是屯子里唯一有点"模样"的房子，也可以说是唯一的房子。它位于屯子中心，是居民们晚上消遣的去处。他们在这里喝酒，玩纸牌与多米诺骨牌，也玩台球。伤痕累累的台球桌上横七竖八地贴满了橡皮膏；有几根缺皮裹头的球杆；几个刀削的球，一滚起来就发出喀啦啦的响声。这些球从来不一点点慢慢地滚，而是猛地一下停下来，就坐在那儿再不动弹了。还有一方残缺不全的用来计分的白粉板，当中还突出一块硬石头、一局能赢六分的人可以从柜台上白拿一杯酒喝。

屯子南头的最后一幢是弗林特·布克纳的小木屋；他采矿的地盘却在北面，屯子的另一头，比屯子北头的最后一幢木屋还远一点儿。他脾气乖戾，不好交往，更没有朋友。那些想同他套近乎的人碰了钉子之后，都掉头而去。没有人知道他的来历。有人说萨姆·希里尔知道，可其他人不相信。人们问希里尔，他也摇头，说不大清楚。弗林特身边有一个十六七岁的脾气温顺的英国小伙子，无论人前人后，弗林特对他都凶神恶煞一般。人们自然而然想从这小伙子身上套点情况，却没有成功。这个名叫菲特洛克·琼斯的小伙子说，弗林特有一次在找矿时收留了他，由于他在美国没有亲人，所以还不如留下来给布克纳卖苦力挣点薪水，咸肉和豆子。除了这些，他一句话也不肯再说。

现在菲特洛克已经当了一个月的奴仆，弗林特·布克纳对他的欺凌与羞辱正在吞噬着他柔弱的心田里一点点仅存的勇气。这种伤害让他苦不堪言。假如这种苦难再深重一些，超出一个男人可以承受的极限，也许这人会突然爆发，用语言或者行动来寻求解脱。心肠好的人们想帮助菲特洛克摆脱苦海，他们想尽办法让他离开布克纳。可是，这男孩子听到这种想法却吓得心惊胆战，说他"不干"。帕特·利雷劝他说：

"你离开那个混账东西到我这里来，不要怕，我来照顾你。"

那男孩千恩万谢，却眼含热泪战战栗栗地说他"不能冒险"；他说弗林特在夜里什么时候会抓住他，然后，"啊，利雷先生，一想我心就发慌。"

其他人也说："哪天我们接应你从他那里逃走，然后趁黑夜逃到海边去。"可是，所有的建议都没有效果；他说弗林特哪怕仅是为了出口恶气，也会追上他，将他抓回来。

人们大惑不解。一个星期又一个星期过去，那男孩继续挨着苦日子。如果大家知道他如何支配自己的业余时间，就极有可能理解他了。他住在离弗林特住处不远的一座小木屋里，每天晚上，他强忍被侮辱和伤害的感情，一遍又一遍地反复思考同一个问题：如何杀了弗林特·布克纳又不被人发现。这是他生活中的唯一乐趣；在一天二十四小时中，他盼望着这几个小时快点来临，然后快乐地度过。

他想到了用毒药。不成，这不是稳妥的方法；一审问就可以查出是在哪里下的毒以及下毒者是谁。他想到半夜里在弗林特回家的路上，选一个偏僻的地方从背后开枪，弗林特总是在这个时候回家。不成，有人会听到枪声，抓住他。他想等弗林特睡熟时动刀。不成，万一刺不中要害，反倒被弗林特擒住。他琢磨了上百种不同的法子，没有一种可行；因为在这些法子里，就算是最隐秘的方法也有致命的缺陷，使他要冒风险，很可能被发觉。这些方法全部不能用。

不过，他有耐心，足够的耐心。他对自己说，不要着急。他不会离开弗林特，离开时就要留下他的尸体。不要着急，会找到出路的。总会有办法的，他要忍受屈辱，忍受痛苦，忍受不幸，直到想出办法来。没错，总有一种毫无痕迹、谋杀者连一点儿蛛丝马迹都不留的方法，不要着急他会找到出路的，那时，啊，那时的生活该是多么美好！到那个时候，他会小心翼翼地维护自己谦恭温顺的名声，别人也绝不会从他嘴里听到对自己压迫者的一句抱怨。

就在上述十月那个早晨的两天以前，弗林特和菲特洛克一起将买的一些东西搬回自己的木屋去。一箱蜡烛被他们放在屋角，一铁罐炸药被放在蜡烛箱子上，一小桶炸药则放在了弗林特的床铺底下，还有一大盘导火索被他们挂在一个木桩子上。菲特洛克猜测弗林特探矿已经告一段落，就要实施爆破了。他以前见过爆破，了解爆破的过程，但是他从来没有参与过。他的猜测非常正确，爆破的时间到了。两人一早抬着导火索、钢钎和炸药来到了矿井。矿井已经有八英尺深，他们用一架短梯子爬进爬出。下了井，按照弗林特的吩咐，菲特洛克握住钢钎，不过弗林特并没有教给他正确握钢钎的姿势。弗林特抡起大锤。不出所料，大锤落下时，菲特洛克握住的钢钎被震飞了。

"狗娘养的东西，连个钢钎都不知道怎么握吗？捡起来！握直了！赶紧握住。该死，你！非教训你不可！"

一小时之后，他们打好了炮眼。

"来，装药。"

那男孩开始向炮眼里倒炸药。

"笨蛋！"

弗林特狠狠地在男孩的下巴上打了一拳，他倒在地上。

"爬起来！别在那儿假装哭哭啼啼的。瞧着，先栽药捻。然后再倒炸药。慢慢地，慢慢地！你是不是想将炮眼都填上啊？没本事的东西！软骨头！我，填一点泥！还有碎石！捣实！等下，等下！废物！滚一边去！"弗林特拿起工具，一边自己动手把炸药捣实，一边凶神恶煞地不停地数落着。后来，他点燃了导火索，一爬出矿井，跑出五十码开外，菲特洛克跟在后面。他们等了几分钟，随着滚雷般的爆炸声，石块在滚滚浓烟中飞上了半空，又像雨滴般地落了下来。很快，一切又恢复了平静。

"让老天把你填了炮眼才好呢！"主子说。

他们下到井底，清理干净，接着打另外一个炮眼，继续装炸药。

"看看！你究竟想浪费多少药捻哪？你不会算该用多长的药捻子吗？"

"先生，我不会。"

"你不会！好，我倒要看看你会不会！"

他爬出矿井，训斥说：

"哎，笨蛋，你想等到天黑呀？截断药捻子，点火！"

男孩战战兢兢地说：

"先生，要是你愿意，我就——"

"敢跟我顶嘴？截断，点上！"

男孩剪断导火索，然后点了火。

"大、大、大笨蛋！一分钟的药捻子！我真想让你填了——"

他气急败坏地将梯子抽出矿井，撒腿就跑。男孩吓坏了。

"啊，上帝！救命！救命！哎，救救我！"他哀号着。"啊，我该怎么办！我该怎么办！"

他的背紧紧地靠着矿井壁，火花四溅的导火索吓得他喊不出声音来；

他屏住呼吸，直瞪瞪地盯着导火索，全身发软。再有两秒钟、三秒钟或者四秒钟，他的身体就会飞上天空，撕成碎片。这时他忽然灵机一动。他跑到导火索跟前，将露在地面上只剩下一小截导火索掐断。他得救了。

他瘫倒在地，浑身没有一点力气，仍然吓得半死，尽管他有气无力，却带着发自内心深处的喜悦之情喃喃自语：

"他教会我了！我知道只要能等，迟早有办法的。"

大约五分钟过后，布克纳蹑手蹑脚地来到矿井旁边，小心翼翼、忐忑不安地张望了一下，然后溜了下去。他查看现场，弄明白了究竟是怎么回事。布克纳放下梯子，男孩吃力地顺着梯子爬上井。他脸色惨白，表情中多了一些让布克纳感觉不自在的东西。他用一种遗憾和同情的口气对菲特洛克说话，这种口气分明是说出事的原因是菲特洛克太缺乏经验。

"你知道，这是个意外。别对任何人说这件事。我那会太着急，都不晓得自己干了什么。看起来你有点不舒服。你今天干得不少了，到我屋里去，想吃什么就吃点儿什么，再休息一会儿。这仅仅是个意外，你明白吗？因为我太着急了。"

"我吓坏了，"那男孩边走边说，"但是我学了点儿东西，因此我不在意。"

"他妈的，说得倒轻松！"布克纳盯着菲特洛克的背影，自言自语，"他会不会说出去呢？他会吗？……怎么没把他炸死呢？"

菲特洛克没有利用因为这件事得到的假期来休息；他投入了自己的工作，热切而快乐地干着。一道茂密的灌木丛一直延伸到山脚下弗林特小屋所在的开阔地，在枝繁叶茂的幽暗灌木丛中，菲特洛克完成了大部分工作；还有一些是在他自己的小木屋里干的。最后一切就绪了，他说：

"假如他怀疑我会把那件事说出去，他不会老憋在肚子里，明天就可以见分晓了。他会发现我还像过去那样，是个傻瓜，今天是，明天还是。后天晚上他的生命就要到头了；没人会猜到是谁杀死了他，究竟是怎么做的。是他自己把这方法教给我的，真怪。"

5

第二天，太阳升起，落下。

接近午夜时分，五分钟之后就是新的一天了。酒店的台球厅里，一群穿着随便，帽子邋邋遢遢，马裤裤腿塞进靴子里，有的穿着马甲，但都没有穿外衣的粗人凑在铁皮炉子旁边，炉子外皮烧得通红，暖气袭人。室内除了台球打得喀啦啦响，听不见其他声音；室外的风声正紧。这群人都有点百无聊赖的样子，似乎在等着什么。人群中有一个高个子、宽肩膀，胡子已经花白的中年矿工，冰冷的眼神里透着股拒人于千里之外的冷漠。他站起身来，将一盘导火索挎在胳膊上，收拾起别的零碎儿，一句话没说，也不与别人打招呼，径直走了。这人就是弗林特·布克纳。他才一出门，屋里就响起唧唧喳喳的声音。

"像他这么一板一眼的人从来没有，"铁匠杰克·派克说，"不用看表，只要他一走，你就知道肯定是十二点了。"

"他身上就剩这一点好处了。"矿工彼得·豪斯说。

"他是这个地方的祸害，"弗格森说，"如果这酒店是我开的，什么时候我一定得让他开开尊口，不然就派得远远的。"说着，他激将似的朝酒店老板看了一眼。老板懒得搭理他，原因是大家谈论的那个人是个好主顾，天天在酒店里喝得痛痛快快，晚上回去的时候总是高高兴兴的。

"听着，"矿工汉姆·桑德韦奇说。"小子们，谁能记起他请你们喝过酒吗？"

"他？弗林特·布克纳？啊，那得等太阳打西边出来！"

这阴损的回答引起了所有人的共鸣，大家七嘴八舌吵吵了一阵。稍停了一会儿，帕特·利雷说：

"这家伙百分百猜不透。他雇的那个男孩也是这样。我从他俩嘴里套不出话来。"

"别人也套不出来，"汉姆·桑德韦奇说，"他们俩是百分百猜不透，另外那个人呢？他们两个人再怪，那个人还是能压他们一头。轻松容易地压过他们，是不是？"

"打赌！"

大家都闹着要打赌。仅有一个人例外。那就是新来的彼得森。他给在场的人一人要了一杯酒，然后问"那一个是谁"，大家一起回答："阿其·斯蒂尔曼！"

彼得森问："他是个怪人吗？"

"他是个怪人吗？阿其·斯蒂尔曼是个怪人吗？"弗格森反问道，"哼，都说他简直是个出了圈的白痴呢。"

对此，弗格森有领教的。

彼得森想知道阿其·斯蒂尔曼的底细，问谁可以告诉他。大家同时开口说了起来。酒店老板喊着让大家静一静，说最好是一个讲完了，另一个再讲。他给每个人的酒杯都倒满，指指弗格森，示意他先说。弗格森说：

"好吧，他是个年轻男人。除了这个，我们什么也不知道。你问他问到精疲力尽，一点用处都没有，你休想从他嘴里掏出东西来。例如，他到这儿来的原因，他是做什么的，他又是从哪儿来的，这一类的事，你都无法知道。只要你一提到他的脾性，说到他怪不怪这类事情，好了，他话题一转，就完了。猜归猜，最后还是两眼一抹黑。你去问，也许好一点。不过即便你去问：您从哪里来呀？我想你也一样问不出来。"

"他什么地方比较怪？"

"或许是眼睛，或许是耳朵，或许是天性，或许是魔法。你怎么看他都可以，25岁的年纪倒很老成；说他处处要人照顾，又照顾别人；都似乎对，又都似乎不对。现在我就告诉你他有哪些本事。你从这里出去，然后躲到别的地方去，你想藏在哪里就藏在哪里，可无论藏在哪儿，也无论藏多远，他可以径直到你藏的地方找你出来。"

"你不是在开玩笑吧？"

"一点玩笑都没有。不管天气是好是坏，对他来说都是一个样，自然条件无法影响他，他根本不在意这些。"

"嗨，等等！那天黑的时候呢？雨天呢？雪天呢？啊？"

"对他来说完全一个样。他不在乎。"

"啊，例如说，难道连大雾天也一样？"

"雾！他那双眼睛可以像子弹一样直穿过去。"

"嘿，伙计们，听听，他都对我说什么啦？"

"都是真的！"他们一齐嚷嚷着，"往下说，威尔斯·法戈。"

"哎，先生，你可以离开他，请他在这儿和大伙聊天；你呢，悄悄溜出去，随便到这屯子里哪一家打开一本书，这样吧，先生，十本八本也可以，把翻开的页码记住。他呢，可以径直走到那家去，一本一本将那些书都翻开，正好就是那一页，绝对出不了错。"

"难道他是个妖怪！"

"比咱们想的妖怪还有本事。我对你说，他干过这样一件事，简直是绝了。那天晚上，他——"

突然，外面一阵吵闹，门嘭的一声开了，一群人情绪激动地闯了进来，打头的是屯子里的一个白人妇女，她哭叫着：

"我的孩子！我的孩子！她丢了！瞧在上帝的分儿上，帮我去找找阿其·斯蒂尔曼，我们哪儿都找遍了！"

酒店老板说：

"坐下，坐下，霍根太太，不要着急。三个小时以前，他订了一个床位；像平常一样，他在外面逛荡了一阵，累了，就上楼去了。汉姆·桑德韦奇，上去把他叫下来。他在十四号。"

很快，那年轻人收拾完毕，下楼来了。他向霍根太太询问究竟。

"求求你，亲爱的，一点头绪都没有，如果有就好了。我是晚上七点钟安顿她睡觉的，可是，一个小时以前，我到她床前一看，她不见了。亲爱的，我马上跑到你的屋子去，可是你不在，我就四处找你，一家家都找遍了，最后又找到这儿来。我不知道该怎么办才好，心里害怕，乱糟糟的；还好，谢谢上帝，总算是找到你了，亲爱的，你得找到孩子啊。走吧，快走吧！"

"现在就去，我跟着你，太太。先到你家里。"

酒店的人一拥而出，加入到寻找孩子的行列。屯子的南半部人声鼎沸，一百多个男人在外面等着，灯光闪闪，人头攒动。这群人三人一组或者四人一组，沿着小路跟着领头的快步向南走。不到几分钟就来到霍根家的木屋。

"这就是那张床，"霍根太太说，"刚刚她就睡在这儿。我是七点钟安顿她上床的，可是，现在天知道她上哪儿去了？"

"麻烦递给我一盏灯，"阿其说。他将灯放在硬土地上，跪下来贴近地面，似乎在查看什么。"这里有她的痕迹，"他说着，用指头摸摸这儿，又摸摸那儿。"你们瞧见了吗？"

几个人也跪在地上认认真真地瞧。有一两个感觉辨认出什么东西，有点像人的痕迹；另外的人却直摇头，说是在这样光滑的硬土地上，他们的眼睛再尖也看不出任何痕迹来。其中一个说："或许地上能留下孩子的脚印，但是我可看不出来。"

年轻的斯蒂尔曼走到门外，用灯照着地上，转向左边走了三步，细细查看一番后说："我知道方向了，走吧；来几个人，拿着灯。"

他迈开大步向南走去，人们跟着他，在峡谷中弯弯曲曲的小路上跌跌撞撞地走着。走了一英里，来到谷口，面前是一片山艾树密布的平地，朦朦胧胧，似明似暗，一眼望不到头。斯蒂尔曼让大家停下，说："我们绝不能走错路，要再辨一辨方向。"

他提着灯查看道路，大约走了二十码后说："没错，走吧。"然后将灯交给别人。他带着大家在山艾树丛中穿行，走了四分之一英里，渐渐转向右面，朝着另一个方向转了一个很大的半圆；然后又改变方向往西走了将近半英里，停了脚步。

"可怜的小家伙在这里停过。把灯拿好。你能看出她坐过的地方。"

然而这里是平滑的盐碱地，地面如同铁皮一样，没有一个人敢自称有眼力可以在这样的地面上辨别出有人坐过的痕迹。丢了孩子的母亲双膝跪倒，吻着这块地面，失声痛哭。

"但是，后来她到哪儿啦？"有人问，"她没待在这儿。这我们总看得出来。"

斯蒂尔曼提着灯，绕着这块地方转了个圈，似乎在寻找踪迹。

"唔！"他焦急地说，声音里带着烦躁，"我真搞不懂了。"他又检查了一番。"没办法。她来过这儿，这绝对没错；她也没从这里走开，这也没错。这是个谜，我也想不明白。"

肝肠寸断的孩子母亲又哭了起来。

"噢，上帝啊！圣母保佑吧！难道说会飞的野兽把她给抓走了。我再也看不到她了！"

"哎，别泄气，"阿其说，"咱们会找到她，千万别泄气。"

"有你这句话，上帝一定会保佑的，阿其·斯蒂尔曼！"她紧紧抓住阿其·斯蒂尔曼的手，真心诚意地吻着。

那个新来的彼得森在弗格森耳边悄悄讥讽说：

"能找到这个地方，演技不错，啊？不过，需要跑这么远吗？另外随便找块地方不是一样吗？啊？"

这种俏皮话弗格森不以为然。他急切地辩解说：

"你是不是想拐着弯说，那孩子没来过这儿？我对你说，那孩子肯定来过！假如你想要个说法……"

"好了！"斯蒂尔曼突然叫起来。"来，大家来看！一直在咱们的眼皮底下，可咱们就是没有瞧出来！"

大家一窝蜂地拥到据说是孩子坐过的地方，一双双满怀希望的眼睛使劲盯着阿其的手指，想看清楚他究竟指的是什么东西。稍停，众人发出了备感失望的叹息声。帕特·利雷和汉姆桑德韦奇异口同声说：

"是什么呀，阿其？这里什么都没有。"

"没有？你们把这叫作什么也没有？"他的手指在地上缓缓地移动，勾勒出一个形状。"这儿，你们还没看出来吗？这是英云·比利的痕迹。孩子被他带走了！"

"谢谢上帝!"那母亲喊道。

"拿着灯笼,我已经辨出方向来了。跟我走!"

他跑起来,在山艾树丛中穿行了三百码,消失在一片沙丘后面。众人奋力赶上时,看到他正在前面等着。十步以外是一个用破布与旧马垫子搭成的歪歪斜斜、黑黢黢的小棚子,棚子的缝隙中透出一丝昏黄的光线。

"您先走,霍根太太。"那年轻人说,"您应该第一个进去。"

大家跟随霍根太太跑到棚子跟前,所有人都看到了棚子里头的景象。英云·比利坐在地上,孩子睡在他身边。母亲发了疯一样把孩子搂在怀里,又拥抱了阿其·斯蒂尔曼,两行热泪流下了她的面颊。她泣不成声,断断续续的话语如金色的溪流一样奔涌而出,诉说着她的感激,她的满腔热情让这个爱尔兰人感到心中暖洋洋的。

"十点钟的时候,我在那里发现了她。她在露天地里睡着了,累坏了,小脸儿湿漉漉的,我猜她一直在哭。我将她抱到屋里来,给她吃的,她饿极了,后来就睡着了。"

孩子的母亲千恩万谢,她兴高采烈地放下平日的架子,也拥抱了比利,赞美他是"从天而降的天使"。如果他是天使的话,或许真要化装。他的穿着打扮都是为了扮演那个角色。

凌晨一点半钟,寻找孩子的大队人马唱着《约翰尼回家开步走》拥进了屯子,他们甩着灯笼,一边喝酒一边往前走。这帮人聚集在酒店,在那里一直闹到天亮。

6

第二天下午,屯子里的人热情洋溢,心情无比激动。一个仪表不凡、气度潇洒的外国要人来到酒店,登记时用的是让人敬畏的名字——夏洛克·福尔摩斯。

　　这个消息从一个木屋传到另一个木屋，从一座矿井传到另一座矿井；大家纷纷丢下工具，屯子的人全都聚集到那个万众瞩目的地方。一个路过屯子北头的男人向帕特·利雷大声嚷嚷着报信，而帕特·利雷的矿井紧邻弗林特·布克纳的矿井。听到喊声的菲特洛克·琼斯心里有些不舒服。他喃喃地自言自语道：

　　"夏洛克大叔！真倒霉！他为何偏偏这个时候……"他发了一会儿呆，又自顾自地说："不过，为什么要怕他？谁都清楚他的招数，我也清楚。除非他事先全面策划一番，摸清了线索，再雇些人遵照他的指示办事……但是这一次任何线索都不会有。既然这样，他又能看出什么呢？什么也看不出来。不，先生，如今已是万事俱备。如果我冒险延期的话……不，我不能如此冒险。今天夜里弗林特·布克纳一定要见上帝。"这时，又一个问题冒出脑海。"或许夏洛克大叔今天晚上会跟我聊聊家常，我怎样能躲过他呢？因为八点钟前后我必须在我的房间里待上一两分钟。"这件烦心事让他苦恼了很久。但是他最终找到了解开难题的办法。"我们去散步，然后我让他在路上等一分钟，这样他就看不到我做什么了。在你做准备工作的时候，让他和你在一起，是甩开一位侦探最好的办法。对，这是最安全的了，我得带着他。"

　　这个时候，酒店前的道路被希望一睹大人物风采的人挤得水泄不通。但是，福尔摩斯却待在房间里不露面。仅仅弗格森、铁匠杰克·派克和汉姆·桑德韦奇运气不错。为了接近那位伟大的科学派侦探，这几个热心的崇拜者租了酒店的行李间，从这里隔着一条十到十五英尺宽的过道，可以窥视侦探的房间。三个人躲进行李房，在百叶窗上打了几个窥视孔。原本福尔摩斯房间的百叶窗是放下的，后来被一点点托起来了。三名密探既兴奋又刺激，只感觉头皮发紧，他们到底看到这位足智多谋、才华过人、享誉世界的奇人了。他就坐在那儿，不是传说，也不是幻影，而是实实在在的、活生生的、形神兼备、触手可及的一个人。

　　"看他的脑袋！"满怀敬畏的弗格森说，"我的天！看那脑袋长的！"

"谁说不是呢!"话音里带着深深的敬意的铁匠说,"看看他的鼻子!再看看他的眼睛!有学问吧?这几样好般配啊!"

"瞧他的脸色,苍白,"汉姆·桑德韦奇说,"那可全是思考惹的,思考的人才有这种脸色哪。妈的!像咱们这样的人怎么能了解别人的心事啊。"

"别说不了解别人的心事了,"弗格森说,"就说我们自己吧,我们想的那些破事还算个事儿吗?"

"一点没错,威尔斯·法戈。瞧他眉头紧蹙呢,他正向深处想呢藏得再深也逃不过他明亮的眼睛。他想到什么了?"

"对,是这样的,没错。例如说,哎,看他都入了神,样子挺可怕的,铁青的脸色,死人的脸也不过这样啊。"

"阁下,这可是千金难买的本事啊!这也是娘胎里带来的本事。他都死过四次了,每一次都有真凭实据。三次是该着,还有一次是飞来横祸。据说当时他身上那股味道是湿乎乎,冷冰冰的,像坟地一样。他——"

"嘘!看他!看,他把拇指搁在大脑门这一边,食指搁在另一边。他一定是想得好苦,信不信,不然拿你那件衬衣打个赌?"

"我信。现在,他抬头盯着天上,还慢慢地捋胡子呢,还——"

"现在他站起来了,把左手指头跟右手指头放在一起掐算。瞧见没?先碰的是食指,然后是中指,再然后是无名指——"

"停住了!"

"看他皱眉头呢!这一节还没理出头绪来。因此人——"

"笑啦!笑面虎似的,别的手指头都不需要了!他想好了,兄弟们,他一定是想好了!"

"哼,我信!希望我不是他算计的那个人。"

福尔摩斯先生将一张桌子搬到窗前坐了下来,背对着这帮密探开始写字。密探们从窥视孔那里收回目光,点上烟斗歇歇气,一边闲聊,一边喷云吐雾。弗格森果断地说:

"兄弟们,没什么好说的,他是一个奇人!凡是奇人有的,他应有尽有。"

"威尔斯·法戈，你讲过的话，就数这一句有道理。"杰克·帕克说，"昨天晚上那件事，如果他在，还不是手到擒来？"

"嘿，那当然，可不是手到擒来嘛！"弗格森说，"如果那样，咱们也能见识什么叫科学性了。有学问，真真切切的学问，最高的学问，无人能比，你说对不对？阿其也不错，门外汉敢说，他从来没让别人比下去过。但是，他的本事仅仅是眼力，眼尖得像猫头鹰一样，但要我说，这本事不过是飞禽走兽之类的本事，不比飞禽走兽强，也不比飞禽走兽差，这种本事是百里挑一，可里面没有学问。说到厉害，说到神奇，那他就不能同这一位比了。为何要这样说呢，我来告诉你他会如何做。他会路过霍根家门口，瞟一眼，只瞟一眼，他家的房子，就可以了。这就把一切都看出来了？不错，阁下，看得滴水不漏。别瞧霍根家在那里住了七年，还没他知道的多呢。接着，他会坐在那孩子的床上，毫不慌乱地同霍根太太说话，这样吧，汉姆，比方你是霍根太太。我问，你答。"

"好的，来吧。"

"'夫人，可否请您注意不要走神。那孩子是男孩还是女孩啊？'
"'女孩，先生。'
"'唔，女孩。很好，很好。多大啦？'
"'刚6岁，先生。'
"'唔，年纪小，体格弱，两英里。如此她肯定累得走不动了。肯定会躺在地上睡着了。咱们会在两英里之外找到她，或许不到两英里。长几颗牙呀？'
"'五颗，先生，还有一颗刚露头。'
"'很好，很好，很好，非常好。'你看，兄弟，他一眼就瞧出门道来了，这时候别人还都在那里瞧热闹呢。'有没有穿袜子，夫人？鞋子呢？'
"'穿了，先生都穿了。'
"'袜子或许是纱线织的？鞋用的是摩洛哥皮子？'

"'是纱线的,先生。鞋是小牛皮的。'

"'唔,小牛皮。这样,事情就有点复杂了。不去管它,接着来,我们可以对付。信什么教呢?'

"'天主教,先生。'

"'很好,请将床上的毯子给我剪一条。好,谢谢。不是纯毛,进口的。很好。请将孩子穿的哪件衣服剪一条来。谢谢。是棉布的。有点儿磨痕。很重要的线索,非常好。麻烦您给我弄点儿地上的土。谢谢,太感谢了。啊,太好了,太好了。现在,我想咱们有头绪了。'你看,兄弟们,他掌握了全部线索,别的都没用了。那么,这位奇人现在做什么呢?他将这些个布头与泥土摊在桌子上,一件挨着一件放好,胳膊肘支着桌子,趴在那里研究,一面研究,还一面自言自语,'女孩';将桌上的物件互换位置,'6岁';再将桌上的东西这样摆摆,那样摆摆:'五颗牙一颗刚露头一天主教纱线棉布小牛皮他妈的小牛皮。'接着坐直了盯着天上,把两手插进头发里,梳过来,梳过去,嘴里嘟囔,'他妈的小牛皮!'接着他站起来,眉头紧蹙,扳着手指头掐算线索,碰到无名指后停了下来。一分钟不到,他红光满面,心花怒放,喜上眉梢,身板挺直,威风无比。他对大家说,'你们去两个人,提着灯笼,到英云·比利那里将孩子接回来,剩下的人就回家睡觉吧;晚安,夫人;晚安,各位。'他礼貌而周到地弯腰打个招呼后径自回酒店去了。这便是他的作派,别人可学不来,讲科学,有学问,不到十五分钟,万事大吉。不需要在树林子里钻一个小时,也不需要大家凑到他面前开半个小时的会。兄弟们,你们说对吧?"

"上帝,这可太神奇了!"汉姆·桑德韦奇说,"威尔斯·法戈,你真将他说活了。哪本书也没像你描写得这么活灵活现啊。老天爷,我觉得就像在我面前一样,你们感觉呢,伙计们?"

"肯定!这仅仅是像看照片一样,那边才是真的呢。"

弗格森对自己的成功宣讲十分高兴。他静静地待了一会儿,回味自己的快感,然后怀着深深地敬畏嘟囔道:

"这人莫非是上帝派下来的？"

一时无人作答；过了一会儿，汉姆·桑德韦奇恭恭敬敬地说：

"要我说，这人可是百年不遇。"

7

当天晚上八点钟，空气异常寒冷。夏洛克·福尔摩斯和他的侄子摸黑从弗林特·布克纳的木屋前经过。

"在这儿等一会儿，叔叔，"菲特洛克说，"我到我的木屋去一下，不用一分钟就回来。"

他问了几件事，他叔叔一一回答后，菲特洛克的身影就消失在夜色里。很快，他又回来了，两个人一边走一边交谈。九点钟的时候，他们回到了酒店。他们穿过台球厅时，那儿仍聚着一帮想着一睹奇才风采的人。人群中响起了一阵高兴的欢呼声。福尔摩斯先生频频点头示意，待福尔摩斯离开台球厅后，他的侄子对大家说：

"各位，夏洛克叔叔还有一些事情，要干到十二点到一点钟的样子；办完之后他会尽快下来，他希望各位当中会有人留下来和他喝一杯。"

"上帝，他太仗义了，弟兄们！"弗格森大声嚷着。我们为古往今来最了不起的夏洛克·福尔摩斯三呼万岁。嘿，嘿，嘿"

"万岁！万岁！万岁！噢"

热闹的欢呼声在酒店里回荡，这呼声饱含着他们对福尔摩斯的由衷爱戴。上楼时，叔叔悄悄责备侄子：

"你为什么要把我拖进来？"

"我想，您不想默默无闻吧，对不对，叔叔？好，那么，在一个开矿的屯子里也不能例外呀，我就是因为这个才讲那句话的。别看这些家伙赞美您，可是假如您不干一杯就这么走了，他们便会骂您是势利眼。何况，您说过有许多家常话要跟我谈，这也得谈到半夜呀。"

这小伙子做得很好，而且做得非常聪明，叔叔承认这一点。这小伙子还有一件事也做得聪明，但只有他自己知道，没有和别人说过，"叔叔与别人就在一边，这可是一个'不在现场'的有力证据，铁证如山。"

他和他的叔叔畅谈了大约有三个小时。接近午夜的时候，菲特洛克·琼斯走下楼来，在离酒店十来步远的黑影里找了一个地方猫着。五分钟过后，弗林特·布克纳摇摇晃晃地出了台球厅，差一点擦着他走了过去。

"我搞定他了！"小伙子自言自语道。他眼光目送着弗林特·布克纳的背影，"别了，别了，再见，弗林特·布克纳。你骂我妈妈是个……行了，我不在乎。如今都结束了；朋友，再最后散一次步吧。"

他沉思着回到酒店。"从现在到一点钟是一个小时。我们得跟这些家伙呆在一起：这可是'不在现场'的最好证明。"

他带着夏洛克·福尔摩斯到了台球厅，那里挤满了迫不及待的仰慕者。贵宾请大家举杯畅饮，屋子里欢腾一片。人人兴高采烈，不绝于耳的恭维声；气氛立即活跃了起来。有的放声歌唱，有的讲起奇逸事，一杯接着一杯，长夜显得那样短暂，酒宴达到了高潮。差六分钟不到一点的时候，突然听得一声巨响——

轰隆！

一时间，大家悄无声息。只听见那巨大的响声在山谷间久久回荡，越来越弱，最终听不见了。这时，人们哗的一声朝门口涌去："是什么东西炸了！"

门外的黑影里，一个声音响了起来："是在山谷那头，我看到闪光了。"

大家像一窝蜂一样向山谷里跑，福尔摩斯、菲特洛克、阿其·斯蒂尔曼，所有的人都赶了过去。一英里的路程他们只用几分钟就跑到了。借着提灯的光亮，他们看到弗林特·布克纳木屋坚硬、平滑的地面，木屋却消失不见，连一条破布或一丝木屑都没有剩下。弗林特本人也不见了。人们四处寻找，忽然，有人大喊一声：

"他在这儿！"

确凿无疑。大家在五十码开外的沟里找到了弗林特·布克纳，还不如说是找到一堆七零八落、毫无生气的东西，那便是弗林特·布克纳。菲特洛克·琼斯和其他人迅速跑过去一看究竟。

十五分钟后验尸完毕。陪审团的首领汉姆·桑德韦奇提交了结论性报告。报告在一连串生硬堆砌的华丽辞藻之后，最后才提到现场的情况："死者之死或因自身、或因他人、或因陪审团未知之人所致；死者身后未造家室，也无财物，仅剩房屋一间，已被炸光。愿上帝保佑他的灵魂，阿门。"

草草收场的陪审团赶快挤到大队人马中去，原因是那里有大家关注的焦点夏洛克·福尔摩斯。一声不响、怀着敬畏之情的矿工们排成一个半圆，将几近废墟的弗林特·布克纳木屋前面的一大片空场围得严严实实。在这片空场上，那位奇人踱来踱去，他的侄子打着灯笼跟在身后。他手拿一根带子先量木屋的遗址，接着量遮挡木屋的灌木丛到大路的距离，然后量灌木丛的高度；并在其他几处量来量去。他搜集到一条碎布，一丝木屑，还将不远处的一点泥土认认真真地查看一番后收了起来。他用一个罗盘定了当地的方位，留出两秒的磁偏角。他看看自己的手表，记录了时间（太平洋沿岸时间），再修正为当地时间。他步测了木屋遗址与尸体之间的距离，并依据潮汐的影响作了校正。他用一个袖珍气压计测定了海拔高度，又用一个袖珍温度计测量了气温。最后，他非常气派地点点头说：

"好了。各位，我们回去吧？"

他领着大队人马向酒店走去，大家再也忍不住了，热烈谈论起这位奇人来，对他赞不绝口。其中也夹杂着关于这场悲剧的分析：起因是什么，主谋是谁，等等。

"嗨，万幸有他在这里，是吧，兄弟们？"弗格森说。

"这可是本世纪头等大事，"汉姆·桑德韦奇说，"一定会传遍全世界；不信，记住我这句话吧。"

"说得没错！"铁匠杰克·帕克说，"咱这屯子就要出名了。对不对啊，威尔斯·法戈？"

"嗯，你问我呀，要问我怎么看这件事，这样说吧：昨天我出两块钱一英尺买的那片'一条龙'矿，今儿可能就有人出十六块一英尺的价钱！"

"正确，威尔斯·法戈！这么好的运气哪个新屯子也没有过啊。唉，你瞧见他搜集碎布片、泥土那些东西了吗？那是眼力！什么也别想逃过他那双眼睛，都在他手心里攥着呢。"

"是这么一回事。在常人眼里，这些东西什么都不是；但在他眼睛里，那是书啊，上头印着老大的字哪。"

"你这个比喻绝了！那七零八碎的玩意儿里头有点儿蹊跷，它们还认为只有天知地知呢；但是，露馅儿啦！这些把柄一攥在他手里，它们都会告密了，没错，你就记着这句话吧。"

"兄弟们，现在我不在担心他是来跟那个小伙子阿其斗法的了。这可是件大事，没有长远的眼光不行。应付这一团乱麻，需要科学性，需要学问。"

"我想，事情发展到这一步咱们大家都高兴。高兴？上帝；也找不到更合适的词了。阿其要是有脑子，在一旁好好瞧着，看看人家怎么干的，一定能长不少学问。然而他不，他一头钻进树丛里去，什么也没发现。"

"没错，我也看见了。但是，阿其还年轻。过一阵子他就可以多懂点儿事了。"

这个问题太过困难，大家七嘴八舌，谁也无法说服别人。几个被提到的嫌疑人又一个个因不合格被否定了。除了年轻的希里尔之外，没人接近弗林特·布克纳，更没人真与他斗过气；所有想接近他的人，弗林特·布克纳都没有给过好脸色，但是也没激烈到杀人的份儿上。打一开始，一个人的名字就在大家的嘴边上，这就是菲特洛克·琼斯，可直到最后才有人说出来。最先提起的是帕特·利雷。

"啊，是呀，"大家说，"我们也都想到他了，他杀弗林特·布克纳倒是有一百个理由，而且，他即使那样干也不足为奇。但是，有两件事无法解释：第一件，他胆子没有那么大；第二件，出事的时候他压根儿不在那儿呀。"

"这我也晓得，"帕特说，"出事的时候他跟大家在一起，在台球厅。"

"是啊，连出事前一个钟头，他也一直在那儿。"

"这就是了。也该他走运。不然的话，他是第一个怀疑对象。"

8

酒店餐厅的所有家具被搬走，只剩下一张六英尺长的松木桌子与一把椅子。这张桌子靠墙摆着；椅子放在桌子前面；夏洛克·福尔摩斯气度不凡、端端正正地坐在那把椅子上，引人瞩目。大家都站着。被人挤得满满当当的餐厅里烟雾腾腾，人们大气不出。

那位奇人抬起胳膊，示意大家再安静一些。他的胳膊在空中停了一会儿，接着，开始简明扼要地提问，一个问题接着一个问题，对回答的问题报以"嗯嗯"、点头等诸如此类的反应。这些问答使他彻底查清了弗林特·布克纳的情况，包括他的性格、行为、习惯以及人们能说出来的其他情况。非常明显，这位奇人的侄子是屯子里唯一有杀害弗林特·布克纳动机的人。福尔摩斯慈悲地微笑着看着证人，有条不紊地问道：

"各位当中有谁知道，这个叫菲特洛克·琼斯的小伙子在爆炸发生的时候在什么地方吗？"

接着就是一片雷鸣般的回答声：

"在这家酒店的台球厅里！"

"啊。那么他那时是刚刚到吗？"

"在那里足足一个钟头了。"

"啊。到爆炸现场大概，大概，这个，大概有多远呢？"

"足足一英里！"

"啊。说真的，这还不足以证明不在现场，但是——"

人们哄堂大笑，中间夹杂着诸如此类的叫声："天哪，他可真是糊涂虫！"以及"桑迪，你说这话脸也不红吗？"笑声和喊声淹没了证词。证人桑迪低着头，羞愧得满面通红。福尔摩斯接着问道：

"不管怎样，这个小伙子琼斯与本案的某些关联（众人笑）已经暴露无遗。现在让我们唤出这场悲剧的目击者，听听他们有什么要说的。"

福尔摩斯取出在现场搜集的那些杂七杂八的物证，摆放在他膝头的一张硬纸板上。大家鸦雀无声，默默地看着。

"我们已经测得经度与纬度，还根据磁偏角作了修正，这些给出了发生悲剧的精确方位。我们还测得了海拔高度，气温与基本湿度，这些都有无法估量的价值，能让我们准确地估计，在当晚的那段时间内，这些因素在何种程度上作用于凶手的情绪与意向。"

（周围响起一阵嗡嗡的低语声："上帝，他的学问好深哪！"）

福尔摩斯指指他的那些物证。"现在，我们请这些沉默的证人给我们讲讲吧。

"这里有一条亚麻布空子弹袋。它能说明什么呢？说明杀人的动机是抢劫，而不是复仇。它还说明什么？说明凶手智力低下，是否能够说头脑迟钝，或者差不多这样呢？因为一个有健全头脑的人是不会想到抢劫弗林特·布克纳的，这个人身上一向没有多少钱。然而，也许凶手是不明底细的外地人呢？我们再来听听子弹袋的说法。这件东西是我从子弹袋里面取出来的。这是一小片银色的石英，非同寻常。你们仔细看看，请你，还有你。现在请传回来。在这一带沿岸地区，仅仅一处矿脉出产这种类型、这种色泽的石英；那矿脉绵延近两英里长，根据我的看法，在不久的未来，这条矿脉将会让当地举世闻名，让它的两百位主人得到他们梦寐以求的财富。请说出那条矿脉的名字。"

"基督教科学和玛丽·安联合矿！"大家异口同声地说。

一阵疯狂的欢呼声随之而来，大家都就近抓住别人的手，使劲攥着，眼含激动的泪花。威尔斯·法戈·弗格森喊道："我的'一条龙'就在那条矿脉上，这下子它要涨到一英尺一百五十块钱了。这话你记准了！"

等到喧哗声平息下来，福尔摩斯先生继续说：

"由此我们得知有三件事确定无疑：凶手也许智力低下；他不是个外

地人；他的作案动机是抢劫，而并非仇杀。我们接着分析下去。我手里拿着的是一小截导火索，上面燃烧过的气味是最近的。这截导火索会告诉我们什么呢？加上已经确定无疑的证据石英，它向我们透露凶手的身份是一名矿工。先生们，这导火索还进一步告诉我们：凶杀的手段是爆炸。还有什么呢？还有，爆炸物是放置在木屋靠近大路的一侧，也就是木屋的前面，原因是这截导火索是我在距爆炸地点六英尺之内发现的。

"现在我手里拿着的是一根产自瑞典的火柴，是那种在盒上擦燃的安全火柴。我是在路上发现这根火柴的，那儿距被炸毁的木屋有六百二十二英尺。这又说明什么呢？说明导火索是从那里燃起的。这根火柴还说明什么？说明凶手是一个左撇子。我是怎么知道的呢？先生们，我很难向你们解释我是如何知道的，这样细微的蛛丝马迹只有凭丰富的经验与深入的研究才可以察觉。不过的确有蛛丝马迹，而且有一个事实也支持这种判断，大家在那些出色的侦探小说中一定经常留意这个事实，即任何凶手都是左撇子。"

"上帝，是这么回事！"汉姆·桑德韦奇一拍大腿，"我以前怎么就没想到呢。"

"我也没想到！""我也没想到！"好几个人都吵吵起来。"嘿，他的眼里真是揉不得一粒沙子，好眼力！"

"先生们，凶手虽然远离受害者，他依然不能完全避免被伤害。现在我向你们展示的这块木片打中了他。将他打出了血。不管他现在在什么地方，他身上挂的彩都会暴露无遗。我是在他点燃那根致命的导火索时站的地方拾起这块木片的。"他居高临下地将全场扫视一圈，拉下脸慢慢地抬起手，指道：

"凶手就站在那里！"

一刹那，全场惊得鸦雀无声；紧接着，几十个喉咙齐声喊道：

"萨姆·希里尔？啊，上帝，不会！怎么会是他？纯属胡说八道！"

"请注意，先生们不要着急。仔细看一下，他的额头上有血迹。"

希里尔吓得脸色刷白，就要哭出来了。他瞧瞧这个，瞧瞧那个，向每个人求助，希望得到他们的同情。他向福尔摩斯伸出双手，恳求说：

"噢，别，别！我绝对没干过，我发誓绝对没干过。脑门上这伤是我——"

"警官，抓住他！"福尔摩斯喊道，"我绝不妄言。"

希里尔又开始求救。"噢，阿其，不要让他们抓我。我妈非气死不可！你知道我为何受的伤。告诉他们，阿其，救救我！救救我！"

斯蒂尔曼挤到人群前面说：

"好，我会救你。不要害怕。"他面对全场说，"无论他是为什么受的伤，都与这个案子无关，不会影响断案。"

"上帝保佑你，阿其，好朋友！"

"阿其，好样的！来吧，小伙子，将他们那套花拳绣腿打个落花流水！"众人呼声雷动。对本地精英的自豪感以及爱乡之情在大家心中油然而生，他们对福尔摩斯的态度发生了逆转。

等欢呼声平息下来，年轻的斯蒂尔曼说：

"请汤姆·杰弗里斯守住这道门，请哈里斯警官守住那道门，不要让任何人离开。"

"说办就办。继续说吧，老手。"

"我确定罪犯就在这里。假如我的判断没错的话，过会儿我就指给你们看。现在我先把这场悲剧从头到尾讲清楚。抢劫不是杀人的动机，而是复仇。凶手的智力也并不低下，他更没有站在六百二十二英尺之外。木片没有击中他。他也没有在木屋跟前放置炸药。他既没有带着一个子弹袋，更不是左撇子。除了这些错误的地方，这位杰出的客人对本案的分析大致正确。"

一阵舒心的笑声在大厅里响起。熟悉的人互相点头，似乎在说："这话不错，有理有据。好小伙子，好小伙子。他可真是针锋相对啊！"

客人依旧大度从容，不为所动。斯蒂尔曼继续说：

"我手里也掌握一些物证，并且我很快就告诉大家，在哪里可以找到更多的证据。"他取出一根普普通通的铁丝，大家伸着脖子盯着看。"它的表面涂了一层熔化的蜡油，非常均匀。这里还有燃得仅剩半截的蜡烛。在这半截蜡烛上，每隔一英寸就刻着一道标记。我马上便告诉大家我在哪里找到这些东西的。现在，我不推理也不猜测，不把乱七八糟的线索生拉硬拽凑到一起，更不拿侦探行业的噱头作秀；我就用简单直白、开门见山的方式告诉大家这件悲剧是如何发生的。"

为使众人印象深刻，他稍稍停顿了一下，让场子里安静下来，突出悬念，集中大家的兴趣点；接着他说：

"凶手煞费苦心地制订了这个方案。这个方案十分巧妙，看得出凶手并不迟钝而是个很有头脑的人。这个方案计算精确，目的是让作案者完全摆脱嫌疑。在第一个地点，凶手在一根蜡烛上每隔一英寸刻上一道标记，点燃后计算时间。结果发现，蜡烛燃去四英寸要用三个小时。当福尔摩斯先生在这间房子里询问弗林特·布克纳的性格和行为习惯的时候，我花了半个小时在楼上做试验，通过实验得出了在背风的条件下蜡烛燃烧的速度。蜡烛的燃烧速度被证实后，就吹灭了它，便是我给大家看的那支，之后又在一根新蜡烛上做好标记。

"他将这支新蜡烛在一个锡做的烛台上固定好。用烧红的铁丝在五个小时标记处烫了一个透芯孔。我刚才给大家看过那根铁丝，上面有一层均匀的蜡油，那是熔化的蜡油冷却后留下的。

"他费劲地，确切说是吃尽苦头，穿过弗林特·布克纳屋后山脚下的那片树丛，还提着一个空面粉桶。他将面粉桶放置在绝对安全的地方，把烛台放在桶底。接着，他量出了三十五英尺左右的导火索，从面粉桶到弗林特·布克纳木屋背后的距离。他在桶身上钻了一个眼，这便是当时他钻孔使用的螺丝刀。他一鼓作气钻好了眼；完成以后，导火索的一端连到弗林特·布克纳的木屋，另一端削开露出火药，插进了蜡烛的孔里，假如设定今天凌晨一点起爆，那么昨天晚上八点钟大约就是点火时间，这一点我敢打赌，并且弗林特·布克纳的木屋内有与导火索一端相连的炸药，虽然这一点无法证明，但我一样可以打赌。一两个小时之前我发现这些证据的时候，福尔摩斯先生正在测量那些无用的空地，搜寻那些和本案无关的小零碎呢。"

他又停了下来。大家都松了一口长气，舒展舒展僵住的筋骨，激动不已。"真他妈的棒！"汉姆·桑德韦奇说，"难怪他不跟那位大师在一起凑热闹，而在树丛里钻来钻去。看看吧，弟兄们，他可不笨呀。"

"那当然！嘿，太棒了！"

阿其·斯蒂尔曼打断了他们的话。

"一两个小时之前，大家在现场的时候，那把螺丝刀与试验用蜡烛的主人将这些东西从一个地方取走，这个地点选得不好，藏到了另一个他以为更好的地点，这个地点在二百码远的松树林里。他藏好这些东西，还用松针埋了起来。就是在那里，我找到了它们。螺丝刀与面粉桶上的孔恰好符合。现在——"

那位奇人打断阿其·斯蒂尔曼，嘲笑地说：

"先生们，我们听到了一个十分奇妙的故事，确实是妙极了。现在，我想问这个年轻人几个问题。"

有些人慌了，弗格森说：

"这一回，我怕阿其要给难住了。"别人也失去了笑脸，默不作声。福尔摩斯先生说：

"让我们来将这个故事按照先后顺序梳理一遍，或称依据数列的法则，意思就是将一个个细节贯穿起来考查，步步深入、循序渐进，让人心服口服地攻破这座华而不实的玩具堡垒，拆穿这个幼稚幻觉的梦想世界。年轻的先生，第一步，我现在仅有三个问题想请教，是目前，您的意思是说那支想象的蜡烛点燃的时间约是昨天晚上八点钟，我理解得正确吗？"

"不错，先生，大约八点钟。"

"您可以说是整八点吗？"

"啊，不，那么准我说不了。"

"唔，假如有人刚好在那个时候经过现场，他大概可以一定会遭遇凶手，是吗？"

"是，我是这样想的。"

"谢谢，我目前要问的问题完了。我意思是，目前的问题。"

"浑蛋！他在给阿其下套呢。"弗格森说。

"没错，"汉姆·桑德韦奇说，"那副样子真让人厌恶。"

斯蒂尔曼看了奇人一眼说："我自己是八点半钟的时候路过那里的。不，大概九点钟。"

"是吗？这可有点儿意思，很有意思。你或许碰到凶手了？"

"不，我没遇上人。"

"哦，那么，假如您不介意的话，我无法看出这件事和本案之间的联系。"

"没有联系，现在没有，我是说现在还没有。"

他顿了一下，又继续说："我没有遇到凶手，但是我可以肯定找到了他的踪迹。因此，我相信他就在这个房间内。我想请大家依次从我面前走过，到这里来，这里亮堂，这样我就可以看清各位的脚了。"

大厅里响起一阵兴奋的低语声，大家排着队走过阿其·斯蒂尔曼面前，福尔摩斯脸上带着几分不屑一顾的表情，冷眼旁观。阿其·斯蒂尔曼弯下腰，手搭在额头上，凝神观察着眼前经过的每一双脚。50双大同小异的脚走了过去，没有结果。60双，70双，场面开始显得有点滑稽。那客人文质彬彬地讥讽道：

"今天晚上凶手似乎稀缺呀。"

大家听出了话里的幽默，精神稍稍振作，一阵开心的笑声响起。又有10~12个接受审查的人从阿其·斯蒂尔曼眼前走了过去。与其说走，不如说是扭着轻巧而滑稽的舞步跳过去的，引来观众哄堂大笑。这时，阿其·斯蒂尔曼忽然伸手指着一个人说：

"凶手就是他！"

"上帝，是菲特洛克·琼斯！"人群中掀起了轩然大波，这个结果如同一声震天动地的霹雳，令人头晕目眩。屋子里人声鼎沸。

福尔摩斯在骚动声中伸出双臂示意大家安静。这位大人物的名声对现场的人有一种神秘的震慑力，所有人都遵命静了下来。在一片安静的呼吸声中，福尔摩斯威严而充满感情地说话了：

"这个指控非同一般。它是人身攻击，对一个无辜者。这个人的清白毫无疑问，不容置疑！请听我对这一点的证明：只要瞧一瞧一个再简单不过的事实，就可以揭穿这个没有根据的谎话。听着，朋友们，这小伙子昨天晚上一直没有离开过我的视线！"

这句话如同一记重锤。大家满腹狐疑地注视着阿其·斯蒂尔曼。斯蒂尔曼却更加容光焕发，他说：

"我确定当时还有一个人在场！"他脚步轻盈地走到桌子面前，向福尔摩斯的双脚扫了一眼，抬起头说："和他在一起的，是你！在他点燃后来引爆炸药的那支蜡烛的时候，你与他的距离还不到 50 步！"（群情激动）"并且，是你给他的那些火柴！"

在所有人看来，福尔摩斯明显像被击中了要害。他再开口讲话时，已经有些许磕磕巴巴了。

"这个，呃，这是胡说八道，这个——"

紧追不舍的斯蒂尔曼取出一根燃烧过的火柴。

"这便是其中的一根。是我在面粉桶里找到的，桶里还有一根火柴。"

福尔摩斯的话立即流畅起来。

"对。但是是你自己放进去的！"

这是一招漂亮的回马枪。斯蒂尔曼回敬说：

"'这是涂蜡火柴，屯子里没有过这种火柴。可以搜我的身看火柴盒在不在，你呢？"

最笨拙的眼睛也能看得出，这一回福尔摩斯犹豫了。他的双手摸索着，嘴唇动了一两次，却没有发出声音。大家盯着福尔摩斯看着，心头都压着巨大的悬念，沉默更加剧了这种气氛。稍停，斯蒂尔曼温和地说：

"大家等你拿主意呢。"

寂静无言的场面又持续了一会儿；这时，福尔摩斯声音低沉地说道：

"我反对搜身。"

没有喧哗的声浪，但几乎屋里所有的人都轻声说：

"完蛋了！他是阿其盛到盘子里的菜了。"

好像没有人知道现在该怎么办。这一刻的局面非常尴尬，自然是因为局面急转直下，这些没见过世面的人受到震撼，没有充分的思想准备，大脑一下子卡了壳，如同钟表停了摆一样。不过一小会儿，就接着嘀嘀嗒嗒地走了起来；人们三五成群地将脑袋凑在一起，叽叽喳喳地出主意，想办法。其中一个方法得到了多数人的赞同：鉴于凶手替屯子除掉一害，应该感谢他，放他走就是了。然而头脑冷静的人不同意，他们认为，那些不知底细的东部各州的人会把这看作一件丑闻，无休无止地说三道四。头脑冷静的人最终占了上风，他们的意见得到一致赞同。于是，冷静派领导人要求大家安静，并宣布："将菲特洛克·琼斯收监，等待审判。"

这决议获得通过。然，这里已经没有别的事情可干，人们心中暗喜，他们急不可待地奔出屋门，奔向悲剧现场，去看面粉桶还有其他一些东西是不是确实在那里。

但是，这场戏没有散场。接二连三的意外还没有结束。菲特洛克·琼斯一直在悄悄地啜泣，一波三折的形势让众人激动不已，因而很长一段时间没人注意他。但就在宣布逮捕与审判他之后，绝望中的菲特洛克·琼斯爆发了，他说：

"不！不行。我不想蹲监狱，更不想接受审判；我倒够霉了，吃尽了苦头。马上绞死我吧，让我出去！迟早会真相大白的，但是，什么也救不了我了。他说得丝毫不错，就好像他同我在一起，看着我做一样，我不知道他是怎么发现的；你们会发现桶和别的东西，那时我就一切机会都没有了。他是我杀的；可是换做你们，假如他像对待狗一样对待一个无依无靠，弱不禁风的穷孩子，你们也会干掉他。"

"那家伙是活该如此！"汉姆·桑德韦奇插嘴了，"兄弟们，照我说——"

警察喊着："先生们，安静！安静！"

一个人问菲特洛克·琼斯："你干的事你叔叔知道吗？"

"不，不知道。"

"你敢确定火柴是他给你的吗?"

"是他给的，但是他不晓得我拿火柴去做什么。"

"你干这件事的时候，为何敢冒险和他，一个侦探，在一块儿呢? 这是怎么回事儿?"

那年轻人有些迟疑，尴尬地摸着自己的衣扣，他手足无措地说:

"由于家里有人做侦探，我了解侦探;假如你不想被侦探看出底细，最好是在他们身旁动手。"

屋里爆发出一阵大笑，赞许菲特洛克·琼斯天真烂漫的智慧表白，但是，这个可怜的小流浪汉并没有因为这种赞许减轻多少尴尬。

9

以下内容见于寄给斯蒂尔曼太太的信，落款日期仅注明"星期二"。

菲特洛克·琼斯被关在一间无人居住的木屋里，等待审判。哈里斯警官给他送去一两天的干粮，劝告他好好照顾自己，并且答应需要接济时就来看他。

第二天上午，出于对希里尔的友情，我们几个人同他一起安葬了他的亲戚、无人哀悼的弗林特·布克纳。主持者是希里尔，我当抬棺的主要助手。我们刚刚完工，一个衣衫褴褛、神情忧郁的陌生人垂着头摇摇晃晃地走了过来，我闻到了走遍世界寻找的味道! 这美妙的味道一下子点燃了我希望的火苗!

我立即走到他身旁，轻轻抚着他的肩膀。像遭了电击一样，他颓然倒地;别的人跑过来时，他挣扎着站起身来，哀求地伸出手来，嘴唇哆嗦着恳求我不要再折磨他了。他说:

"夏洛克·福尔摩斯，你整世界追捕我，可是上帝在上，我没有害过什么人呀!"

从他狂乱的眼神里，我们瞧得出他已经精神失常了。这全是我的错，母亲！那一刻我的痛苦，或许只有您过世的消息才能与之相比，那样的感受再也没有其他的事情能给我。大家将他扶起来，围住他，对他非常同情，好言好语地安慰他，对他说，精神振作起来，别再垂头丧气，现在他是他们的朋友了，他们会照顾他，保护他，谁要是动他一个指头，就把那人干掉。只要他们心底里温情的一面被唤醒，这些粗鲁的矿工就像一队妈妈；自然，如果你唤醒的是另一面，他们又变成一帮行事莽撞、无法理喻的顽童。他们用尽千方百计来安慰他，却没有效果。这时，聪明的战略家威尔斯·法戈·弗格森说：

"如果欺负你的只是夏洛克·福尔摩斯，你就不需要再担心了。"

"为什么？"无助的疯子问。

"因为他又死了一回。"

"死了！死了！啊，他再不会戏耍我们这些可怜虫了。他真的死了吗？不要骗我，孩子们，他说的是真的吗？"

"千真万确！"汉姆·桑德韦奇说，其他人异口同声地说是真的。

"上个星期他被吊死在圣·贝纳迪诺了，"弗格森将这件事说得有模有样，"那会儿他正到处追你呢。是将他错认为另外一个人了。他们后悔了，可后悔也无济于事了。"

"他们给福尔摩斯建了个纪念碑，"汉姆·桑德韦奇用身临其境、洞察一切的口吻说。

那个自称"詹姆士·沃克"的人长疏了一口气，如释重负。尽管他没有说话，可是眼神里已经少了些许狂乱，脸色有些开朗，看来放松了一点儿。大家一起回到我们的住处，伙计们倾其所有，为他做了一顿美味佳肴。他们做饭的时候，我和希里尔给他从头到脚换上我们的新衣服，将他打扮成了一位形款兼备的体面老绅士。"老"这个字既名副其实，又透着伤感。虽然他正当盛年，然而头上如霜的白发，脸上历经沧桑、饱受苦难的皱纹，都说明了他确实是垂垂老矣。他吃饭时，我们边吸烟，边聊天。饭菜下肚，他终于开口讲话了，这几年来的经历不经意间脱口而出。这些话句句不走样不可能，我只能尽量忠于原意了。

"冤案"纪事

那时事情的经过是这样的：我住在丹佛，我在那里已经有许多年了；有时候我能记起究竟有多少年，有时候又记不清楚，但是这并不重要。忽然，我收到了一张驱逐令，如果我不走，就揭发我牵涉一桩可怕的罪案，那件案子是很久，不知是多少年前，发生在东部的事。

我知道这件案子，但罪人并不是我；那是我的一个与我同名的堂哥干的。我该怎么做才好呢？我惊慌失措，不知道该怎么办。给我限定的期限很短，我记得只有一天。假如我被曝了光，那就全完了，大家会对我动私刑，我讲什么也不会有人听。私刑一向都是如此，事后即便发现是冤案，后悔也于事无补了，如同福尔摩斯先生的遭遇一样。因此我决意卖掉家产，换成维持生计的现金逃走。直至水落石出，能够证明我清白的时候我再回来。于是，我当天夜晚逃离了丹佛，远走高飞，改头换面，用了一个假名字隐居在山里。

我的烦恼和忧虑与日俱增，我被弄得幻视幻听，满眼满耳都是幽灵，我已经无法正常地思考，脑子糊涂，如一团乱麻，只好再也不想，因为我的脑子已经受到创伤。我的境况越来越糟糕，幻觉越来越重。幽灵一直来纠缠我；起初还只是在夜里，后来白天也来。它们总是围着床悄悄说话，要谋害我，让我无法睡觉。由于无法好好休息，我整天疲惫不堪。

最糟糕的事情发生了。一天晚上，那些幽灵轻声说道："我们无能为力，因为我们看不见他，也无法向别人揭发他。"

它们感叹了一会儿，其中一个说："我们得请夏洛克·福尔摩斯来。十天之内他就可以赶到这儿。"

它们全部赞成，非常高兴地叽叽喳喳、鬼头鬼脑地讨论着。我犹如五雷轰顶，因为我读过有关福尔摩斯的书，了解他不但有出众的智谋，而且有旺盛的精力，只要被他抓住蛛丝马迹，后果不堪设想。

幽灵去请福尔摩斯了，我在半夜时分匆匆起床溜走，除了装有三万块钱的手提包之外，没有带任何东西；那三万块钱还有两万在提包里。过了40天，那个人发现了我的踪迹。我只好再逃。在酒店登记时，他习惯性地在姓名栏里填了真名，之后又擦去，写上了"达格特·巴克利"。但是恐惧让我练就了一双锐眼，我透过擦痕看到了福尔摩斯的真名字，于是，我快速地逃跑了。

在三年半的时间里，他跑遍全世界追捕我，太平洋国家、澳洲、印度，你能想象到的任何地方；之后又回到了墨西哥与加利福尼亚，让我整日奔波。幸好我用来登记的假名字救了我，让我一直活到今天。我太累了！这些年他虽然让我受尽苦难，但我却一直没有害过他，也没有害过别的人，我敢发誓。

讲完故事，在场的人对这故事深信不疑，心绪久久不能平静。他说的一字一句对我来说都像钢针一下下扎在我的心口。

大家一致同意老人作为我和希里尔的客人留在这儿。自然，我的想法不能公开；不过，等到他休养恢复之后，我便带他回丹佛去，重新安排他的生活。

众人用矿工式的豪爽热情一一与老人握手道别。然后各自去传播这条消息了。

第二天一早，威尔斯·法戈·弗格森和汉姆·桑德韦奇偷偷叫我出去，悄悄地说：

"老头儿这些年受折磨的事传遍了屯子，沸沸扬扬。大家从四面八方聚在一起，要对福尔摩斯大师动私刑。哈里斯警官急疯了，已经给县里的警长打了电话。快去吧！"

我们撒腿就跑。别人怎么想我不知道，我心里是巴不得县里的警长立马就到。你自然明白，说什么我也不想看到夏洛克·福尔摩斯当我的替罪羊被人们吊死。鼎鼎大名的县警官我早就听说过，可我还是不放心地问：

"聚众闹事他管得住吗？"

"他管得住吗？杰克·费尔法克斯管不住聚众闹事，那才是笑话呢！他用一根绳子穿过十九个恶棍的头皮。你觉得他管得住吗？"

我们在谷底飞奔，远初传来了一片大呼小叫的喧哗声，我们越跑越近，那声音也逐渐大了起来。此起彼伏的吼叫声越来越大，越来越近。终于，我们来到了酒店前的空场上，那里人山人海，震耳欲聋的声音一浪高过一浪。从达利谷来的一群粗汉已经拿住了福尔摩斯，他却仍然镇定自若；嘴边浮着高高在上的笑意，即便他那颗大英国民的心中对死亡有所恐惧，也被他坚强的个性死死压住，没有漏出一丝一毫。

"弟兄们，决定吧！"达利帮中有一个人喊道，"快点儿！绳子，还是子弹？"

"都不用！"他的一个同党叫嚷说，"不用一个礼拜，他便活过来了。用火烧吧，这样才能永远送他见上帝。"

十里八乡的人们爆发出雷鸣般的赞同声，一哄而上、争先恐后地挤到囚徒身边，将他团团围住，喊道："用火！就用火！"福尔摩斯被他们拖到拴马桩跟前，背靠拴马桩捆好，在他周围堆起了与胸齐高的木柴与松果。这时福尔摩斯坚毅的脸庞上仍然没有畏惧，薄薄的嘴唇上仍然带着轻蔑的笑容。

"火柴！拿火柴来！"

沙德贝里擦着了火柴，用手挡着风，弯下腰将火柴塞到松果下面。这群乌合之众鸦雀无声。松果被点燃了，微弱的火苗闪了两下熄灭了。我好像听到远处传来了马蹄声，那声音渐渐响了起来，越来越响，越来越清晰，但是正聚精会神盯着火堆的人们似乎并未注意到马蹄声。熄灭的火柴被抽了出来，那汉子擦着了另一根火柴，蹲下身去，火苗又蹿了起来；火苗这一次没有灭，向周围蔓延，四周的人纷纷离开火堆。行刑者手里还捏着熄了的火柴，观赏他的杰作。马蹄声在崖顶响起，然后轰然下来，几乎同时，人们大声喊道：

"县警官来了！"

县警官纵马拨开人群，直奔场地中央，勒住马大声喝道：

"滚开，你们这些贱骨头！"

众人闻声而退，只有他们的头领没有服从。他稳住脚跟，想要摸枪。

县警官看穿了他的心思，说道：

"住手，你这个亡命徒。将火弄灭，放开那个外地人。"

那亡命徒屈服了。县警官淡定地骑在马上，不紧不慢。字斟句酌地向众人训话，每一句都说到了点子上，令他们惭愧万分。

"你们全是好人，对不对呀？好到同这个骗子，沙德贝里·希金斯混到一起去了。这个唱高调的混账东西专门背后下黑手，完全是一个混混。如果问我最看不起什么东西，那就是动私刑了。我从来没见过动私刑的里面有一个真正的男人。动私刑是以众欺寡，鼓噪一百个刽子手去惩罚一个病裁缝。动私刑的只有胆小鬼，大家起哄，才让这些胆小鬼得逞；不过，99%的县警官不是胆小鬼。"他顿了顿，明显是将最后一句话再琢磨一遍，回味一下。他继续说："假如县警官让暴民从他手里抢走了一个囚犯，他就是一个最不称职的胆小鬼。据统计，全美国去年一共有182个县警官由于别人动私刑背了黑锅。照这么下去，不用多久，医学书里就得加一种新病'埋怨警官病'。"在场的人都可以看出，警官为想出这个新词十分得意。"人们会说：'县警官又病啦？''是啊，老毛病又犯了。'紧接着，就会发明一个新官衔。那时候，人家不说：'他正竞选拉巴霍县警官呢，'而是说：'他正竞选拉巴霍县胆小鬼呢。'上帝，想想，一个大男人害怕一群动私刑的！"

他瞥了那囚犯一眼，问："外乡人，你叫什么名字，犯了什么事？"

"我叫夏洛克·福尔摩斯，没有犯任何事。"

虽然县警官确实听说过福尔摩斯，但这名字突然说出，仍然给县警官留下了深刻的印象。他慷慨激昂地说，福尔摩斯先生智谋过人、英名远播、功业盖世，描写他的书因其光辉事迹和迷人的文采赢得了每一位读者的心；如此的人物访问星条旗的国度却遭此暴行，实在是鄙国的莫大耻辱。他以整个国家的名义致歉，以最漂亮的姿态向福尔摩斯深鞠一躬，并命令哈里斯警长前往照看福尔摩斯的住处，假如再有冒犯，拿他是问。接着他面向众人说：

"回你们的窝吧，贱骨头！"大家四散而去。警官又说："沙德贝里，跟我走；我得亲自查问你的案子。不，你自己收起那把玩具枪吧，等到我害怕你拿着这玩意儿跟在后头的时候，我就同去年那 182 个胆小鬼一起混。"他骑着马嘚嘚地走了，沙德贝里紧跟在后面。

现在已经是早饭时分，在回家的途中，我们听说菲特洛克·琼斯昨天晚上从他那间上了锁的屋子里逃走了！大家对此无动于衷。如果他叔叔想追，就由他去追吧，这是他自己的事，屯子里的人没有兴趣。

<h1 style="text-align:center">10</h1>

十天过后。

"詹姆士·沃克"的身体已经康复，他的神智也清醒多了。明天我就和他一同去丹佛。

次日夜间，寄自一个小站的便条。

今天早上我们出发的时候，希里尔悄悄告诉我："有件事情，等你觉得没事了，沃克不会再受刺激，身体真正好起来的时候再对他说，他说的那件陈年旧恶，他说是他堂哥干的，真是因果报应。咱们那天埋了的是真凶就是这世上最最不幸的那个人弗林特·布克纳。他的真实姓名叫雅可布·福勒！"母亲，您看，是我这个不知内情的送葬人，帮着把他，您的丈夫，我的父亲送进了坟墓。让他安息吧。

狗的自述

1

　　我的母亲曾经告诉我，我的父亲是个"圣伯尔纳种"①，而她是个"柯利种"②，可是我却是个"长老会教友"③。这些微妙的差别我自己并没有意识到。在我看来，这些名称都不过是些派头十足可是毫无意义的字眼。我母亲却十分在意这些。她喜欢讲述这些，很享受别的狗因为这些而惊讶和嫉妒的神情，好像在惊讶她为什么受过这么多的教育似的。可是她并没有受到什么真正的教育，不过是故意卖弄罢了。她只不过是在饭厅和客厅从别人的谈话中，以及和孩子们去主日学校时听来的。每逢她听到一些深奥的词汇，她就翻来覆去地背诵，所以她能把它们记住，等到附近的狗聚在一起的时候，她就把它们拿出来唬人，让别的狗吃惊并且嫉妒，无论是小狗还是猛狗都会被她唬住，这就使她没有枉费一番心血。要是有生人，他一定先是怀疑，然后大吃一惊，镇静之后，就会请教她那是什么意思。她每次都能给出答案。这是他始料未及的，他本以为可以难住她。所以她解释之后，他反而显得很难为情，因为他本以为难为情的会是她。其他的狗都期待着这个结局，然后十分高兴地为她庆祝，因为他们都有过经验，

---

　　① 一种大型犬，毛色多为红棕色或白色，因最初由阿尔卑斯山圣伯尔纳修道院驯养而得名。
　　② 指柯利牧羊犬，是一种长毛大型犬，头部较尖。
　　③ 指波美拉尼亚犬，特征为尖嘴、立耳、长毛，体形较小，其英文发音接近"长老会教友"一词。

早知道结局会是这样。当她把一串深奥字眼的意思解释给别人听的时候，大家都羡慕得要命，没有一只狗会去怀疑这些解释是否正确。这也是很自然的，因为首先她回答得非常快，就好像是字典在讲话似的。还有呢，他们上哪儿去弄清楚这究竟对不对呀？因为有教养的狗就只有她一个。后来我大一些了，记得有一次她把"缺乏智力"这几个字记熟了，然后在整整一个星期里的各种集会上拼命地卖弄，使人很难受、很丧气。也是因为那一次，那一个星期里，她在八个不同的集会上被人问到这几个字的意思，而每次脱口而出的解释都不一样。这就使我看出了与其说她有学问，还不如说是沉得住气，当然，我并没有揭穿她。有个词经常会被她挂在嘴边，就像救命稻草似的，用来应付紧急关头，当她被置于尴尬的境地时，这个词就会派上用场，那就是"同义词"这个名词。当她碰巧搬出几个星期以前卖弄过的一串深奥的字眼，可是早把原来准备的解释忘到九霄云外去时，要是有个生人在场，那当然要被她弄得头昏眼花，半天才能清醒过来。可是这时候她开始转移话题，津津有味地讲述新的话题，料不到会有问题，所以当别人突然打断她要她解释的时候，我就看得出她似乎面露难色（我是唯一明白她那套把戏的底细的狗），可是她只是迟疑了一会儿，然后自信满满地解释道"那是'额外工作'的同义词"，或是说出与此类似的一长串吓人的词，说完就逍遥自在地轻快地开始另一个话题了。她简直是称心如意，你知道吧，那个生人被她唬住了，显得土头土脑、狼狈不堪，那些熟人就不约而同地用尾巴敲打地板，他们脸上也改变了神气，显出一副欢天喜地的样子。

对于成语也是一样。如果有好听而深奥的成语，她就学回来一整句，卖弄六个晚上、两个白天，每次都给出不同的解释，她也是迫不得已，因为她所注意的只是那句成语。至于那是什么意思她可不在乎，因为她也知道那些狗反正没有什么脑子，抓不着她的错。咳，在这方面她还真是了不起！这一套她弄得很拿手，所以她一点也不担心，对于那些糊涂虫的无知，她是很有把握的。她甚至把人家吃饭时与客人说的一些引人发笑的小故事也记住一些，可是照例她总是把一个笑话里面的精彩地方胡凑到另外一个里面去，当然是拼凑得不合适，简直莫名其妙。当她讲这些小故事的时候，就倒在地板上打滚，又笑又叫，就像发了疯似的，可是我看得出她自己也不明白她为什么没有当初别人说的时候那样有趣。不过这些并不重要。因为这时别的狗也都打起滚来，并且汪汪大叫，各个心里都暗自为没有听懂而害臊，根本不会想到原因并不在他们身上，而是谁也看不出这里的毛病。

从这些事情你能看出来她是个相当爱面子，而且不诚实的家伙。可是她还是有长处的，我觉得那足以与她的缺点相抵。她的心地善良，态度也很文雅，人家做了什么对不起她的事，她从来不记恨，随随便便就把它忘了。她还把这种好脾气教给了她的孩子，同时我们还从她那儿学会了在危急时刻表现得勇敢和敏捷，决不逃避，无论是朋友或是陌生人遇到了危险，我们都要挺身而出，尽力帮助人家，根本不考虑自己要付出多大的代价。而且她总是言传身教，自己做出榜样来，这是最好的办法，最有效果，最经得起考验。啊，她也做了许多勇敢的事和漂亮的事，太了不起了！这方面她也算是位勇士，而且她还非常谦虚。总而言之，你不能不佩服她，并且不自觉地以她为榜样。哪怕拿一只"查理士王种"长耳狗与她相比，她也有她的闪光点。所以，您也知道她除了有教养之外，还是有些别的优点的。

2

最后当我长大的时候，就被别人买走了，从此以后就再也没有见过她了。她很伤心，我也是一样，我们俩都哭了。可是她极力安慰我，说是我们活在这个世界上是为了一个高尚而神圣的职责，我们必须好好地尽我们的责任。不能埋怨，我们要随遇而安，要尽量想到别人的利益，不要计较自己的得失。因为那些并不是我们所能控制的事。她说只要能做到这些的人，将来会在另一个世界获得无上光荣与尊敬，我们禽兽虽然不会去天堂，可是安安分分地过日子，多做些好事，不图报酬，那就可以在我们短暂的生命里活出尊严与价值，这本身就是一种报酬。这些道理是她和孩子们到主日学校去的时候听到的，她用心地记下来，比她记那些字和成语都更加认真。而且她还下了很深的工夫去研究这些道理，为的是让我们从中获益。由此看来，她脑子里虽然有些轻浮和虚荣的成分，究竟还是聪明和肯用心思的。

然后我们就互相告别，泪眼朦胧地看了彼此最后一眼。她最后嘱咐我的一句话，我想她是特意留在最后说的，好让找记住，是这样的："为了纪念我，如果别人遇到危险的时候，你就不要想到自己，想想你的母亲，照她的办法行事。"

你想我会忘记这句话吗？当然不会的。

3

我的新家有趣极了！房子宽敞漂亮，还有许多图画和精美的装饰，十分考究的家具，根本没有阴暗的地方，处处的五颜六色都有充分的阳光照耀，周围还有很宽敞的空地，最好的是有个大花园，啊，大片的草坪，高大的树，鲜艳的花朵，简直太完美了！我在那儿就好像这一家人里面的一分子，他们都喜欢我，把我当成宝贝，而且并没有给我取新名字，还是用我原来的名字，这个名字是我母亲给我取的——爱莲·麦弗宁①，我觉得它特别亲切。这是母亲从一首歌里找出来的。格雷夫妇也知道这首歌，他们说这个名字很漂亮。

格雷太太大约 30 岁，她非常漂亮、非常可爱，那样子是你无法想象的；莎第 10 岁，她和她妈妈像极了，简直是照着她的模样做出来的一份苗条可爱的仿制品，赭色的辫子垂在背上，身上穿着短短的上衣；娃娃才一周岁，长得胖胖的，脸上有一对酒窝，他很喜欢我，老爱拉我的尾巴，抱我，然后哈哈大笑地表示他那天真烂漫的快乐，简直没有个够；格雷先生

① 原文为 Aileen Mavourneen，意思是"我亲爱的爱尔兰"，出自苏格兰诗人托马斯·坎贝尔的一首名为《爱尔兰的流放》的诗歌。

38岁，高个子，身材颀长，长得很英俊，头前面有点秃，人很机警，动作灵活，一本正经，办事迅速果断，不感情用事，那副干净的脸庞上总是闪耀着冷冷的智慧的光芒！他是一位有名的科学家。我不知道科学家是什么意思，可是我母亲一定知道这个名词的用法，知道怎么去卖弄它，获得别人的敬佩。她会知道怎么去拿它叫一只捉老鼠的小狗听了垂头丧气，也可能用它把一只哈巴狗吓得后悔不该来。可是这个名词还不是最好的，最好的是实验室。要是有一个实验室能把所有狗脖子上拴着的缴税牌颈圈都取下来，我母亲就可以组织一个大型的托拉斯来办这么一个实验室。实验室并不是一本书，也不是一张图画，更不是洗手的地方，大学校长的狗是这样说的，可是他说得不对，那叫作盥洗室①。和实验室是大有区别的，那里面摆满了罐子、瓶子、电器、五金丝和各种稀奇古怪的机器。每个星期都有别的科学家来到这儿，然后坐在一起使用那些机器，讨论他们所谓的试验和发现。我也常常到这儿来，站在旁边听，为了我母亲，我很想学点东西，这样可以好好地纪念她，可是这对我是件痛苦的事，因为我体会到她一辈子耗费了多少精神，而我却一点也学不到什么，无论我怎么努力，听来听去，还是什么也听不出个所以然来。

平时我就躺在女主人工作室的地板上睡觉，她会温柔地把我当作一条垫脚凳，这使我很高兴，因为这也是一种爱抚；有时候我会在育儿室里待上个把钟头，孩子们会调皮地把我的头发弄得乱蓬蓬的，使我很快活；有时候娃娃睡着了，保姆为了娃娃的事情出去几分钟，我就会在娃娃的小床边看守一会儿；有时候我会在空地上和花园里跟莎第追逐打闹，直到我们都筋疲力尽，然后我就会在树荫底下的草地上舒舒服服地睡觉，而她则在旁边看书；有时候我会到邻居的狗那儿去拜访拜访他们。因为附近有几只非常好玩的狗，其中有一只很漂亮、很客气、很文雅的狗，名字叫作罗宾·阿代尔，它是一只卷毛的"爱尔兰种"猎狗，它也和我一样，是个"长老会教友"，它的主人是个苏格兰牧师。

主人家的仆人都对我很和气，而且都很喜欢我，所以，你也看得出，

---

① 英文里实验室（laboratory）和盥洗室（lavatory）发音接近。

我的生活是很幸福的。天下再不会有比我更幸福、更知道感恩图报的狗了。我不断地这样告诫自己，因为这就是事实。我要极力循规蹈矩，多做正经事，不辜负母亲的慈爱和教诲，尽量争取所能得到的快乐。

我不久就有了自己的孩子，这使我的幸福和满足感达到了极点。它走起路来一摇一摆的，可爱极了，身上的毛长得光滑柔软，就像天鹅绒似的，小脚非常特别、可爱，眼睛炯炯有神，小脸儿天真活泼，非常可爱。我看见孩子们和他们的母亲把它爱得要命，拿它当作宝贝，就算是一个细微的小动作，他们都要大声欢呼，这真使我非常得意。我觉得生活太美好了，天天如此……

冬天很快来临了。有一天我在育儿室里担任守卫。我在床上睡着了，娃娃也在小床上睡着了，大床和小床是并排的，在靠近壁炉那一边。这种小床上挂着一顶很高的罗纱尖顶帐子，里外都看得透。保姆出去了，只剩下我们这两个瞌睡虫。壁炉里燃烧的柴火进出了一颗火星，掉在帐子的斜面上。我猜想这以后大概是过了一阵没有动静，然后娃娃才大叫起来，把我惊醒过来，这时候帐子已经烧着了，火焰正窜向天花板！我还没有来得及细想，就吓得跳下来，飞快地跑到了门口，可是很快母亲临别的教诲在我耳朵里响起来了，于是我又回到床上。我把头伸进火焰里去，咬住娃娃的腰带，拖着他往外逃，我们在烟雾里跌倒在地上，我又换个地方把他衔着，而小家伙一直在尖叫，拖着他我们跑出了门口。跑过过道里拐弯的地方，我还在不停地拖。我觉得非常兴奋、快活和得意，可是这时候主人却大嚷起来："快滚开，你这该死的畜生！"我跳开躲避。可是他快得出奇，一下就追上了我，用他的手杖狠狠地打我，我左闪右躲，吓得要命，但是前左腿上还是狠狠地挨了一棍，痛得我直叫唤，一下子倒在地下，不知道该怎么办才好。手杖又举起来要打，可是没有挥下来，因为保姆惊恐地叫起来了："育儿室着火啦！"主人就往那边飞跑过去，这样我才保住了别的骨头。

真是疼痛难忍，不过没有关系，我一会儿也不能耽搁，主人随时都可能回来。所以我就用三条腿一瘸一拐地向过道另一头走去，来到一道漆黑的小楼梯，它是通往顶楼的，我听说那上面放着一些旧箱子之类的杂物，平时很少有人上那儿去。我吃力地爬上楼，然后在黑暗中摸索着往前走，穿过一堆一堆的东西，钻到一个我所能找到的最隐秘的地方藏了起来。躲在那儿我还害怕，真是太傻了，可我就是害怕，我简直怕得要命，只能拼命忍住，连小声叫唤都不敢，虽然呻吟是可以舒缓疼痛的，但此时却无法做到。不过我还可以舔一舔我的腿，这也有点好处。

楼下乱哄哄的，有人大声叫嚷，也有飞奔的脚步声，一直过了半个小时，才没有了动静。总算安静下来了，这对我来说是很愉快的，因为这时候我的恐惧心理渐渐平静下来了。恐惧比疼痛还难受哩，啊，难受得多。然后又听到一阵声音，这把我吓得浑身发抖。他们在叫我，叫我的名字，还在找我哩！

因为离得远，这些喊声听得不大清楚，可是这并没有消除那里面的恐怖成分，这是我从来没有听过的最可怕的声音。喊声在各处响起：经过所有的过道，到过所有的房间，两层楼和底下那一层还有地窖通通跑遍了，然后又到外面，越跑越远，然后又返回房子里，在整幢房子里又跑过一遍，我以为这些喊声永远也不会停下来。可是总归还是停止了，过了好几个小时，顶楼上原本模糊的光线现在也被漆黑的暗影完全遮住了。

然后在那一片可喜的安静之中，我的恐惧心理渐渐地消除了，我才安心睡了觉。我休息得很好，可是朦胧的光还没有再出来的时候，我就醒了。我觉得身体已经好多了，也想到了一个好主意。我的主意是这样：那就是，从后面的楼梯悄悄地爬下去，藏在地窖的门背后，天亮的时候送冰的人一来，我就趁他把冰往冰箱里装的时候溜出去逃跑。白天继续藏起来，到了晚上再往前走，我要到……唉，随便到什么地方吧，只要是人家不认识我，不会把我出卖给我的主人就行。想到这儿我高兴起来。可是我忽然想到：咳，如果丢下我的孩子，活下去还有什么意思呀！

这可叫人大失所望。可是没有任何办法，我明白现在的情形，所以只好待在原来的地方，静静地待着，听天由命吧，因为这些不是我能改变的。生活就是这样，我母亲早就这样说过了。后来，唉，后来喊声又响起来了。我的心里又生起了恐惧。心里想，主人是绝不会放过我的。我不知道我究竟做错了什么，使他这样生气，这样讨厌我，不过我猜那大概是狗所不能理解的什么事情，人总该看得清楚，反正是很糟糕的事吧。

他们不停地叫喊，我觉得好像叫了几天几夜似的。时间拖得太久了，我又饿又渴，简直难受得要发疯，我知道我已经没有力气了。到了这种情形的时候，就睡得很多，我也就大睡特睡起来。有一次我在惊吓中醒过来，因为我好像觉得喊声就在那顶楼里！果然是这样。那是莎第的声音，她一面还在哭，可怜的孩子，她叫着我的名字，夹杂着哭声，我听到她说："回我们这儿来吧，啊，回我们这儿来吧，别生气，如果你不回来，我们真是太……"这使我非常高兴，简直不敢相信自己的耳朵。

我感激得不得了，然后汪汪地叫了一声，莎第马上就从黑暗中和废物堆里一颠一颠地钻出去，大声地叫喊到以让家里人听到："找到她啦，找到她啦！"

后来的那些日子，哈，那才真是不可思议呢。莎第和她母亲及仆人们，咳，他们简直就像是崇拜我啊。似乎无论给我铺多好的床，也嫌不够讲究；至于吃的东西呢，他们非给我弄些还不到时令的稀罕野味和讲究的食品，就不觉得满意；每天都有朋友和邻居们成群地到这儿来听他们说我的"英勇行为"，这是他们给我所干的事情取的名称，意思和"农业"一样。我记得有一次我母亲把这个名词带到一个狗窝里去卖弄，她就是这么解释的，可是她没有说"农业"是怎么回事，只说那和"壁间热"是同义词①。格雷太太和莎第给每一个新来的客人讲这个故事，每天要说十几遍，她们说我冒着生命危险救了娃娃，我们俩都有烧伤可以证明，然后客人们就抱着我一个一个地传过去，把我摸一摸、拍一拍，大声地称赞我，您可以看得出莎第和她母亲的眼睛里那种得意的神气。人家要是问起我为什么瘸了腿，她们就显得不好意思，赶快转移话题，可是有时候人家把这件事情问来问去，我就觉得她们简直好像要哭似的。

这还不是全部的光荣呢。主人的朋友们来了，整整20个最出色的人物，他们把我带到实验室里，大家谈论我，好像我是一种新发现的东西似的。其中有几个人说一只畜生居然有这种行为真是了不起，他们说这是他

---

① 这里作者将一些字形发音近似，或者意思上有关联的字混淆在一起，讹称为"同义词"。

们所能想得起的最神奇的本能的反应。可是主人扬扬自得地说："这比本能高得多。这是理智，有许多人虽然是因为有了理智，得到主的眷顾，和你我一同升天，可是他们的理智还不如命中注定不能去天堂的这个可怜的小畜生。"他说罢就大笑起来，然后又说，"咳，你们看我，我真是可笑！唉，虽然身为科学家的我才智过人，可是我所推想得到的不过是认为这只狗发了疯，要把孩子弄死，事实上要不是这个小家伙的智力，这是理智，实实在在的！要是没有它的理智，我的孩子早就完蛋啦！"

他们翻来覆去地争论，而我始终是争论的中心和主题，我希望母亲能够知道我已经得到了这种了不起的荣誉。她一定会为我而骄傲的。

然后他们又开始讨论光学，这也是他们取的名词，当讨论到如果大脑受伤眼睛是否会失明时，大家的意见有了分歧，他们就说一定要用实验来证明才行。然后他们又谈到植物，这使我很感兴趣，因为莎第和我在夏天种了一些种子，你要知道，我还帮她挖坑哩，过了不久，就有一棵小树或是一朵花长出来，真是不可思议。可是这就是事实。我很希望我能说话，那么我就可以把这些告诉他们，让他们知道我懂得多少事情，我对这个问题非常感兴趣。可是我对于光学并不感兴趣，这玩意儿十分无趣，后来他们又谈到了这个话题上，我就觉得很讨厌，所以就睡着了。

春天很快就来了，天气很晴朗，春风和煦，阳光明媚，漂亮的女主人及两个孩子要出远门探亲，离开时拍了拍我和我的小孩子，算是告别。男主人没有工夫陪我们，可是我们母子一起玩，日子还是过得很愉快。仆人们都很和气，和我们很要好，所以我们一直很快乐，老是计算着日子，等着女主人和孩子们回来。

可是有一天，那些人又来了，他们说要进行实验，于是他们就把我的孩子带到实验室里，我也就用三只腿瘸着走进去，心里觉得很得意，因为人家看得起我的孩子当然是件愉快的事情。一阵讨论后实验开始了，突然小狗娃惨叫了一声，然后被放在了地上，可它却一歪一倒地乱转，满头都是血，男主人拍着手大声嚷道：

"你看，我赢啦，果然不错吧！它简直瞎得什么也看不见了！"

其余的人都附和道：

"果然是这样，你证明了你的理论，从今以后，受苦的人类应该感谢你的大功劳。"他们把他包围起来，热烈地和他握手，一边祝贺，一边称赞。

可是这些话我一句也没有听进去，因为我立刻就往我的小宝贝那儿跑过去，紧紧地靠着它，舐着它的血。它的头靠着我，小声地哀号着，我心里很明白，它虽然看不见我，可是在它的痛苦和困境中，能够感觉到它的母亲在身边，这对它也是一种安慰。很快它就倒下去了，它那柔软的鼻子放在地板上，它安安静静的，再也不动了。

不一会儿主人停止了讨论，按按铃把仆人叫进来，吩咐他说："把它埋在花园里最远的那个犄角里。"说完又继续讨论，我跟在仆人后面赶快走，心里很高兴、很轻松，因为我知道小狗娃已经睡着了，所以就不会觉得痛了。我们一直走到花园里最远的那一头，那是孩子们和保姆跟我们母子俩夏天常在大榆树的树荫底下玩的地方，仆人就在那儿挖了一个坑，我看见他打算把小宝贝种在地里，心里很高兴，因为我知道它会长出来，长成一个很好玩、很漂亮的狗，就像罗宾·阿代尔那样，等女主人和孩子们回来的时候，还会叫他们喜出望外。所以我就帮他挖，可是我那只瘸腿是僵的，不中用，你知道这得用两条腿才行，否则就没有用。仆人挖好了坑，把小罗宾埋起来之后，拍拍我的头，他眼睛里含着泪，说道：

"可怜的小狗儿，你可救过他孩子的命哪。"

我在坑边儿守了整整两个星期，可是他并没有长出来！在往后的一个星期里，有一种恐惧不知不觉地钻到我心里了。我觉得这事情有些可怕。我也不知道究竟是怎么回事，可是这种恐惧让我很难受，尽管仆人们拿最好的东西给我吃，可是我还是吃不下。他们很心疼地抚摸我，甚至晚上还过来，哭着说："可怜的小狗儿，不要再守在这儿，回家去吧。别让我们伤心啊！"这些话使我更加不安，我知道一定出事了。我一点力气也没有了。从昨天起，我就再也站不起来了。最后这个钟头里，仆人们望着正在落山的太阳，夜里的寒气正在凝聚，他们说的话我都听不懂，可是他们的话有一股使我心里发冷的味道。

"那几个可怜的人啊！他们可不会想到这个。明天早上他们就要回来了，一定会关心地问起这只勇敢的狗，那时候我们几个谁能硬起心肠，把事实告诉他们呢：'这位无足轻重的可怜的小宝贝到了那不能升天的畜生们所去的地方了。'"